全能女夫子

上

文創風 1095

滄海月明 著

目錄

序文 …… 005
第一章 …… 007
第二章 …… 025
第三章 …… 039
第四章 …… 053
第五章 …… 069
第六章 …… 085
第七章 …… 101
第八章 …… 119
第九章 …… 141
第十章 …… 157
第十一章 …… 175
第十二章 …… 193
第十三章 …… 211
第十四章 …… 231
第十五章 …… 249
第十六章 …… 267
第十七章 …… 287

序文

滄海月明

說起來，我看小說很多年，但是真正動筆寫，還是最近。

生活中有多平淡，小說就有多精彩。不看小說的人，看到只是一段一段的文字，真正愛看的人，才知道那是另一個世界的愛恨情仇、家國兩難、柴米油鹽……幻想的世界從來沒有限制。

由於作者在現實生活中實在是一個平凡人，我本來想寫一個平凡人的故事。然而，在幻想的世界裡，還是這麼平凡，那會有多無聊。

所以，我最後寫了一個平凡人變得不凡的故事，一個平凡的姑娘，轉變為流光溢彩的故事。

在書寫的過程中，我有過很多猶豫，但寫完之後，反而覺得，就應該是這樣的，我的女主角，是萬千花樹中，流光溢彩的那一朵；是芸芸眾生中，披荊斬棘，一步一步踏青雲而上的那一個。

故事的開始，是一個架空世界裡，普通家庭的女主角，她出身不好不壞。本來世界規律運轉，她會普通的過完一生。

但是，凡事最怕「但是」，她穿越過來，故事便開始了，命運的齒輪開始轉動……

很奇怪，我們的人生，可能在經歷過十年、二十年之後，回頭細想，才恍然大悟，原來在當年那一個烈日炎炎的下午，在某一個岔路口，命運已經被決定。

而小說中，我們能很清楚的察覺到，哦，這是命運的轉折處，從此以後，波瀾起、風雨落，命運開始波瀾萬丈——

以為是平平無奇的相遇，卻是命定一生；以為是無足輕重的一個決定，其實撼動了以後的人生……

明明很平凡的女孩子，卻在不斷的波折中，走出不凡人生。

所以，我想寫的、我最後寫的，是每一個平凡卻又不凡的姑娘的故事；是平凡生活中，不甘平凡的心。

第一章

天上一輪圓月高掛，灑下清幽幽光輝。月光下屋簷沈沈，萬物都在沈睡。西平府平山縣一戶人家裡，卻是門前屋後昏黃的燈籠高高掛起，照亮一片。後廚火舌吞吐，丫鬟端著熱水匆匆而過，急步走進廂房。

堂屋裡的兩位老人，一位端坐著，手緊抓扶手；另一名站起來嘴裡念念叨叨，又朝西雙手合十拜了拜。

廂房外，門窗邊，有一名男子著急的踱步，嘴裡念叨著。「母子平安！母子平安！求求一定要母子平安！」

念叨了一會兒，男子又停下來，快步走向窗邊，踮著腳尖，巴者窗櫺，貼著窗縫往裡看，卻被緊密閉合的窗紙阻擋全部的視線，男子不死心又轉過頭，側耳細聽廂房裡的聲音。

而廂房裡，床上的產婦四肢纖細，肚皮高高聳起，慘白一張臉，銀牙緊咬，大汗淋漓，頭髮濕成一綹綹，不時發出細若無聲的哭泣，間或斷斷續續的無力呻吟。

「夫人，您要用力啊！」穩婆急出滿頭大汗。「羊水已經破了一天了，再生不出來，大人小孩都有危險。」

「夫人，先喝口蔘湯。」一個中年嬤嬤快步進來，腳步很急，手卻穩穩端著一碗湯。

「喝下去！全喝下去您就有力氣了。想想媚姐兒，還有肚子裡的小少爺。夫人，您得撐下去。」

產婦眼裡發出一陣凶狠的光，仰頭大口大口喝光蔘湯。

又過了大約半個時辰，廂房裡傳出穩婆「生了，生了！」的報喜聲，而後漸漸低下去。「是個姑娘。」

窗外男子似乎聽到一聲生了，還有嬰兒啼哭聲，但緊接著又漸不可聞，不由得著急的呼喊。「元娘、元娘，妳還好嗎？」

停了一會兒，廂房裡回覆道：「老爺，夫人平安生了二小姐。」

「平安就好，平安就好。」窗外男子鬆了一口氣，笑咧了嘴，轉頭向堂屋裡坐著的老人喊道：「爹，娘，我又多了一個女兒。」

堂屋裡的兩位老人眼神失望，嘴角強牽起一抹笑。眼見男子又巴著窗櫺往裡偷看，雙方無奈對視，偷偷的嘆一口氣。老太爺轉頭瞄一瞄手邊的小弓箭，卻只能拿起右邊的紅手絹，指揮僕人掛到大門右邊。這是告訴路過的人，這家有新生兒出生，紅手絹代表是女兒。

而老夫人則走向廚房，裝上一大碗早已準備好的紅糖雞蛋，準備送入廂房給產婦。

廂房裡，嬤嬤把嬰兒交給穩婆，轉頭輕輕對產婦說：「夫人，您先歇一歇。」

只是床上產婦不知何時已經閉上眼，床單上鮮紅色的血液蔓延開來，血腥而刺眼。

「夫人？夫人？小姐！」嬤嬤先是輕輕呼喚，驀地發出淒厲的大喊：「來人啊，快請大夫，小姐大出血暈過去了。」嬤嬤急得連未出嫁時的稱呼都出來了。

「大、大出血……」窗外的男子似是不明白這幾個字般，喃喃重複，隨後反應過來，抬腳往屋裡衝，卻左腳絆右腳，摔個正著。他也不顧磨破的手掌，一個跳躍起來繼續往前衝。

他衝進廂房，卻被嬤嬤擋出去，嬤嬤急得顧不得禮數。「老爺，老爺，您進來有什麼用呀?!去請大夫！快去！」最後一聲已帶著破音。

「對，對，大夫，大夫。」男子重複道，轉頭便往外衝。門外漆黑一片，男子也不顧，閃身沒入黑暗中。

捧著紅糖雞蛋的老夫人，聽到大出血，抖了一抖，碗掉在地上碎得稀爛，雞蛋糖水灑了一地。顧不得收拾，老夫人急急忙忙邊往產房趕邊問：「怎麼了？現在情況怎麼樣？」

而指揮著掛完紅手絹的老太爺也在堂屋急得團團轉。

不知過了多久，男子在漆黑的夜裡，砰砰砰的敲響本縣權威老大夫的屋門，已經熄燈休息的老大夫被拉起來，只來得及拿上藥箱，被男子拉著出門，跌跌撞撞的差點跑散一身老骨頭。

醫者仁心，救人要緊，老大夫白髮蒼蒼，也不避嫌，直入產房，針灸先止住血崩。「我先開一服藥，你們馬上派人取藥，立刻煎服。」

好在老大夫家不遠，僕人順利取了藥煎服，產婦喝下後終於神態好轉，平穩安睡。

夜已深，老大夫收拾好醫箱，出了產房門，對著男子猶豫躑躅良久，最後看得男子都惶恐了。他顫抖著問：「大夫，你這樣看著我，內人、內人是不是有什麼問題呀？」

老夫人也惶恐的問：「是呀，大夫，有什麼話你就說，這樣怪讓人害怕的。」

大夫嘆口氣後，不忍說道：「順兒，咱們街坊，你也是我看著長大的。你媳婦這次，生產時間過長，又產後血崩，雖然止住血保得平安，終歸身體有損，可能……影響生育。唉，你們還年輕，慢慢調理。」

男子驚訝得來不及回答，老夫人被這個消息驚得失了神。

而夫人的陪嫁嬤嬤已經忍不住了，急道：「大夫，我家小姐還沒生下兒子呢，您可一定要治好她呀。」

「暫時先調養補血，等她出了月子我再細細問診。」老大夫答道。

余嬤嬤聽聞此言，知道當下只能如此，無奈的收起手帕，狠狠按下眼角的淚水，轉身回產房照料產婦。

產房裡，產婦正在安睡，余嬤嬤輕輕掀起被角確認再無出血，細聽產婦呼吸平緩深長，吊著的心略微鬆了鬆。

產婦旁，襁褓包裹著的嬰兒正在安睡，嬤嬤注視著小嬰兒一會兒，給產婦掖了掖被角，吩咐丫鬟道：「紅線，把二小姐先抱到隔間吧，別吵著夫人，讓夫人好好睡一覺。」

「是，余嬤嬤。」

睡夢中的嬰兒張了張嘴巴，未曾被驚動。

而院子裡的另一頭，老太爺和老夫人躺在一張床上，轉輾反側。不知過了多久，老夫人忍不住幽幽問了一句。「怎麼就影響以後生育了呢？你說這次如果是一個男孩多好！」

旁邊躺著的老太爺默然半晌，睜著眼看著漆黑的床頂，最後長嘆了一口氣。

「我可憐的兒，妳這次生的怎麼就不是一個小子呢！」天可憐見，滿月這天，蘇明月醒來迎接一個新的清晨，聽見的第一句話就是嫌棄自己不是一個男孩。

她知道自己已經死亡，但不知是漏喝孟婆湯還是何種緣故，前世的事還記得真切。她想自己應該是胎穿，從一個剛出生的小嬰兒重新開始人生。只是嬰兒的身體發育跟不上她的思緒，整日看也看不清，聽也聽不明，只能吃奶和安睡。蘇明月努力收集資訊這麼久，只知道自己投胎到古代的一個讀書人家，祖父母尚在，父母親恩愛，她上頭還有一個姊姊。

此刻，說話的聲音卻不屬於她記憶中的任何一人，蘇明月努力睜開眼，隱隱約約看見說話的是一個中年婦人，這個說出心聲的中年婦女是何人，蘇明月就搞不明白了。

唉，開局就想換個性別。

蘇明月心裡暗嘆，只是此時她是一個剛滿月的小嬰兒，再多的想法也表現不出來。

接著聽見一個溫柔的女聲細細說：「娘，您別這樣說。都是我懷胎十月生的，您看二姐兒，余嬤嬤說長得像我小時候呢。」

哦，原來中年婦女是她外婆。

「我的兒妳命苦呀。長得像有什麼用，大夫說妳傷了身，以後難懷上了，怎麼辦啊？我可憐的兒。」中年婦女根本不聽勸，繼續哭號。

這個外婆不行！蘇明月立刻下了判斷。

果然，就見到蘇明月的母親沈氏低下了頭，一滴清淚慢慢落下來。

畢竟是自己這輩子的母親呢，蘇明月見狀立刻哇哇大叫，乾哭，小嬰兒的哭聲吸引所有人注意力。

「夫人，可別哭，雖說出了月子，但還是傷眼呢。」余嬤嬤即使身為下人，也忍不住插嘴了。「老夫人，大夫說夫人身子慢慢調理幾年就行了。」

「對對，咱慢慢調理。」沈母似是意識到不妥，改口道：「到時候需要什麼藥材，讓妳弟尋來給妳。不用怕，一定生到男孩為止。」

余嬤嬤氣惱，又不能明說，只能插嘴道：「今天可是二小姐的滿月日子，可不能落了喜意。紅線，妳過來，帶老夫人去補一補妝。」

「是。」紅線應聲而出。「請老夫人隨我來。」

沈母看氛圍不對，吶吶道：「元娘，那我去了。」

沈氏不應答，沈母只能跟著丫鬟走了。

「夫人。」余嬤嬤柔聲安慰說：「您別聽老夫人的。那些年，老太爺一直被外邊的狐媚子迷了心，老夫人生了二老爺、三老爺後，才漸漸收心。老夫人她呀，就是立不起來的，她這輩子就靠著兒子了。」

「余嬤嬤，我知道。」元娘帶著淚意說：「我娘她自個兒是立不住靠不上的。我這輩子，不能當一個像我娘這樣的母親。」

「夫人，別怕，咱們會治好的。」

蘇明月邊聽心裡邊發出感嘆，這嬤嬤比親娘更像娘了。

不一會兒，滿月宴開始了，蘇明月被裹在大紅包被裡，被抱出去展示了一圈，得到了一連串長得真好、真俊的客氣評價。

因為有一個胎穿的成熟靈魂，她不哭不鬧，偶爾看到重量級人物，比如蘇祖父、蘇祖母和自個兒的爹，蘇明月會咧開無齒的笑容。這穿都穿了，討好一點家裡人容易過得好。

反正笑一笑賣乖也不要錢，對生活低頭，這蘇明月可熟練了。

但是，當她外祖母抱起新生兒時，蘇明月卻哇哇大哭起來。

誰還沒有一點小脾氣，嘿。

沈母十分尷尬，怎麼著，這小外孫女別人抱就笑嘻嘻，自己抱就哭唧唧，顯得自己特別不受歡迎。

「娘，她可能餓了，讓我抱著吧。」還是沈氏看不過眼，給自己親娘解圍。

沈母連忙把小嬰兒遞過去，沈氏接過來，蘇明月果然止住哭聲。

「小壞蛋。」沈氏輕輕點一下蘇明月的鼻子，低聲說道。

蘇明月對著沈氏，咧開一個無齒的笑容。

到了月上柳梢時，蘇明月這輩子的爹，大名叫蘇順，終於應酬完，抽空來到房間看看老婆、女兒。

「媚姐兒睡著了？」蘇順先問大女兒。

「老爺，大小姐在西廂房睡著了，紅線陪著呢。」余嬤嬤低頭答道。

「嗯，妳先下去吧。」

余嬤嬤低頭碎步走出房間，蘇順上前坐在床邊，握著妻子的手，問道：「今天怎麼眼角紅紅的？」

「不過是開心的。」沈氏並不想向丈夫說自己親娘的不是，於是轉移話題。「咱們二姐兒的名字取了沒？今日已是滿月，老叫二姐兒也不是辦法。」

「取好了。」蘇順笑道：「妳生她的時候正是十五，天上好生一輪明月，就叫蘇明月。妳看怎麼樣？」

「蘇明月，蘇明月。」沈氏低聲重複，展顏一笑。「這名字好。」

於是，蘇明月得到了一個跟前世一樣的名字。

似是未知的力量，用相同的標記，將前世今生連在一起。

命運的齒輪，重新開始轉動。

小嬰兒的生活，無非就是睡和吃，哦，還有不受控制的拉撒。

以蘇明月成熟的心智，實在難以接受自己不受控制的吃喝拉撒，但身體是嬰兒的身體，不受思想控制呀。

於是，蘇明月只能選擇多睡，睡著了啥都不知道。反正，小孩子嘛，多睡也是正常的。睡著了也不用裝小孩裝得辛苦。

這一裝睡，裝了三年。

當然中途蘇明月琢磨著差不多的時候，學會了爬與走，學著叫了爹和娘。

她覺得自己正常的裝成一個小孩，卻不知道大人為她操碎了心。

「我可憐的兒呀，月姐兒不是個男孩就算了，她還是個傻的，我可憐的兒呀，妳怎麼這麼難。」

這天，蘇明月正在隔間午睡，卻被一聲哭泣的女聲驚醒。

唉，她那不頂用的外婆又來了。不過這話是怎麼說的，外婆說她是傻的?!

她，蘇明月，堂堂一個胎穿，沒有展現驚人的才智就算了，居然被認為是傻子。真是丟盡胎穿界的臉，說出來會笑掉人大牙。

蘇明月正想反駁，外邊沈氏已經忍不住。作為一個護短的娘親，沈氏是絕不容許別人這麼說自己女兒的。

「娘，您哪裡聽到的胡話。月姐兒好好的，白白胖胖、能跑能跳、能說能笑，哪裡像傻子。」沈氏斥道：「您別在外邊聽那些三姑六婆說啥就是啥，有點自己的判斷力。」

「可是，外邊的人都說月姐兒白天黑夜老睡呢。」沈母還是有點猶豫。

「外人知道什麼，只不過是恰好遇見月姐兒幾次都在睡覺，就亂說話。您是月姐兒的親外婆，跟著傳這種胡話，怎麼不為月姐兒想想。」

「我有呀。」沈母急忙辯白。「我給妳帶了秘方，特別管用，吃了的小孩特別聰明。」

「娘，要真有這種神藥，個個小孩都是狀元之才了。」沈氏嘆氣，自己這個母親，只有一顆心是好的。

「那好吧。」沈母想想也是，聰明都是天生的，於是她話題一轉。「我還給妳帶來生子秘方。這是我從泰山送子娘娘處求來的，特別靈驗，妳每天晚上壓在枕頭下。」

沈氏眼神一暗，當年大夫診斷她產傷，她出月子才知道。這些年一直吃大夫的藥調理，只是始終沒有再懷上。

「娘，我們這離泰山遠著呢。」沈氏無奈。

「胡說，送子娘娘法力無邊，沒有界限。」沈母斥道。

「給我吧，壓枕頭下是吧。」沈氏懶得處處反駁自己的娘，反正也就是壓著，不用入肚的。

也許，萬一就靈了呢。

不孕這事即使在二十一世紀也是難題呢。躺著偷聽的蘇明月心裡暗暗嘆氣，在古代，無子的壓力不是一般的大，這家人貌似還一脈單傳。

她這些年也偷聽到，當年那一聲「怎麼不是個兒子」的感慨。

對於當年生蘇明月產後血崩一事，沈氏從不因蘇明月年紀小，就在她面前落淚抱怨。

只是蘇明月這些年也明白，沈氏還未當家，上有公婆，丈夫又是獨子。這些年婆婆拜祭祖先的祝禱詞已經變成「祖宗保祐我蘇家早得貴子，開枝散葉，傳承香火」，沈氏所受的壓力可見一斑。

眼見外邊氣氛逐漸凝重，沈母那標誌性的「我可憐的兒」又要響起，蘇明月趕緊弄出聲響，表明自己已經醒來。

「娘，娘。」

聽見蘇明月喊娘，沈氏的心神立刻從無子的煩惱轉移到蘇明月身上。

「月姐兒醒了。」沈氏摸摸蘇明月的額頭，沒有汗。「來，喝杯溫水，秋天乾燥，睡醒口乾。」

蘇明月乖乖倚著沈氏的手，喝下一杯溫水。

「月姐兒可真乖，還記得我是誰不？」沈母問道。

「記得，外婆好。」蘇明月裝乖。

「外婆是誰呀？」

「外婆是娘的娘。」

沈母見蘇明月口齒清晰，不像傻子，一時放了心。

過了半盞茶的功夫，西廂的蘇明媚過來找娘，蘇明月轉頭跟真小孩蘇明媚玩，不願再應付沈母一連串外公是誰、舅舅是誰，這種懷疑她智商的問題。

蘇明媚超有耐心，一直教妹妹說話，蘇明月只要重複跟著學就行了，應付起來比應付大人容易多了。

於是，小小的房間裡，孩童的細嫩聲音不斷，沈氏和沈母偶爾誇讚兩句「月姐兒學得真快」、「媚姐兒真是好姊姊」，稱得上是一次十分和諧的見面。

到了傍晚，蘇順下學歸來。

是的，即使已經有兩個女兒，蘇順還是一名童生，日日跟自己的師傅學習，不事生產。

一家人吃過晚餐，沈氏讓紅線看著媚姐兒、月姐兒，與丈夫商量。「月姐兒也三歲了，想來日日跟著我們大人，沒有玩伴，睡得多、動得少。我想著，要不讓佘嬤嬤帶著媚姐兒、月姐兒一併住到西廂房去，兩姊妹作伴，小孩子一起玩玩鬧鬧，感情才好。」

「挺好的，按妳說的來辦吧。」蘇順笑吟吟答道。

所謂燈下看美人，越看越動人。

昏黃的燈光下，沈氏卸去一頭髮飾，只披著烏黑的一頭長髮，明目似水，笑靨如花。

蘇順看得眼神一暗，不由自主的抓住妻子的手，大拇指細細的摩擦，說道：「要不今晚就讓余嬤嬤把月姐兒帶過去吧。月姐兒也三歲了，是該給她添個弟弟了。」

再老夫老妻，沈氏也臊得耳朵通紅。只是再想到今天母親說的話，沈氏不禁黯然神傷。她是事事與丈夫相商的性子，從不默默流淚，因此便道：「今日我娘來，也說了求子的事。自當年生月姐兒傷了身，大夫問診後，我月月喝這補藥。如今大夫也說身體已經無恙，但就是沒懷上。母親時常求神問佛，父親也盼著抱孫，我實在是十分對不住你。」

蘇順十分懊惱提起妻子的傷心事，他細細安慰。「子女一事要靠緣分，如今妳我膝下有月姐兒、媚姐兒，十分可愛，不必心急，且妳我還年輕，慢慢來。」

「我亦知此道理，只是心裡總想著這事。自我嫁過來六年，夫君你對我好，我卻未得一兒，實在遺憾。」

蘇順一聽這話，眼見嬌妻含淚，身如弱柳扶風無所依，不禁憐惜心大起，忙將嬌妻擁入懷中，說道：「何至於此？即使無兒，有媚姐兒、月姐兒足矣。妳若心心念念此事，不如趁年節未至，秋收風景正好，到莊子散散心。我聽說十分著急此事，影響心情，反而難有孕。」

「父親母親在家，你亦日日苦讀，我獨自帶娃散心，會不會不妥？」沈氏猶豫道。

「這有何不妥。父親母親身體康健，我正好近日隨先生到鄰縣遊學。妳放心，父親母親那邊我來說，就說趁我出門遊學，妳帶媚姐兒、月姐兒到莊子理一下帳目。」蘇順十分善解人意的說。

丈夫不在家，沈氏自是願意帶著女兒出門散心，多於在家陪公婆的。可自己做人媳婦，這話就不好實說了。

也不知蘇順是如何對父母說的，反正沈氏順利得到與女兒一同外出散心的機會。只是還沒等到沈氏送丈夫出門遊學，收拾好自己與女兒的行李，出嫁已久的蘇姑媽先拎著大包小包回來了。

為什麼說又？因為蘇姑媽嫁了本縣的馮家，有事無事，三不五時的就回家遛達兩圈。蘇姑媽這次回娘家，帶著小兒子翔哥兒，一回來，就熟門熟路直奔蘇祖母屋裡。

「娘，我聽說我哥要外出遊學？」蘇姑媽是人未到聲先到的典型，回娘家對她來說比在夫家更不用守規矩。

「是呀。」蘇祖母迎出來。「每兩年都要遊學一趟的。」

見蘇姑媽帶著外孫過來，蘇祖母一下子笑了，抱起翔哥兒。「翔哥兒也來了。吃了沒？餓不餓？渴不渴？」

翔哥兒是一個四歲的小胖子，被他母親養得胖嘟嘟的，又因為常在外邊玩，免不了變成黑胖黑胖。

此刻被蘇祖母抱著，翔哥兒扭了扭，十分不願，但還是答道：「外婆，我來時吃過了，不餓。」

「那就吃一盅燉秋梨，秋天到了，十分乾燥，吃盅秋梨潤潤喉。」蘇祖母說道：「陳嬤嬤，到廚房給翔哥兒端一盅燉梨。」

翔哥兒想到燉梨是甜的，可以吃得下，於是乖乖被外祖母圈在懷裡等燉梨。

「陳嬤嬤，我也要一盅。」蘇姑媽毫不見外的喊道，接著挪到蘇祖母跟前，好奇問：「娘，我哥這次怎麼去鄰縣，以前不是去省城或者周邊的嗎？」

「聽說鄰縣回來了一個退休的老進士，妳哥他們都去拜訪學習了。」蘇祖母解釋道。

「鄰縣雖跟我們說相鄰，但翻了一座山，氣候吃食跟我們十分不一樣。」蘇姑媽說道：「翔哥兒他爹去過，說那兒冷得很，愛吃辣。」

「是啊。」蘇祖母也憂愁，但兒子求學之路是萬萬不能因此而斷的。

「娘，別擔心，我問過翔哥兒他爹了，特地給我哥帶了狼皮的護膝和皮靴，十分保暖，不會凍壞。」蘇姑媽邀功。「我還帶了茱萸醬，微辣口味的，冷冷的天吃一點，出一身汗，但又不會太辣，慢慢的就習慣了。」

這還嫌不夠，蘇姑媽繼續說：「這次翔哥兒他爹出門，帶回十分好的臘肉，我給您帶了一隻獐子腿和一隻鹿腿，到時候也給我哥帶上一點。實在吃不了辣，就讓小石頭單獨給我哥煮。」

「如何能帶這麼多東西回娘家，妳公婆還在呢。」蘇祖母心疼兒子，但也十分為女兒著想。

「沒事，翔哥兒他爹知道的。再說，飛哥兒還在爹任職的書塾裡讀著書呢，您知道，我公婆最喜歡飛哥兒讀書的勁頭了，到時候讓我爹私下多教教飛哥兒便是。」

「那好吧，待會妳到廚房裡挑幾條臘肉回去，雖是常見的豬肉，不如獐子肉鹿肉珍貴，但也是學生家長細細挑的好肉做的，平日裡吃十分美味。」蘇祖母說道。

「娘，您也知道，我婆家就是做吃食的，如何會缺臘肉。」蘇姑媽不願意。

「讓妳帶妳就帶，有來有往才是親戚間的道理，這是為了平妳公婆心裡那把秤。」蘇祖母要被女兒的心粗氣死，想想吃食還是不夠。「妳嫂子給我送來幾疋布，有幾塊質地很柔軟，十分適合小孩子，待會兒讓蘇嬤嬤給帶妳回去，裁給飛哥兒和翔哥兒穿。」

「嫂子娘家又送布來啦。」給小孩子的，蘇姑媽也不客氣。

「嗯。」蘇祖母應道。

說話這半晌，陳嬤嬤將燉梨盅送上來了。蘇姑媽趁熱喝了燉梨水，抽出手帕，擦擦額頭的細汗。「還是咱家老梨樹結的梨子夠味，秋天裡喝一盅，整個嗓子都舒服了。」

「那當然，妳祖父的祖父當年種上的，整個縣城都沒有我們家這麼老的老梨樹了。」蘇祖母十分自豪，幫翔哥兒抹掉額頭的汗。「翔哥兒，慢慢喝，別著急。」

翔哥兒大口喝掉最後一口梨水，抬起袖口擦嘴，已經不耐煩了。「娘，我要出去玩。」

「去吧，找你表姊、表妹玩去。」蘇姑媽爽快道。

外婆家翔哥兒常來，熟得很，一溜煙的跑沒影兒了。

看兒子走遠，蘇姑媽悄摸摸的繼續剛剛的話題。「娘，我嫂子又送布討好您了，她這幾年身子還沒養好？」蘇姑媽問道。娘家有沒有後，她十分關心。

「大夫說了沒問題，就是沒懷上。」蘇祖母也實在是盼孫心切。「求神拜佛，吃齋喝藥都試了，還是沒懷上。」

「這可怎麼辦？」蘇姑媽也實在憂愁。「要是當初生月姐兒沒傷了就好了。」

「說起月姐兒，」蘇姑媽又道：「娘您聽說了沒，外面都說月姐兒有點傻傻的。」

「妳做人姑媽，如何能說這等混帳話。」蘇祖母呵斥。

「我這不是在您跟前說嘛，在外人面前我肯定不會這麼說。」蘇姑媽根本不怕。「想我這幾年過來，月姐兒十次有九次都在睡覺呢。」

蘇祖母還沒來得及回答，紅線從外邊跑進來大喊：「老夫人、姑奶奶，翔哥兒和月姐兒跟隔壁的能哥兒打起來了。」

什麼，打起來了？

蘇姑媽和蘇祖母急得一同站起來。

第二章

翔哥兒跑來跟媚姐兒、月姐兒玩，蘇明月正為裝小孩裝成傻子煩惱，眼前的翔哥兒大半歲，正是十分好模仿的對象。於是三人兩個真小孩，一個老牛裝嫩心，玩得其樂融融。

只是翔哥兒畢竟是男孩，玩著玩著說要出去冒險，蘇明媚不想去，蘇明月便跟著去了。剛出門到隔壁胡同口，遇到隔壁能哥兒為首的另一幫小孩，其中一個小屁孩，手賤指著蘇明月道：「能哥兒，看，你家隔壁的傻姑娘。」

蘇明月正氣惱裝傻太過呢，一聽，氣成河豚。

只是蘇明月還沒來得及行動，翔哥兒忍不住了，蘇明月可是他親表妹，這會兒還玩得特別好，他罩著的。說蘇明月就是說他翔哥兒！

只見翔哥兒飛撲過去，啪的一下打中小屁孩的手，小奶音大吼一聲。「你才是傻子！」小屁孩哇的一聲哭起來了，立刻還手，兩人打成一團。翔哥兒體型具備優勢，小屁孩落在下風。

旁邊能哥兒大一些，見兩人打起來了，忙來勸架。

蘇明月一看，不行，兩個人合起來欺負表哥，她避開翔哥兒，像一顆小炮彈一樣朝著三人衝過去，險把能哥兒和小屁孩撞翻在地。

趁著兩人未站穩，蘇明月把握時機，把小屁孩絆倒，然後泰山壓頂式往下重重一壓，小屁孩差點被壓得翻白眼，緊接著蘇明月一陣亂拳揮過去。

一場混戰開始了！

等到其他小孩哭著喚來大人，蘇明月和翔哥兒已經在混戰中取得壓倒性的優勢，把能哥兒和小屁孩打得在地上起不來，哭得哇哇叫。

幾家大人來得晚，戰敗的一方已經哭得鼻涕橫流。

「說，為什麼打架？」

蘇明月和翔哥兒沒哭，沈氏一看，蘇明月和翔哥兒狼狽程度是最低的，應該沒吃大虧。

蘇明月作為一個擁有成年心的假兒童，十分懂得先告狀先贏的道理，她張著遺傳自她娘的水汪汪的大眼睛，委屈問道：「娘，他們說我是傻子。我不是傻子對不對？」

小屁孩打架輸了，想在這兒找回場子，扯著嗓子哭叫。「妳就是傻子，妳就是傻子！」

蘇明月扯著小嗓子回嗆。「你連傻子都打不過，你個弱雞，你個弱雞！」

小屁孩想到自己的確是打不過，被蘇明月壓在身上打得毫無還手之力，哭得更厲害了。旁邊大一點的能哥兒聞言頭垂得更低了。

大人們一看，就蘇明月這牙尖嘴利的樣子，哪裡像傻子，只有她襯得別人像傻子。

現在看來明顯是被打一方嘴賤在先，最終這一場打架，打輸的理虧不好追究，打贏的獲得了勝利也不好再乘勝追擊，各家大人只能以小孩子還小哪有不打架為由，灰溜溜的各帶各娃回家。

只是回到家，就各有各的精彩了。

小屁孩他娘扯著自己的娃回到家，十分不爽。

「蘇明月那個瘋丫頭，以前還裝傻不出門，牙尖嘴利的樣子，我看是不能出門見人。」

「娘，您不是說蘇明月是個傻子嗎？」小屁孩哭得打嗝。「傻子打架哪能這麼厲害？」

小屁孩他娘眼一瞪。「我怎麼知道她裝的，淨會裝，跟她娘一模一樣。你以後多吃飯，蘇明月比你還小呢，你連一個小丫頭都打不過。」

小屁孩不僅沒有得到半點安慰，還受到來自母親的心靈攻擊，哭得更傷心了。

相比小屁孩受到來自母親的靈魂打擊，能哥兒則是另一種責罰。

「到祠堂跪一個時辰去，反省反省你自己。」能哥兒他娘冷厲的命令道。

「是，母親。」能哥兒也不反抗，顯然已不是第一次罰跪了。

旁邊嬤嬤於心不忍，忍不住求情。「夫人，一個時辰也太久了，如今晚上天漸冷呢。」

「嬤嬤不必為他求情，他有那時間跟一些不三不四的人野，還不如專注課業。」

「夫人，能哥兒做完課業方出去的，他難得有個玩伴……」

能哥兒他娘掃過了一個冷眼。「妳在教我教子？」

「夫人，是奴婢多嘴了。」

失敗者的痛苦各有不同，勝利者的榮耀是一樣的甜蜜。

蘇明月和翔哥兒牽著手，挺著小胸脯，像兩隻雄赳赳氣昂昂的小公雞走在前頭。

「翔哥哥，你好厲害呀！」蘇明月讚嘆道。

「那當然，我這麼多的飯不是白吃的。」翔哥兒虛榮心大漲，頭揚得更高了。

「翔哥哥以後會再來找我玩嗎？」蘇明月擔憂道：「我怕他們以後會報復我咧。」

「以後出門妳就說妳是我罩的，跟著我混，誰都不能罵妳。」翔哥兒小胖手頗有江湖豪氣的拍拍自己的小胸膛。

「翔哥哥你好有義氣啊！」蘇明月瘋狂拍掌。

沈氏看不得蘇明月這副打架還有理的狀態，怕養成壞習慣，說道：「月姐兒妳別作怪，以後不許再打架。」

蘇姑媽本來還挺為兒子打了大勝仗得意的，聽到這話立刻不滿意了。「嫂子妳這是什麼話？別人都罵上門了，罵月姐兒就是罵我們蘇家，罵蘇家就是罵我，別人都罵上門了還不打回去，我們可不是那等孬種。翔哥兒做得好，今晚獎勵吃三碗飯。」

「娘，我今晚能吃四碗。不，我能吃六碗、十碗、一百碗……」翔哥兒膨脹了。

「行，隨你吃。」蘇姑媽對兒子的大話十分捧場。

「那個能哥兒他娘，仗著能哥兒他爹學堂考試比我哥好，老擺出一副高人一等的姿態，我早看她不順眼了。」蘇姑媽十分不滿的吐槽。「要我說，我還看不上他們咧，一家人都餓得面黃肌瘦，像難民似的，連個小孩養得都比我們弱。看我們翔哥兒，多壯，多好看。」

蘇姑媽顯然對自己養小孩十分得意，繼續吐槽。「還有那小屁孩他娘，我一看就認出來了，是南門的翠花吧，當年老追著我哥偶遇，以為我不知道她什麼心思，肯定就是她說我們家的壞話，我呸！」

蘇明月聽得目瞪口呆，姑媽，這爆料太猛了吧！

幸虧翔哥兒是真正的小孩，聽不懂自己娘說啥。能聽懂的紅線、嬤嬤等下人，恨不得自己隱身不在現場。

沈氏倒是第一次聽說這等往事，然而這場合實在不適合說這話，但她的身分又很為難，不知該如何開口阻止。

蘇祖母就無此猶豫了，受不了自己女兒那毫無遮攔的嘴，訓斥道：「夠了，說什麼胡話呢，住口！」

「哇，明擺的事實。」蘇姑媽十分不平，但在蘇祖母射過來的警告眼神裡還是閉上嘴。

一行人回到家，給打架的小娃娃檢查檢查傷口，換下弄髒的衣裳，整理散亂的頭髮。

懂事的蘇明媚在旁內疚，覺得自己沒有保護好妹妹，讓妹妹受到欺負。蘇明月安慰姊姊自己大發神勇，當場打回去。翔哥兒更在旁表示自己以一當十，絕對不會讓人欺負表妹。

忙碌中，又到傍晚蘇順下學時。

蘇順歸家，驚聞自己的小女兒跟人打了一架，還打贏了，沒受傷。正要仔細了解情況，安慰妻女，又見同窗師兄何德帶著兒子能哥兒過來道歉。

長得瘦瘦高高的能哥兒，垂著清秀的小腦袋，十分自覺的向蘇明月道歉。「月姐兒，對不起。」

「沒事，又不是你說我的。」月姐兒看這個慽慽的小孩十分可憐，大度的揮揮手。翔哥兒打贏了勝仗，更加無所謂。

何德見兩小孩都無大傷，又跟蘇順客氣兩句，約好幾天後一起出門遊學，才歸家去。

「爹，我讓您丟臉了。」能哥兒牽著他爹的手走回家。

「爹不丟臉。」何德牽著兒子的小手。「只是打架容易受傷，月姐兒還是個小妹妹，我們不能欺負弱小，對不對？」

「嗯。」能哥兒悶悶的說：「爹，我再也不出去玩了。」

何德摸摸兒子的一頭軟毛，心中一片柔軟，柔聲說：「做完課業還是可以出去玩的，爹也希望我們能哥兒交到朋友呢。」

能哥兒抿著小嘴，過了一會兒才說：「娘不開心。」

「沒關係，爹去跟你娘說。」何德安慰兒子，想著遊學前要找個時機跟妻子談一談兒子的教育問題。

何家乃外來戶，遷到平山縣，自己需要功名立住，也要有一、兩個交好的人家相互扶持才好呢。蘇家家風清正，自己與蘇順又是同窗，正好合適。

何德這邊的打算，蘇家並不知曉，蘇家正是吃晚飯的時候。

蘇明月見翔哥兒真吃了三碗飯，吃得小肚皮都脹起來了，便故意逗他。「翔哥哥，你不是說吃一百碗嗎？還有好多碗呢。」

翔哥兒摸一摸小肚子，的確是吃不下了，但又不想在小表妹面前丟了面子，想了想，靈機一動說：「我先存在外公外婆這裡了，下次再過來吃。」

一桌人都被翔哥兒逗笑了，蘇祖母笑著說：「好，我給翔哥兒存著，翔哥兒什麼時候來吃都行。」

吃過晚飯，蘇姑媽左手牽著兒子，右手指揮跟來的丫頭帶著布疋臘肉，施施然的回婆家去了。這日子，過得也是十分自在了。

送走蘇姑媽，蘇順一家洗洗刷刷，又到了休息的時間。

沈氏一邊塗塗抹抹，一邊斜眼看丈夫。「那南門翠花實在太過分了，居然說我們月姐兒是非。一個孩子懂什麼呀，肯定是他家大人說話，被小孩子學去了。」

蘇順對妻子的含沙射影毫無所覺，平常儒雅的他亦十分氣憤。「以後再也不跟這家人來往，家風不正。」

沈氏見蘇順無心虛之意，便轉回正題。「想是日常月姐兒出門少，才有這些流言出來。如今月姐兒也大了，我多帶她出門，流言自然消逝。」

按沈氏的意思，這等流言根本不需理會。但這世上女子艱難，名聲好壞影響一生，不得已，在這些細微處只能向世俗低頭。

像是忽然想到什麼，沈氏噗哧一聲笑出來。「你今日沒見到，月姐兒可厲害了，那兩個男孩子還大我們月姐兒幾歲呢，打也打不贏我們月姐兒，吵也吵不贏我們月姐兒。」

蘇順看著燈下妻子偷笑著的容顏，不由得會心一笑說：「所以我們月姐兒聰明著呢。」

蘇明月可不知道自家爹娘正為自己的戰績感到光榮，她這會兒正躺床上準備睡覺。

旁邊被窩傳來蘇明媚的聲音。「妹妹，以後我再也不跟梨花她玩了。」梨花是翠花的大女兒，小屁孩他姊。

蘇明月半晌才反應過來，隨後響亮應了一聲。「嗯，再也不跟他們玩了。咱們可是一國的！」

「嗯！」蘇明媚歡喜應道，終於從今天沒跟妹妹一起，讓妹妹受欺負的情緒中走出來。「咱們是一國的。」

兩姊妹在被窩下的手悄悄牽在了一起。

「媚姐兒、月姐兒，到點睡覺了。」床外傳來余嬤嬤的輕聲說話聲。

「馬上睡了。」

如此過了幾天，蘇順出門遊學去了，沈氏便帶兩個孩子到莊子查帳兼散心。

蘇明月長這麼大，還是第一次離開自己家的小巷子，便想坐到馬車頭瀏覽風景。

她年紀小，不必忌諱，沈氏也不阻止，只讓紅線一同坐馬車頭顧好二小姐。

出了縣城門，一大片待收割的農田，金黃色連成一片。遠處青天之下，青山連綿。秋風徐徐吹來，吹亂蘇明月一頭小亂毛。

這樣未經污染的天地，豐收的情景，讓蘇明月忍不住唧唧喳喳個不停。

「娘，您看好大一片稻田，好漂亮。」

「娘，您看，還有一頭牛在吃草。」

「娘，您看那邊有一條河，有人在捕魚咧。」

歡喜又驚嘆的聲音，引得蘇明媚也忍不住探頭往車窗外看。

走了一個多時辰，到了莊子，余嬤嬤已經帶人先抵達，提前做好準備。

沈氏來的莊子是她自己的陪嫁嫁妝，蘇家並沒有莊子，作為一個沒落的讀書人家族，蘇家最值錢的是一屋子的書。

錢莊頭在莊子已經繁衍三代了。錢莊頭本來帶著長子出來迎接，聽聞兩位小小姐一起來了，便把自己的三個孫女，一妞、二妞、三妞都帶來了。

雙方一會面，大人有正事幹，小孩子被打發出去玩耍。

蘇明媚、蘇明月跟著幾個妞在莊子裡遛達，蘇明月好奇發問。「一妞姊姊，妳們平常在莊子裡做什麼呀？」

「二小姐，您叫我一妞就可以了，當不得。」一妞是個十歲的小姑娘，雖然第一次見到主家有點拘謹，但努力鎮定之下還是很俐落穩重。「我們平常織布，採桑葉，照顧蠶寶寶。現在秋收了，大人忙，我們要幫忙煮飯，還有撿稻穗。」

「有蠶寶寶？我們可以看嗎？」蘇明月驚喜的問。

一妞帶著兩個妹妹停下來，雖然蠶房要保持乾淨整潔，不能隨意進入，但想來蘇明月是主家小姐，應該可以的。「我帶小姐們去蠶房。」

「娘，我帶小姐們來看蠶。」蠶房的看守正是一妞娘。

「小姐們來了。」一妞娘是個相貌樸實的中年婦人，身形矮實，肚子微微凸起，但見她挺著個肚子麻利幹活，絲毫不見妨礙。

「哇，蠶寶寶好可愛。」另一邊蘇明媚驚喜叫道。

蘇明月也轉過身，蹲下看蠶寶寶。

「這一批是秋蠶，快要結蠶繭了。」一妞熟練的從旁邊篩子上拿過一把桑葉遞給蘇明媚和蘇明月。「現在蠶寶寶每天都要吃很多桑葉，我們每天都要採新鮮的桑葉給蠶寶寶吃。」

蘇明月學著一妞的樣子，把桑葉放到蠶寶寶邊上，果然蠶寶寶扭著扭著，爬上來吃了。餵過蠶寶寶，參觀了蠶房，一妞繼續帶著蘇明媚、蘇明月繞著莊子閒逛。

蘇明月邊走邊好奇發問。「一妞，妳和二妞三妞的名字好像，妳們是親姊妹嗎？」

一妞回答道：「我和二妞是我娘生的，三妞是嬸娘生的。」

「哦哦。」蘇明月點頭，然後又問：「那妳們有兄弟嗎？妳們兄弟叫什麼呀？」

「我有一個哥哥、兩個弟弟，我哥叫一牛，弟弟叫二牛、四牛，三妞她哥叫三牛。」

蘇明月暗暗好笑，這取名方式，一看就是兄弟姊妹。「妳們的名字誰取的呀？」

「我爺爺。」

蘇明月默然，這錢莊頭可真會省事。

「那妳們如果再有一個弟弟或妹妹，是不是叫五牛、四妞啊？」

「是呀，小姐您真聰明，我爹說了，我娘肚子裡懷的，生下來是男娃就叫五牛，女娃就叫四妞。」

「我娘也懷上了，到時候也順著叫。」三妞插話。

「妳們兄弟姊妹可真多呀。」蘇明月感慨。

「不多啊。我爺爺說夫人人好，大家比以前能吃飽了，現在大嬸們都能生五、六、七個呢。」二妞扳著手指頭數數。

此時，眾人路過一處桑樹林，二妞指著桑樹說：「大小姐、二小姐，您看這就是我們平常採桑葉的地方。」又走近幾步向蘇明媚、蘇明月展示。「您看，這種不老不嫩的桑葉，蠶寶寶最喜歡吃，平常還可以爬上去摘更上面的。」

「二妞妳們會爬樹？」蘇明媚很驚訝的問，她在縣城裡，只看過頑皮小子爬樹，女孩是不會爬樹的。

「我們都會爬樹，二妞，上，給小姐們看一個。」一妞喊二妞。

二妞當場來一個猴子上樹，手腳並用，兩三下就爬到樹枝上，還能扶著樹枝輕盈的走。

哇哇，蘇明媚看呆了眼。

蘇明月十分嚮往，看看人家從小這運動量，又想起前世自己也爬過樹呢，不知技能有沒有落下。想到這兒，不由摩拳擦掌，躍躍欲試，蘇明媚卻拉住她的手。「妹妹，妳不能爬，危險。」

二妞一骨碌爬下來，也勸道：「二小姐，您不要爬，您穿這身衣服爬不上去咧。」

蘇明月看看自己淺色長裙，再看看二妞褐色的麻衣短打，拋下爬樹的打算。「好吧。那我們來摘桑葉吧，我知道桑葉可以吃的，採多一點，今天中午就嘗嘗。」

二妞聽說蘇明月要採桑葉，忙跑到不遠處拿幾個竹筐過來。

蘇明月學著幾個妞們把竹筐揹在背上，不由自主的哼起了歌。「採桑葉的小姑娘，揹著一個小背簍，清晨光著小腳丫，走遍森林和山崗……」

「二小姐，您唱的是什麼歌？可真好聽。」二妞眨著星星眼說。

「我隨便編的。」蘇明月挑起眉頭，對二妞的識貨十分欣賞。

摘了小半個時辰，二妞幾個摘了大半筐桑葉，蘇明媚、蘇明月兩姊妹只摘了個筐底，不過沒關係，攏一攏也夠煮一頓了。

中午的飯菜便做了一道上湯桑葉。

蘇明媚第一次摘桑葉，興奮的向沈氏介紹。「娘，您看，這是我們自己摘的桑葉，可嫩了，您快吃。」

「是呀，可把我累壞了。」蘇明月揉揉自己的小肩膀，吞下一口飯，蘇家沒有食不言寢不語的習慣，她獻寶的說著今天的發現。「娘，您知道錢莊頭取名多省事不？」

「哈哈，他們家女孩就叫一妞、二妞、三妞，男孩就叫一牛、二牛、三牛、四牛。」不待沈氏詢問，蘇明月笑道：「繼續生就叫四妞、五妞，五牛、六牛，哈哈哈哈。」

「幾個妞不是一個娘生的吧？」沈氏笑問。

「我知道。」蘇明媚搶著說：「一妞、二妞和一牛、二牛、四牛是一個娘生的，三妞和三牛是她們嬸娘生的，她們娘都懷上了，很快就有四妞、五牛。」

姊姊，幹得好。來吧，刨根問底吧，為什麼農婦們就生得這麼多、這麼容易？

有疑問就會去追尋答案，蘇明月心裡的小算盤已經打得嗶啦啦響了。

她記得現代社會的時候，備孕的女同事準備得可充分了，提早半年就開始運動健身、放鬆心情，葉酸等各種維生素天天吃。現在這年代，葉酸當然是沒有，但勝在環境好、食物天然，運動健身和放鬆心情更沒問題。

沈氏的身姿纖弱，天生骨架細，又終日困在一個小宅子裡，多思多慮，可不就容易懷不上，萬一懷上了，再來一次難產那可就糟了。這有了後娘，就容易親爹都變後爹。好不容易適應了生活，蘇明月可不想來個宅鬥模式。

沈氏想到自己來莊子散心的原因，不禁垂頭苦笑，心下有些黯然，一時場面有些寂靜。

余嬤嬤是個體貼的下人，插話道：「這鄉下婦人的確是生得多。」

「就是，一妞說鄉裡的嬸娘們都生好幾個的，麻溜得很，一點都不影響幹活。」蘇明月邊吃邊說，看著隨意得很，她一個小屁孩，說再多不如看到實在。「娘，她們明天還要下地秋收。娘，您知道秋收不？秋收累不累？我可以去看嗎？」

「好，妳好好吃飯，待會兒乖乖睡覺，我就陪妳去。」沈氏收拾心情，笑道。吃過午飯再遛達遛達消消食，蘇明媚和蘇明月聽話的上床睡午覺。

余嬤嬤給兩個小孩搧風，沈氏拆卸頭飾，她也有午後歇一歇的習慣。只是今日，她的動作特別慢，整個人顯得心不在焉。

「余嬤嬤，妳說這鄉下婦人怎麼這麼容易生呢？」沈氏邊拆耳環，邊疑惑說道。

余嬤嬤細想一下，方回道：「說起來，這鄉下婦人的確生得多，也少難產。我還聽說過有些鄉下婦人就在地頭自己生，生完繼續幹活的。」

「我想著，會不會是因為鄉下婦人幹活多，身子健壯的關係？」沈氏皺著眉頭說。

「夫人，您是說？」余嬤嬤不愧是把沈氏帶大的嬤嬤，立刻明白沈氏未說完的意思。

「不若，我們下次問一問大夫？」

「嗯。」沈氏把拆下的耳環輕輕放下，輕聲道：「是該問一問。」

第三章

次日，沈氏帶著蘇明媚、蘇明月慢慢的走在田壟上，余嬤嬤和紅線緊跟著，錢莊頭落後兩步，為主家指路。

「二妞——」遠遠看著二妞她們挎著個籃子，彎腰在撿稻穗，蘇明月興奮的招手喊道。

「三小姐。」二妞揮手回應。

「娘，我想去玩。」

「只能讓紅線帶妳過去看看，不許下田。」沈氏不肯，勸說道：「稻葉容易割人呢，碰到身上癢。」

「好吧。」無魚蝦也行，蘇明月不計較，飛奔過去了。

蘇明媚猶豫了一下，留了下來。

「昨日聽媚姐兒和月姐兒說，你兩個兒媳婦都懷孕了，今天還上場秋收，沒關係吧？」沈氏問錢莊頭。

錢莊頭受寵若驚。「謝謝主家關心，她們身體壯實，日常勞作習慣了。」

他眼見余嬤嬤示意，以為主家想施恩，忙招手讓人把兩個兒媳婦叫過來。

錢莊頭的兩個兒媳婦都是矮實身形，穿著褐色舊衣裳，小肚微凸。因為勞作日曬，皮膚略黑，但臉色紅潤，步行穩健。

「夫人好。」兩個莊婦十分誠惶誠恐。

「妳們別害怕，是夫人昨日聽說妳們懷著了，還下田秋收，想問問妳們身體能不能受得住。」余嬤嬤解釋道。

兩婦人聞此稍稍定下心來，年紀大一點的一妞娘壯著膽子說：「回夫人，我們平日勞作慣了，可以的。」

余嬤嬤又問了一下日常之類的，方讓她們回去。

幾人遊覽一番，蘇明月感嘆秋收的原始和辛勞。然而，很快蘇明月便沒空在意秋收了，因為她在莊子裡發現了棉花，而棉花的棉籽是用手剝出來的！

莊裡人但凡有零散時間，都用來剝棉籽。手工剝除棉籽，一人一日所得，不過一捧棉，可想這工作效率有多低了。

還不等蘇明月震驚完，緊接著，她又發現紡織機是站著手搖操作的。

因為多元教育的緣故，蘇明月分明記得看過親戚家小孩子的玩具織機，是腳踏的呀！那織布機雖小，卻是一比一模擬的，親戚家念小學的小女生織起布來有模有樣的，還獲得小學生勞作獎狀。

可現在，立在蘇明月面前這個大傢伙，非得一個成年女人才有力氣搖得動，效率奇慢，在蘇明月這個現代人看來，實在粗笨。

然而，二妞還還自豪的說，周邊莊子的人都很羡慕她們，可以自己織布。其他莊子剝完棉籽之後，只能賤價賣出棉花或者便宜抵稅。

「娘說了，等我再長兩歲，就夠力氣了，到時候教我織布。」二妞珍惜的摸摸織機，期待的說。

「嗯嗯，等我們大了，也能學織布。」二妞、三妞同聲說。

原來，棉布是這樣難得的！穿一件棉衣不是件容易的事情。蘇明月恍恍惚惚的想，不知不覺將心聲說出來。

「那是當然啦。」蘇明媚聽見，很驕傲的說：「巷子裡的梨花、青青、如姐兒都沒有幾件棉布衣服，大多數是麻葛衣裳。」蘇明媚扳著手指頭數一數。「我的棉布衣服最多了，每年娘都會讓鋪子掌櫃拿布給我做衣裳。」

「什麼鋪子？」蘇明月問。

「娘的嫁妝鋪子呀。」蘇明媚回答妹妹。「以前妳還小不懂事，都是娘和我幫妳選的。今年妳大了，咱們一起選。妳喜歡哪種顏色，就挑哪種顏色，開不開心？」

「開心，實在是開心。」還有什麼我不知道的？蘇明月嘴角抽抽。

「等妳選完顏色，可以送到繡房裡去，讓繡女給我們繡上好看的花紋。」蘇明媚期待的說。

哦，看來這年代也沒有花布，只有染的純色布料，花紋要繡上去！

蘇明月深受打擊之後，深刻的認識到古代生產工具的落後和生產能力的低下。

這是一個穿越者的使命呀，有什麼比吃飽穿暖，活得舒服更有意義的呢？

蘇明月心中瞬間激起了萬丈豪情，哪一個穿越女沒有金手指、沒有傲視權貴的美夢呢。也許，這落後的棉紡織業就是一個契機？

於是，蘇明月接連幾天沈迷於剝棉籽和研究織棉布的機器，還纏著沈氏和余嬤嬤，問了許多棉布的事情。

結果當然是無所出了，普通人穿越了還是普通人。

穿越前，棉紡織業已經機械化了，蘇明月還是因親戚孩子的課外作業，才認識到「古老的」腳踏式織布機。

即使再努力回想，蘇明月也只能想起小說和電視劇裡，那種老式的腳踏式織布機，家家戶戶能織布。但是，那個大傢伙是怎麼弄出來的呢？蘇明月實在是想不出來。

而且穿越後的現在，蘇明月不過三歲多一點，能幹啥？啥也幹不了！

明白自己能力極限的蘇明月沮喪不已。

然而，她不知道，余嬤嬤還和沈氏感嘆。「不愧是沈氏一族的女孩子呢，從小就對這些感興趣。媚姐兒是這樣，現在月姐兒開竅了，也是這樣。」

沈氏的娘家是衣被大商家，產棉、養蠶、織布、製衣、刺繡，生產到銷售一條龍，由此可見沈氏在衣被這一行涉入之深。

「可不是。」沈氏高興的說，自從蘇明月被說是傻子之後，沈氏對所有稱讚蘇明月的行為都十分贊同。

可惜很快的，沈氏收到蘇順的來信，來不及為蘇明月的天賦覺醒而高興了。

「嬤嬤，相公寫信過來，說在鄰縣染了風寒，意外訪得一位名醫，讓我藉口服侍他的名義，過去看診。」沈氏細細看過信後道。

「哪裡來的名醫，老爺信裡可有說明？」余嬤嬤問。

「是隨進士回鄉的老大夫，他的夫人也是醫學世家出身，對婦人病很有一手。但年紀大了，已經不出診，故相公喊我藉著服侍他的藉口，過去問診。」

蘇順在信裡已經細細跟沈氏解釋。「相公說他已經命人送了另一封信給老太爺老夫人，解釋是他感染風寒，身體尚未康復，不適應鄰縣的氣候和吃食，故而派人叫我過去伺候。要老太爺老夫人不必掛心，讓我不必顧慮。」

「如此，夫人還在猶豫什麼？」

「嗯。」沈氏做了決定。「將我們和媚姐兒、月姐兒的行李分開，明日先送兩姐兒回縣城，我們再出發。」

於是，蘇明月的製棉研究被迫匆匆結束，次日一早，眾人匆忙返城。

莊裡的人目送馬車走遠。「二妞姊，妳說夫人、小姐還會再來莊子嗎？」二妞問。

這幾天夫人和小姐過來，為她打開了一扇新世界的大門，而門外，是她從來沒有接觸過的世界。

「夫人、小姐再來，也不會帶妳走的。我們還是要好好幹活，等長大跟娘學會織布，就有了一門手藝，將來才可靠呢。」二妞十分務實。

「哦。」二妞明白，一妞說的是最現實可靠的，然而還是忍不住心底空落落。不過很快這種空落就被忙碌的勞作填滿。

二妞並不知曉，在夜深人靜時，錢家的一家之主錢莊頭跟她有同樣遺憾。

「這幾日安排幾個妞一直跟著兩位小姐，原想著如果有幸被小姐們看上，帶回去做個丫鬟，可比我們一家子在莊子裡有前程多了。」錢莊頭搓搓手，對著大兒子嘆氣。

「爹，幾個妞粗笨，夫人小姐如何看得上。您看夫人跟前的紅線丫頭，可氣派了。」錢老大吶吶的說。

「你懂什麼，紅線再怎麼氣派，不也是一個丫頭，家貧被賣過來慢慢調教出來的。兩位小姐年紀還小，身邊也沒有隨身丫鬟，正是最好的時機了。」錢老莊頭恨鐵不成鋼。

「那也沒辦法，誰知夫人小姐才過了幾天就走了，明明之前吩咐說住半個月的。」錢老大喪氣說，不過轉頭又興奮起來。「爹，我們這次也不是沒收穫呀，夫人賞下一疋細棉布，給我和二弟未出生的孩子咧。我們莊戶人家，從來都是織布上交主家，哪裡用過這等細棉。」

想到未出生的孩兒竟有這等福分，錢老大不禁咧嘴傻笑。

一疋棉布有啥可樂的，錢老莊頭蹲地上想，其實最好的機會不是跟著兩位小姐，而是有機會做小少爺的小廝呢，那才是一家子的希望。可惜老爺、夫人還沒有小少爺。不過沒有關係，小少爺終究會有的，他提前先把孫子培養好便是。

錢莊頭細細回想這幾天送夫人過來的車夫小廝如何為人處事，發誓要把孫子往一等小廝方向培養！

錢老莊頭一家的野望沈氏可不知曉，蘇明月也不知道原來幾個妞跟著自己，是想把自己當老闆，此刻兩姊妹和沈氏正坐在一輛馬車裡，往縣城裡趕。

「媚姐兒、月姐兒，爹生病了，娘要去照顧爹，妳們跟著祖父祖母在家，乖乖聽話，好不好？」沈氏細細囑咐兩個女兒。

「嗯，我會乖乖聽話的，娘，爹會不會有事呀？」蘇明媚十分擔憂。

沈氏摸摸蘇明媚的頭說：「爹爹沒事，爹爹只是生病了，娘過去照顧他。媚姐兒乖乖在家，幫娘照顧妹妹，等爹娘回來好不好？」

「嗯。」蘇明媚用力點頭。「我會照顧好妹妹的，我已經快五歲了，我可以的。」轉而又叮囑她娘。「娘，您跟爹說要好好吃藥，吃藥病才會好咧。」

「好，我一定會按照媚姐兒說的，讓妳爹好好吃藥。」沈氏笑道，又對蘇明月說：「月姐兒也乖乖聽話，要照顧好姊姊好不好？」

蘇明月原本擔心古人的醫療水準，但看沈氏並無憂慮神色，料想蘇順病情應該不嚴重。此時沈氏如此問，也只能眨巴著大眼睛，脆生生說：「娘，我已經快四歲了，我可以。」

沈氏帶著蘇明媚蘇明月趕到家裡時，蘇家一家子整整齊齊迎在門口了，連出嫁在外的蘇姑媽都回來了。

沈氏甚至沒有進家門，在家門口匆匆下車。「爹、娘，相公在信裡面已經跟你們說明過了，我就不進去了，直接趕路過去還能走半天呢，媚姐兒、月姐兒就拜託爹、娘了。」轉頭又對蘇明媚、蘇明月兩姊妹說：「媚姐兒、月姐兒在家，乖乖聽祖父祖母的話。」

「好，娘，我乖乖聽話。」姊妹倆齊聲說。

「順兒他媳婦，妳就放心吧，媚姐兒、月姐兒我會照顧好的。」蘇祖母牽過兩個孩子。

「家裡收拾了一些衣服，鄰縣冷，妳帶過去給順兒，可不能再著涼了。」

「還有我收拾了一些食材配料，大嫂妳帶過去煮給我哥吃吧，我就料到我哥吃不慣那邊的食物。」蘇姑媽插嘴說。

「好，爹、娘、妹妹，那我走了。」沈氏帶上衣服食材，又登上馬車，匆匆出發。看著馬車遠去，蘇姑媽十分擔憂。「這兒離得遠，也不知道我哥的病怎麼樣了？」

「沒怎樣，不嚴重。」蘇祖父一派鎮定。

「爹，您怎麼這樣說？哥單單給您一個人捎信了？」

「妳哥都有心情嫌棄飯食，讓妳嫂子過去伺候他吃喝了，能嚴重到哪裡去。」

「有道理，爹，您說哥那麼大一個人，生病居然還想吃家鄉飯菜。」

「這有啥出奇，古人還有蓴鱸之思呢。」

「祖父，什麼是蓴鱸之思呀？」蘇明月想不到這個時空也有蓴鱸之思的典故，忍不住開口問。

「蓴鱸之思呢，是說有一個大官，想念家鄉鱸魚的味道，於是辭官回家吃鱸魚了。」蘇祖父耐心向孫女解釋。

「啥，天底下居然有這種傻瓜蛋！為了吃一條魚，連官都不做了！」蘇姑媽驚叫出聲，不敢置信。

「什麼叫傻瓜蛋。」蘇祖父對蘇姑媽的大驚小怪十分不滿，瞪眼道：「這魚是單純的魚嗎？是一種寄託思鄉之情的感懷。」

蘇姑媽撇撇嘴，十分不服。「一條魚，還寄託著思鄉之情？當了大官，啥魚吃不到。」

「粗俗。」蘇祖父一甩袖子，不想再跟女兒說話。

蘇明月細細聽著，暗自思量，這個時空跟原來的華夏歷史十分相似，連典故都一樣。很可能是華夏歷史的平行時空分支，只是不知道發展到哪個年代了，當今局勢如何。

她祈禱接下來是太平盛世，畢竟亂世人不如狗，萬一到那種易子而食的混亂年代，還不如早早再投胎一次算了。

沈氏匆匆趕到鄰縣，見丈夫只是身材消瘦一點，但能走能動，精氣神都還好，方才放下心中那口氣。

「娘子，讓妳擔心了」蘇順說：「只是一個小風寒，已經大好了，只是想著難得這樣一個機會，才寫信讓妳過來。」

「相公你沒事就好。」沈氏說：「信裡面也難說得明白，這到底是怎麼回事？」

夫妻倆回房細細商量，余嬤嬤指揮車夫和小石頭，卸下帶來的食材衣服，收拾收拾，準備煮晚餐。

次日，藉著沈氏不放心蘇順病情要去複診的藉口，夫妻二人來到大夫家，只是求診人變成了沈氏。

「大夫，我娘子身體如何？」蘇順問。

「別著急，我細細看。」女大夫兩指搭在沈氏手腕，低頭沈吟。

沈氏見女大夫年近五旬，但身姿挺拔，唇色紅潤，保養得十分好。忙私底下碰碰丈夫，安撫住蘇順。

「妳年少接連生育，還曾傷及底子一次，應該是難產或者大出血。」女大夫說。

「對的，大夫，我生次女的時候難產大出血，當時大夫曾說對生育有礙，這幾年我也一直吃藥，是沒有養好嗎？」沈氏追問。

「給妳開藥的大夫醫術不錯，妳當年的產傷，基本養回來了。」大夫安撫說：「至今尚未有孕，一是當年產傷的緣故影響，二是妳本身體質弱，加之常懷心思，綜合各種緣由，才難懷上。」

沈氏聽此，想到農莊那些生幾個還在下田的農婦，疑惑問道：「大夫，妳說我體質弱影響生育，是不是我當年產傷也因為此緣故？我近日了解到，常年勞作的農婦們，身體強健，生子十分容易，是不是有這個原因？」

「妳十分聰明。」女大夫讚賞道：「是的。女子身體強壯程度影響生育，貴婦人困在家宅之中，出入皆有車轎代步，故身體比尋常人家體弱，更易難產。而農婦們終日勞作，少有此事發生。」

「大夫，那我應該怎麼辦？」沈氏想大夫這樣跟她說，肯定有辦法。

「把妳以前的藥方給我，我給妳調整幾味，妳的身體再吃一段時間的藥也可以。」大夫伸手要過藥方，考慮一下，調整幾味藥的用料，重新寫過遞給蘇順。「但是，吃藥終究不是治本之法。想要身體強健，還是要多動多走。妳可以常常去寺廟拜拜，儘量步行去，多散散心對妳心情也好。」

「好的。」沈氏乖乖道。

「另外，我教妳一套養身拳法，一日一次，堅持半年，應該就有成效了。」女大夫站起來，說：「蘇公子先迴避吧。」

蘇順連忙避讓出去，女大夫手把手教了沈氏一套拳法。雖然這套拳法動作有點不雅，與女子貞靜嫻淑的姿勢不符，但沈氏也努力記住了。

見沈氏已經記住動作，女大夫點點頭，說：「我要妳丈夫出去，一是學拳不方便，二是我要問妳，房中之事，你們一般月事前還是月事後？隔幾天一次？」

沈氏的臉色迅速飄紅，咬咬牙，回憶一番後認真說：「平常沒有規律，除了月事期間，前後都有。相公忙的時候便十幾天一次，相公空閒時便幾天一次。」停了半晌，沈氏又說：「這兩年來我們夫妻求子心切，這……便頻繁了一點……有時一天數次或一天一次。」

說完，沈氏臉色已經紅得似天邊的晚霞。

「妳不必害羞，敦倫之事如飲水食飯，人之常情。」女大夫淡定道：「只是妳欲求子，便要注意，第一，月事後第十二至十七天最容易受孕，間隔時間太長或太短都不好。妳可以理解為一顆種子栽種太早還沒成熟，太遲又已經老去，因此同房後隔三、四天再敦倫一次，最易有孕的。」

沈氏第一次聽到這種說法，忙緊張記住。

「妳也不需太緊張，有時有心栽花花不發，無心插柳柳成蔭。」女大夫說：「妳的身體沒有大問題，按照我說的做，半年後或許就會有好消息了。」

「謝謝大夫，承大夫貴言了。」沈氏十分感激。

「可以了，回去吧。」女大夫揮手送客。

沈氏回去之後，挑了可以說的，細細與蘇順和余嬤嬤說清楚。待蘇順休養幾天，風寒養好，一家人便回家去。

等到蘇順沈氏歸家，蘇祖父蘇祖母見兒子平安歸來，吊著的一顆心終於放下。

連蘇姑媽都帶著翔哥兒過來看望了。「娘，我爹說得真對，我哥看著挺好，急慌慌的把我嫂子叫過去，竟然只是吃不慣食物。」蘇姑媽嘀咕。

「這有什麼出奇的，妳從小沒出過遠門，嫁人也嫁在本縣，自然是不知道，人啊，生病時，最是想念家中那一口味道了。」蘇祖母對女兒感嘆道。

及至吃飯，翔哥兒忽然說：「舅舅，您多吃魚。我娘說您想吃魚都想生病了。」

蘇順驚呆了，他自認不是貪嘴之人啊。

蘇姑媽不好意思了，指著翔哥兒說：「小孩子亂說話，我是說有一個大官想吃魚，叫蓴鱸之思，不是你舅舅想吃魚。」

「不是我舅舅嗎？」翔哥兒摸摸自己腦袋，疑惑道。

一家人被逗得哈哈大笑。

沈氏自回來後，便天天早上在房中練拳。

蘇明月裝小孩裝成被笑傻子之後，改變策略，變得十分好動，常常在園中東奔西跑的玩耍。

沈氏想到大夫說她天生骨架小，身體弱，影響生育的話，怕兩個女兒隨了自己，便放任蘇明月到處玩耍，也鼓勵蘇明媚不要過於文靜，多跟妹妹出去玩。於是蘇明媚、蘇明月，偶爾帶著過來的翔哥兒，玩成了三個皮猴子。

時間便在這零零碎碎的事兒中過去了，很快來到臘月，要準備過年了。

在這年代過年可是大事，提早一個月，家家戶戶便忙碌起來，不管富裕或貧寒的人家，都在力所能及的範圍裡準備過年的衣裳吃食，代表來年豐衣足食。貴族一身絲綢，中等如蘇家這樣的，一身棉衣，貧寒人家則是麻衣或葛衣。

蘇明月終於見到蘇明媚嘴裡說的鋪子裡送過來的布，顏色種類都不多，就這還是託沈氏嫁妝鋪子的福。

挑過新衣裳的布料，送去製衣，指揮余嬤嬤紅線小石頭等下人負責家中大掃除，很快就到了臘八節。臘八節也是一個重要的日子，把紅棗、枸杞、紅豆、綠豆等細細熬成粥，相互送給交好的人家。

吃過香噴噴的臘八粥，蘇祖父卻帶回一個壞消息。

蘇祖父他，過完年，失業了！

第四章

蘇祖父是在鎮上唯一的舉人，許舉人家開的學館教授蒙童班。是的，就是飛哥兒讀的蒙童班。

許舉人年已四十多，近幾年因年紀大，也可能是沒錢，已經不去春闈。誰知今年許舉人不知受到何種刺激，突然瘋狂了一把，想要最後試一次，或許是開了幾年學館存夠錢了，決定春節後舉家前往京城，求學赴考。

為啥舉家咧，因為許舉人家人丁單薄，只有一個老妻、兒子、兒媳婦。兒子肯定是要陪許舉人赴考，處理雜事的，家裡兩主事男人出門了，剩下兩個婦人根本操持不來學館事務，乾脆先關了學館，帶著老妻和兒媳婦一起赴京，有女人在，起碼可以照顧日常衣食，專心赴考，以免氣候不適，水土不服生病礙事。

於是，許舉人全家赴考了，所有的老師、學生放假小半年。

這古代的交通，就是需要這麼長時間。

蘇祖父暫時被動失業了，蘇順間接失學了。是的，蘇順也在這個學館，童生班。

說起來十分難過，但蘇家男人的失業、失學，並沒有影響這個家的運轉，女人們該打掃的打掃，該做衣裳的做衣裳。本來，臘八後也該放春假了，至於春假後的事情，春假後再看唄。

過了臘八，年味已經很重了。年二十四以後，街上許多人賣門神、鍾馗像、辟邪的桃板、桃符，也有許多人挑著吃食出來賣。

蘇家的門聯是蘇祖父和蘇順兩父子寫的，周邊也有相熟的人家帶著禮物或者幾文錢過來求，蘇祖父和蘇順來者不拒，這本不求錢，更像求名。

蘇明月圍觀了這個年代讀書人的稀有和受尊重，平山縣算是一個相對繁華的縣城了，卻僅有一個舉人，不到十名秀才。科考的殘酷和萬裡挑一不過如此，世人說萬般皆下品，唯有讀書高是有歷史原因的。

到了年三十這天，最重要的節日是祭祖「請家堂」，蘇祖父和蘇順把家譜、祖先像、牌位等放於家中上廳，安放供桌，擺放供品。女人是沒有資格做這件事情的，不過可以從旁協助。

蘇祖母帶著沈氏、蘇明媚、蘇明月等女眷跪在側邊，三跪九叩祈求祖先保祐。蘇明月細聽著，蘇祖母一直低頭閉眼虔誠念叨。「保祐我夫身體健康，保祐我兒早日高中，保祐孫女健康長大，最最要緊，保祐我媳婦早日誕下金孫，延續蘇家香火。」

蘇明月偷偷摸摸睜開眼看沈氏神色，但沈氏完全是蘇祖母翻版，閉眼嘴唇微動不知道祈求祖先什麼。

好吧，祖先保祐神靈保祐我娘快生個兒子吧，這古代沒有兒子對一個女人就是艱難模式呀。蘇明月心底默念，反正穿越都有了，說不定祖先有靈呢。

祭祖之後放爆竹，守夜。蘇明媚、蘇明月兩個人還小，大人便讓她們早早去睡了。至於蘇順，作為家中唯一的壯年男丁，那肯定是要守夜到凌晨的。

及至年初二，蘇姑媽帶著蘇姑父和飛哥兒、翔哥兒回娘家了。

蘇姑父是一個胖墩墩的商人，見面就笑咪咪給了蘇明媚、蘇明月一人一個紅封，當然蘇順也回給飛哥兒、翔哥兒了。

區別於翔哥兒是一個黑胖，飛哥兒反而是一個白瘦。可能是在學館讀書的關係，飛哥兒禮數十足，懂事的雙手抱拳，微微彎腰鞠躬問好。「外祖父、外祖母新年吉祥，舅父、舅母新年如意，媚妹妹、月妹妹新年好。」

蘇明媚、蘇明月忙回禮。「飛哥哥新年好。」

蘇祖父撫鬚點頭，看來對飛哥兒的禮節功課是滿意的。

有一個親人做老師實在是悲催，隨時隨地都不能放鬆，蘇明月又開始同情飛哥兒。

翔哥兒則完全不一樣，他隨意學一句。「外祖父、外祖母、舅父、舅母、姊姊、妹妹新年好。」然後就飛撲到蘇祖母懷裡。「外祖母，我想吃凍梨。」

「翔哥兒，教你的禮儀呢！」蘇姑媽說一句。

「新年呢，可不許說孩子。」蘇祖母打斷蘇姑媽。「陳嬤嬤，到廚下給姑爺他們一人端一碗凍梨。」

蘇姑媽也就是隨意說一句，蘇祖母說完她馬上就放棄了，轉移話題。「這過年老是大魚大肉的，還天天燒火炕，吃一碗凍梨潤一潤，實在是舒服。」

「我看翔哥兒就是像妳，愛吃。」蘇祖母笑指道。

「我生的，可不就像我。」蘇姑媽十分理所當然。

另一邊，翔哥兒自認跟蘇明月十分相熟，他反客為主道：「月妹妹，妳吃不吃凍梨？可舒服了。」

蘇明月忍笑。「翔哥哥，你吃吧，我已經吃過了。」

「哦，我忘記了，這是妳家，妳想什麼時候吃就什麼時候吃。」翔哥兒撓撓頭說，這下全家人都被他逗笑了。

吃完凍梨，蘇姑媽用手帕抿抿嘴，說：「爹，許舉人家閉館了，等過了十五，我把飛哥兒送過來給您教吧。」

正在吃綠豆糕的蘇明月，眼角餘光見到飛哥兒吃凍梨的手頓了一頓，整個人僵住了。可憐的娃娃，以為有一個愉快的假期，卻不料還是要落到祖父兼師傅手裡。

「還有翔哥兒，翻過年也五歲了，一起送過來給爹啟蒙吧。」蘇姑媽塞一個還不夠，還買一送一，兩個兒子都直接塞回娘家。

「行，都送過來吧。」蘇祖父無所謂，一頭羊是趕，一群羊也是趕。

「麻煩岳父了。」蘇姑爺站起來說道。

「一家親人，不說這些外道話。」

沈氏微微一動，稍稍換一個身位，轉向蘇順，目光卻看向兩個女兒。

「爹，既如此，媚姐兒和月姐兒也一起交給您啟蒙吧。我平日讀書也不得閒，還是要麻煩爹您。」蘇順見機說。

「也行，自家親人，不用守那些虛禮。」蘇祖父說：「只是如此，原先西廂房便不夠位置了。」

「爹，我把二進正堂整理出來吧，正好初春陽光短，正堂十分亮堂。」沈氏接話道。

「那行，妳收拾出來，吩咐下去，做幾張小桌子小凳子，再置辦點筆墨紙硯。」蘇祖父道。

「爹，孩子們的筆墨紙硯我買一批過來吧。」蘇姑媽搶著說。蘇祖父看一眼蘇姑父，見女婿臉上沒有任何不悅之色，便答應下來。

談笑說話間，幾個孩子的學習事宜便定下來了。

蘇明月淡定的吃著綠豆糕，看，有沈氏這個母親在，家裡有好事，不可能少得了她們姊妹。

吃過午飯，蘇祖父蘇順拉著蘇姑父說點男人的話題，蘇祖母則和蘇姑媽說點母女間的悄悄話，沈氏看著幾個孩子。

招呼孩子這個活兒，沈氏是十分願意的。她內心也覺得小姑子運氣十分好，未嫁人之前在娘家受寵，婆家亦不是苛刻人家，之後一舉得兩男，娘家離得近，時常回家親近，簡直是婦女夢想範本。

沈氏將小孩子帶出堂屋去玩耍，帶著余嬤嬤、紅線守著孩子們。

幾個學齡兒童，年齡都相差不大，最大的是飛哥兒，已經入學。

「飛哥哥，上學學什麼呢？祖父嚴不嚴厲？」蘇明月向飛哥兒打探。

飛哥兒剛剛得知十五入學的噩耗，正有點懨懨的，但是蘇明月一個香軟萌妹，睜著大眼睛充滿好奇的問他，只有調皮臭弟弟的飛哥兒瞬間被征服，充滿了大哥哥責任感，回答道：「上學先背《三字經》和《百家姓》，然後還要學一點寫字。不過先生不會讓多寫，小孩子手還小，寫多了不好。外祖父可嚴了，沒認真做功課會打板子的。不過功課也不難，月妹妹只要認真完成就不會被打板子了，不用怕。」

「哥，外祖父打過你嗎？」翔哥兒憨憨的問。

正想樹立帶頭大哥可靠形象的飛哥兒被這個不懂事的弟弟氣著，怎麼會有這麼討厭的弟弟，一點眼色都沒有。但自小被嚴格教育的飛哥兒又不能說謊話，畢竟說了很容易暴露啊，只能不情不願的實話實說。「被打過三次，不過在課堂上我是被打得少的。」

「那飛哥哥好棒啊。祖父平常十分嚴格的呢，姊姊，對不對？」蘇明月眨著崇拜的眼光說。

「對，我平常都害怕跟祖父說話。」蘇明媚說。

飛哥兒受到鼓舞，信心又足了起來，拍著小胸脯保證說：「妹妹們不用害怕，如果妳們以後有不會的，就問我好了。」

「飛哥哥你真好！」蘇明媚、蘇明月兩個小萌妹齊聲說，瞬間飛哥兒自信心得到了莫大滿足。

只有翔哥兒十分不在意，外祖母最喜歡他了，如果外祖父要打他板子，到時候他就跑過來找外祖母。翔哥兒一邊吃花生，一邊自認考慮得十分周全。

被飛哥兒惦念著的蘇祖母正在教訓女兒，順便傳授女兒馴夫之道。「妳以後在眾人面前要多給女婿面子，像今天，女婿都沒有說話，妳就說把筆墨紙硯買了，妳讓女婿怎麼想。」

「能怎麼想？爹都把飛哥兒、翔哥兒收下了，外祖父不比別人盡心多了？他兒子占著大便宜了。」蘇姑媽十分不以為然的嗑瓜子。「再說了，我怎麼能讓嫂子出全部，豈不是顯得我們蘇家占她便宜。」

「什麼我們蘇家占她便宜。」蘇祖母被女兒這個想法驚呆了。「她沈氏，是嫁到我們蘇家的，妳才是嫁出去的女兒。」

「知道，知道。」蘇姑媽吐出兩瓣瓜子殼，有點渴了，順手端起茶碗喝一口茶。「這不是當年她低嫁嘛，我們可不能被說占兒媳婦嫁妝的便宜。」

「什麼低嫁，我們蘇家，書香世家，百年傳承。她沈氏，一個商門，她才是高攀。」蘇祖母十分不悅，厲聲矯正。

「傳承，傳承，只有一屋子書的傳承。」蘇姑媽喝著茶嘀咕，眼見親娘氣色十分不好，眼珠子骨碌轉，轉移話題道：「娘，我哥還在跟我爹生氣啊？」

「什麼生氣？」

「不是好多年前，您病倒在床，爹非得把田地典當了去考科舉，哥氣到放狠話說不考科舉、不做這帶累妻兒的事嗎？不然哥為什麼這幾年一直考不上，肯定是沒用心。」

蘇祖母氣到說不出話，抖著手，猛地側身快速大力打蘇姑媽好幾下。

「娘，您為啥打我？疼！大過年的。」蘇姑媽邊閃躲邊喊冤。

「妳給我閉嘴。」蘇祖母氣得心肝疼。這什麼女兒，簡直是生來討債的。

蘇祖母扶著胸口給自己順氣，但凡這不是自己生的，肯定要將她趕出門。就這一張嘴，偏偏還在娘家婆家活得逍遙自在，這是什麼好命。

這一刻，蘇祖母和沈氏這對婆媳獲得了共識。

送完蘇姑媽一家歸去，蘇明月姊妹在父母床上玩累了，已經睡著，蘇順和沈氏也洗漱準備睡下。

「娘子，真是委屈妳了。嫁給我這麼多年，因路途遙遠，妳好幾年沒有年初二回家。」蘇順慚愧說道。

「相公何出此言？嫁給相公這麼多年，你待我十分好，婆母也不給我立規矩。雖只生了媚姐兒、月姐兒之後多年無所出，你待我始終如一。我今生，求的就是這樣的日子。」沈氏對自己的人生要求的確是這樣了。

沈氏商家出身，見過太多為了錢財富貴往高門結親的。這樣的親家，不是對方有各種缺陷，就是貪圖商戶親家的錢財。嫁過去之後，丈夫尋花問柳，後宅鶯鶯燕燕一大群，包括她親爹也有過這樣一段糊塗日子，她娘日日垂淚，她真是看怕了。

嫁入蘇家，當年是她親自選的，看中的就是蘇家門風清正，蘇順本人潔身自好。事實證明她也沒有看錯，這幾年，除了生子之事不如意之外，沈氏自覺是事事順心。

因此，見蘇順如此說，沈氏忍不住辯駁。

「總是委屈妳了，這麼多年，我也沒有考上一個秀才功名，綢衣也沒有讓妳名正言順的穿上一件。」一般人是沒有資格穿綢衣的，有功名的人才配穿綾羅綢緞。當然有錢人穿了，也是民不舉、官不究，但始終沒有科舉得來的資格來得名正言順。

蘇家是因為蘇老秀才的關係才能穿綢衣，但按蘇順本人的意思，靠爹算什麼本事，自己的妻子兒女，當然是要靠自己。

「相公如何這樣想，我見相公日日苦讀，文章也作得好，想來是緣分未到。」沈氏說。

「說來也怪，我自認雖然文才不顯，但不是自誇，中個秀才的功底還是扎實的。奈何次次入考場總覺得十分緊張，腦中一片空白，寫出來的文章總沒有平常好。」蘇順苦惱的說，內心暗想莫非是年少時說的大話咬住了嘴。那時年少輕狂不懂事，怎知現在是報應？

蘇明月聽了一牆角父母的悄悄話，內心暗暗思量：爹，您是不是有考場焦慮呀？一到考場過分緊張，發揮失常。

沈氏未曾聽過這等事，只能細細安慰蘇順。

蘇明月不願再聽狗糧，只得翻個身，弄出點聲響。沈氏見此，忙命余嬤嬤將兩姊妹抱過去西隔間安睡。

日子舒心便過得快，很快過了元月十五，蘇明月成為一名小小蒙童學生。

蘇祖父啟蒙教材教的是《三字經》、《百家姓》，看來是同源的平行世界無疑了。

蘇明月控制著自己的學習程度，既不太蠢笨被當成傻子，又不太聰明變成妖孽。她的學習參考對象是媚姐兒和翔哥兒，只是翔哥兒十分不爭氣，老是想跑出去玩、想吃東西，已經被蘇祖父打過兩次手心了。蘇明月為了手心著想，決定只要跟媚姐兒保持一致就行了。

「人之初，性本善。性相近，習相遠……」蘇家日日傳出孩童稚嫩的誦讀聲，蘇家大人們聽見了半點不覺得鬧騰，只覺得內心歡喜。

尤其蘇明月，每晚還帶頭和媚姐兒向父母展現一遍當天學習的內容，蘇順和沈氏自然是連連誇讚。

對此，沈氏是十分自豪的，私下向余嬤嬤自誇過好幾遍。「看我們月姐兒多聰明，一學就會，翔哥兒比月姐兒大半歲呢，還坐不住咧，背誦也沒有我們月姐兒快。」

這些話，沈氏不好跟丈夫說。但是，一想到街坊說月姐兒是傻子，沈氏每每氣惱於心。說她可以，說她孩子就不行。因此，蘇明月一有突出表現，沈氏便將話題往她聰明上帶。

蘇家蒙學開到三月，許舉人還是沒有回來。

到了三月，便準備過上巳節。

三月裡，正是天地間野菜鮮嫩萌芽的時候，各種野菜洗乾淨，在滾水裡焯一遍撈出來，拌點小磨香油和花生碎，好吃到不行。又或者捲春餅，一口鮮嫩的野菜，合著春餅的麥香，蘇明月可以吃三個。還有小黃魚，懷胎的小黃魚用油細火慢煎，咬一口，外表焦香酥脆，裡面魚肉細嫩。

想到這裡，蘇明月跟余嬤嬤說道：「嬤嬤，晚上我想吃煎小黃魚。」

「好，二小姐，晚上嬤嬤給妳煎。」余嬤嬤笑道。

晚上果然有煎得香噴噴的小黃魚，還沒端上飯桌，蘇明月已經準備好筷子了。

只是，小黃魚的新鮮魚香味散開，沈氏卻轉身連續乾嘔。

余嬤嬤眼神亮了，上前想要扶住沈氏。

只是余嬤嬤剛走到沈氏身邊，許是她身上殘留的小黃魚味道，沈氏乾嘔得更厲害了。余嬤嬤退了下去，喊道：「紅線，過來扶著夫人。」

蘇祖母站起來。「陳嬤嬤，妳去請大夫過來看看。」聲音裡透著不明的喜意。

似乎所有人都對著這一幕毫不擔憂，不，只有媚姐兒除外。「娘，娘，您怎麼了？」

余嬤嬤抱住媚姐兒和蘇明月，安慰說道：「媚姐兒、月姐兒乖，夫人沒有事，等大夫看過就好了。」

蘇明月學著媚姐兒，依偎在余嬤嬤懷裡，心裡卻想著：娘親這莫不是有喜了?!

不久後大夫來了，還是當年那個大夫，診脈後，他抬手抱拳，恭喜道：「恭喜夫人，是喜脈。」

蘇家人瞬間喜笑顏開。

「大夫，我家夫人以前產後大出血一次，這麼多年後這是第一次懷上，身體沒事吧？」蘇順問。

「夫人脈搏強勁有力，身體也很健康，想來已經完全痊癒了。」大夫說道：「如果你們擔心，我也可以開一帖安胎藥。但依脈搏看，目前是不需要吃藥的。多吃一點雞鴨魚肉，夫人身體略顯纖弱，可以適量進補，不宜過多。」

「好的，謝謝大夫。」蘇順笑得咧開了嘴。

余嬤嬤送上診金，大夫收了後，擺擺手說道：「不用送了，你們好好照顧孕婦。」

「元娘，妳懷孕了。」蘇順握住沈氏的手說道。

「相公，我終於懷上了。」沈氏摸著肚皮，抬頭對蘇順說。

余嬤嬤便帶著媚姐兒和蘇明月退出房間，合上房門，給他們留點空間。

「嬤嬤，娘懷上了是什麼意思呀？」媚姐兒問。

「懷上了，就是媚姐兒很快要有小弟弟了。」余嬤嬤說。

「很快是多快？」

「就是十個月之後，吃凍梨的時候就會有小弟弟出來了。」

「哦，要這麼久呀！」

「是呀。娘懷小弟弟很辛苦的，媚姐兒和月姐兒要乖乖睡覺吃飯，不要鬧娘好不好？」

「好。」

「真乖。」

「陳嬤嬤，快，快，給我點香。我要去祠堂告訴祖宗這個好消息，求求列祖列宗保祐我蘇家這次一舉得男，繼承香火。」蘇祖母激動到聲音都顫了。

「是的，老夫人。」

等不及陳嬤嬤燒香，蘇祖母雙膝跪地，雙手合十，喃喃自語。「列祖列宗保祐，我蘇家這次一定要得男孫，繼承蘇家香火。列祖列宗，諸天神靈，保祐蘇家這次順利得男孫……」

書房裡，蘇祖父平靜的打開家譜，端坐良久，看著最後的名字：蘇順。

最後，執筆在一旁的白紙上寫下兩個字：蘇復。

第二天一大早，蘇姑媽也帶著大包小包匆匆的來了。「娘，聽說我嫂子懷上了。」

「可不是，昨晚吃晚飯的時候剛剛發現的。」蘇祖母含笑道：「妳這麼快就知道了。」

「我聽飯糰送飛哥兒、翔哥兒上學回來說的。」蘇姑媽答道：「娘您也真是，家裡這麼大事怎麼沒有派人通知我？」

「家裡亂糟糟的，沒來得及派人告訴妳。」

「娘，我帶來了一些燕窩、紅棗，讓人燉給嫂子吃吧。」

「妳又帶東西過來了？妳呀妳，妳讓妳公公婆婆怎麼看妳，趕緊帶回去。」蘇祖母恨聲道。

「娘您就別推辭了，我嫂子好不容易才懷上這一胎，萬一是姪兒呢。您看我和我哥同一年完婚，飛哥兒都多大了，這幾年我可著急壞了，再沒懷上，我都想著讓我哥納妾了。」

「那可不行，妳哥畢竟還年輕。」

「我不是就說說嘛。」

母女倆嘀嘀咕咕說些私房話，蘇姑媽去看了一趟沈氏，跟沈氏說了許多懷飛哥兒、翔哥兒時候的事。然後又遛達著去找了課間休息的蘇明媚、蘇明月，給姊妹倆帶了許多點心和玩具，最後叮囑姊妹倆要乖，不要去鬧她們娘親，娘親要給她們生小弟弟，要好好休息之類的話。

蘇姑媽午飯都沒有趕上吃，兒子也沒看，最後心滿意足，甩著手帕帶著小丫鬟回家了。

蘇明月對這個姑媽只有一個大寫的服氣。

接下來幾天，沈氏孕吐依然，可蘇家所有人都喜氣洋洋，沈浸在一股興奮又努力壓抑著不讓自己顯得興奮的氛圍中。

所有大人對蘇明媚、蘇明月兩姊妹說的都是：「要乖，要有小弟弟了，開心不？」

「妹妹，我不喜歡弟弟了。」

深夜裡，余嬤嬤已經吹熄了燈火，蘇明媚躺在被子裡，悶悶的說。

蘇明月這幾天也一直被忽略，但是她思想成熟，理解這種求子多年，即將得償所願的快樂。

但此刻，她發現，她內心深處也是不喜歡的。不喜歡被所有人要求乖，不喜歡被忽略，不喜歡所有人的注意力都放在一個可能出現的男孩子身上。

「我也不喜歡弟弟。」於是，蘇明月聽見自己說。

第五章

意識到母親疑似懷弟弟帶來的改變，蘇家兩姊妹都陷入悶悶不樂中。

蘇明月還好，來自後世的資訊爆炸時代，聽說過太多這種案例。安慰自己，孕婦最大，重男輕女在現代都存在，何況古代，不開心也沒有用，還不如開心接受努力爭取……總之，蘇明月努力說服了自己。

然而，蘇明媚作為一個純正古代原生小蘿莉，就不是那麼好辦了。

又過了幾日，適應了猛烈的孕吐反應之後，沈氏也很快的意識到兩個女兒的不對勁。在明媚的春日裡，沈氏帶著兩個女兒出去玩耍，兩姊妹還是不能盡興。

「媚姐兒、月姐兒跟娘出來不開心嗎？為什麼？是祖父教的課業太難了嗎？」沈氏問。

「才不是，祖父的課業一點都不難，我們又不是翔哥兒。」

「那是為什麼呢？媚姐兒能告訴娘嗎？」

媚姐兒低著頭不說話了。

沈氏看看兩個女兒，兩個女兒都是拒絕交流的姿勢。

「現在媚姐兒和月姐兒不願意跟娘說心事了嗎？不喜歡娘了嗎？」

「才不是，是娘不喜歡我們了。」媚姐兒低低的說。

「娘一直很喜歡媚姐兒、月姐兒啊，媚姐兒為什麼這麼說呢？」沈氏忍住心痛，細細問道。

「娘懷了小弟弟之後就不喜歡我們了。」

「不是的，娘只是不舒服。娘怎麼會不喜歡媚姐兒、月姐兒呢，姑媽也沒有因為翔哥兒就不喜歡飛哥兒對不對？祖母也沒有因為爹爹不喜歡姑媽對不對？爹娘對所有子女都是一樣的。」沈氏認真解釋。

「真的嗎？不會像梨花娘一樣，有了小弟弟就不喜歡梨花了？」媚姐兒問。

「娘跟梨花娘怎麼一樣，梨花娘還說過妹妹壞話呢，在媚姐兒心裡娘是這樣的人嗎？」沈氏反駁道。

媚姐兒細細想一想，覺得娘跟梨花娘是不一樣的，於是露出小小的笑容。

「那娘什麼時候可以好起來呀？」

「娘也不知道呢，也不知道是小弟弟還是小妹妹，反正他不好好待著，可搗蛋了。媚姐兒和月姐兒在娘的肚子裡的時候，娘可舒服了。」

咯咯，媚姐兒笑出了聲音，好像終於贏過了一場。

蘇明月也跟著放鬆了神色，跟一個胚胎爭寵的感覺真的太尷尬了。

但是，又無法否認，縱然做過千百遍的自我安慰，都沒有沈氏一番解釋來得見效。人，就是這樣奇怪，以為自己很堅強，失去也無所謂，但其實那只是無奈之下的自我安慰。

晚上，沈氏哄兩個女兒睡著後，看著兩個女兒純真的睡臉，細細叮嚀紅線晚上照顧好兩姊妹，春日裡夜晚冷，可不能讓兩姊妹踢了被子著了涼，這才出了西隔間。

等到蘇順晚上溫習完功課回房，發現等在房間裡面的是臉色凝重的妻子。

沈氏細細的將媚姐兒、月姐兒的事情告訴蘇順，自責的說：「都是我這幾天忽略了媚姐兒和月姐兒，小孩子最敏感了，什麼都知道。」

「如何是妳的錯。」蘇順也覺得難辭其咎。「妳身體不舒服，我本應該加上妳那份多關注媚姐兒、月姐兒，結果我卻沒有做到。」

「現在我們再自責也沒有用了，好在發現得早，接下來要更注意，甚至應該更喜歡她們才對，不能再讓媚姐兒、月姐兒覺得有了弟弟之後，爹娘不喜歡她們了。」

於是，蘇明月發現，自從上次談話之後，沈氏夫妻對姊妹倆的關注更上一層樓了。

連休沐日，蘇順都難得早起做完功課，帶著兩個女兒出門逛街。

蘇順買了一家四口的小陶人，給沈氏買了點心，給媚姐兒、月姐兒買了糖人和木頭小釵子，還給兩個女兒各買了一本新的《三字經》。

回到家，兩人嘰嘰喳喳的向沈氏報告今天的一切，把給沈氏買的點心拿出來，還向沈氏炫耀新買的木頭小釵子和新書。

「媚姐兒和月姐兒學得這麼好，那妳們每天來教弟弟或者妹妹好不好？弟弟或者妹妹要好好向姊姊們學習。」

「好呀，我們這麼厲害，弟弟、妹妹也可以的。」

原來，期待生男，跟愛女兒並不衝突。蘇明月忽然明白，多子女的家庭，父母子女之間的關係，其實取決於父母的教育。

日子在大家對沈氏肚子裡面的胎兒期待中慢慢走過。

四月中發生一件大事，許舉人他祖墳冒青煙，中進士了。雖然只是三甲同進士，但也具備了當官的資格。讀書是為了什麼，當然是貨於帝皇家，賣得好價錢了。許舉人捎話回來，不回家了，等授官之後再回來給祖宗燒香。至於學館，那當然是不開的了。

許舉人不回來，意味著蘇祖父徹底的失業了。

很慘的是，因為蘇順一直沒有考中秀才，坊間有傳言說蘇祖父連自己的兒子都教不好，學問不行，於是四散的小學生各自找了其他老師，沒有一個人要來蘇祖父家附學。

這個傳言也深深打擊了蘇順，具體表現在吃過端午的粽子後，蘇順準備今年的縣試更緊張了。

其實每年一考，準備工作流程大家都是熟練的。但是最該準備的那個人蘇順，偏偏沒有準備好，一上考場他就掉鏈子啊。

蘇明月想起那晚聽到的，蘇順到考場便發揮不出平時實力的考場焦慮。這個心理問題克服不了，蘇順的科舉之路前途艱辛呀。

怎麼辦呢？

「翔哥哥，你回家又沒有背書，課堂上背不出來了？」中午休息的時候，蘇明月悄悄問翔哥兒。

翔哥兒不好意思說自己回家光顧著吃和玩，忘記背書了，但他又不願意丟面子，眼珠子一轉說道：「我原是背熟了的，但不知道為什麼，一看到外祖父的板子，我就害怕得背不出來了。」

不管有沒有提前背書，翔哥兒看到先生的板子都害怕呀。

「那下午祖父還要求背課文呢，翔哥哥你怎麼辦？」

「是呀，怎麼辦？」翔哥兒愁眉苦臉，他已經知道，疼愛他的外祖母幫不了他。外祖父要打板子，誰也阻止不了。外祖母會給他好吃的，但吃再多好吃的，被打板子還是疼啊。

「哎呀，我有辦法了。翔哥哥你學著平常在課堂上背課文，我學祖父來抽背你的課文。多練幾遍，就不害怕了。」

蘇明月摸著小腦瓜想出好辦法，於是，在督促翔哥兒念了三遍以後，蘇明月扮演的蘇祖父上場了。

只見蘇明月踱著小方步，手拿著一個小樹枝背在背後，點名道：「馮翔，你來背昨天教授的課文。」

翔哥兒、飛哥兒和媚姐兒對著蘇明月笑得不行，嘰嘰咕咕的討論，一點都不像。

蘇明月學著蘇祖父板著臉。「安靜！現在是課堂時間。」

翔哥兒看著小表妹嚴肅的臉，忍笑背誦起來。中間翔哥兒有好幾次背不下去，蘇明月還很好心的提醒翔哥兒接下去。

飛哥兒、媚姐兒看此提出反對意見，說蘇祖父要求背課文的時候不是這樣的，從來不會提示。不服的飛哥兒、媚姐兒輪著上來表演蘇祖父是什麼樣子，翔哥兒背了一遍又一遍。

經過三人輪番扮演，翔哥兒在下午的背誦中獲得了前所未有的成功，所有人一致認為是自己扮演得像，翔哥兒不再害怕板子的關係。於是決定繼續幫助翔哥兒，扮演下去。

到了晚上，幾個小孩子都向爹娘匯報這件新鮮事情。

翔哥兒的版本是：「娘，今天外祖父表揚我了。」

多新鮮，以前只聽翔哥兒抱怨又被外祖父打手板，蘇姑媽當娘的自然心疼自己兒子，只是教書的是自己爹，不好說呀，此刻聽說翔哥兒被表揚了，蘇姑媽連瓜子都不嗑了，忙說：「怎麼表揚你的？表揚你啥了？快說給娘聽聽。」

於是翔哥兒把大家扮演蘇祖父陪他背書的事情說了，說完，還昂著頭等他娘再表揚他一次。

奈何蘇姑媽皺著一雙細長眉，沈思道：「我爹長得也不是很嚇人呀。」作為受嬌寵的女兒，蘇姑媽是從小不怕她爹的。她能養成這樣直話直說的性格，可不是只有她娘的寵愛。

「岳父板著臉的時候是挺嚇人的。」蘇姑父插嘴說：「當年我上你們家提親的時候，岳父板著臉向我提問，大冬天的我出了一身的汗，回來裡衣全濕了。」

「爹，我這是像您呀。」翔哥兒驚喜的說，找到了自己怕外祖父的來源。

「找藉口。」蘇姑父伸出手指一戳翔哥兒額頭。「你就是回來不做功課才背不上來的。大家給你多演練幾遍，你就做了幾遍功課，自然就熟練了。」

當爹的，蘇姑父一眼就看出翔哥兒的小心思，他對自己兒子的未來發展也是有期待的，萬一翔哥兒遺傳到外祖父的讀書天分呢，做父母的要善於挖掘兒女的天賦。「以後我和你娘每天晚上抽查你當天的功課，你第二天就會背了。」

而蘇明月這邊，則著重表現翔哥兒對外祖父的懼怕心理，和模擬背書後翔哥兒在課堂上的優秀表現。在蘇明月繪聲繪色的講述下，翔哥兒完全是一個勤學苦練的小伙子，只是因為懼怕嚴肅的外祖父，才一直在課堂上表現不好。

媚姐兒還在旁佐證。「開頭我們舉著樹枝當板子，翔哥兒可害怕了，後來我們練了幾遍之後，翔哥兒就沒有那麼害怕了。」

兩姊妹一個主力，一個輔助，把這一件小事說得有模有樣，既有理論依據，又有事實例子，讓人不得不信服。

完了後，兩姊妹翩然而去，睡得香甜。

留下蘇順一個人在床上輾轉反側到深夜。

事實上，蘇順並不是笨人，甚至是聰明人。

在翔哥兒的例子提示下，蘇順思量了一夜，想到自己近年越到考試越緊張，越緊張越考不好，決定仿照翔哥兒在家裡來一場模擬考。

第二天早上，蘇順向妻子坦白了自己的想法，他也沒有死要面子的大男人主義，沈氏也安慰道：「想來是相公想得太多，包袱太重。如今有這法子，亦可一試。」

於是，蘇家在一個午後悄摸摸的動工了，不知道是工程量實在小，還是蘇家有意遮掩，模擬號房的選址在蘇家最裡進的一個牆角裡，動工的是蘇家的幾個男僕。

最終出來的號房，直觀的表現就是三堵牆加頭上一片瓦，裡面又窄又矮，長寬都是四、五尺，裡面一張桌子一張凳子，晚上就睡在凳子上。成年男子的身量肯定不能伸直腿，最多蜷縮著躺一躺。

就這樣，蘇祖父和蘇順看過之後覺得還是環境太好了，真正的號房，可能年久失修，結滿蜘蛛網和青苔，外邊下雨的時候裡面漏雨，地理位置不好可能靠近廁所，這就是所謂的臭號。

蘇明月看後，不禁感慨古人科舉條件之艱苦，怪不得讀書叫苦其心志勞其筋骨。不過只要權力的結果是如此的甜美，科舉就永遠不會缺人。

然而女人不可以考科舉，要是可以考，她蘇明月甚至可以更吃苦。

模擬號房建好之後，在一個晨光初現的清晨，蘇順拎著裝有筆墨紙硯的考籃進了號房，他要吃住在裡面，模擬院試考上三天。

在這三天裡，蘇家全都壓低聲音說話，連走路的腳步聲都輕上三分。蘇順號房所在的那個角落，小孩子是絕對不可以靠近玩鬧的，沈氏和蘇祖母、蘇祖父也有時遠遠的看一看，還要躲著，免得影響蘇順的思路。十分有後世「一人赴考，全家動員」的氛圍了。

三天後，蘇順一臉土色的從號房出來，把考卷交給了蘇祖父。

撐著洗漱完吃完粥之後，蘇順沈沈的睡上一覺，難得第二天日上三竿才睡醒，而沈氏早帶著兩個女兒守在一旁了。

「爹，娘不讓我們打擾您，你是作文章去了嗎？」蘇明月細聲細氣的小嗓子關心道。

「對呀，爹作文章去了，月姐兒有沒有想爹呀？」

「我可想爹了。」蘇明月仰起頭，眨著大眼睛看著她爹說：「爹，您寫文章餓不餓呀，吃得好不好？」

「嗯，吃得還行，妳祖母給我送的飯。」

「那爹，您被子暖不暖和？您如果不夠暖，我把我的小棉被送給您。」

「呃，不用，爹也蓋著棉被。」

「哦，那爹您一個人睡怕不怕呀？」

「爹不怕。」

蘇明月狡黠的轉一下眼珠，偷笑說：「那爹，您要人幫您學祖父嚇人嗎？我學祖父學得可好了。」

「妳這皮猴子，哪裡學來的，還會作怪了。」沈氏含笑，屈起手指輕輕敲了一下蘇明月的額頭。

蘇明月伸手捂住額頭，她娘敲得一點都不痛。「我跟娘和祖母學的，嘿嘿嘿。」她還學著沈氏的姿態，皺著小眉頭，悠悠的看著遠方說：「也不知道相公吃得好不好，睡得冷不冷？」

「娘，我學得像不像，我聰不聰明？」學完，她還仰著一張小臉求表揚。「我不是傻子對不對？」

自從知道被說是傻子，蘇明月就找到了學小孩的訣竅。

沈氏被鬧個大紅臉，又氣又羞，指尖一戳閨女額角。「我看妳就是鬼點子太多！」

蘇明月拉著蘇明媚笑嘻嘻的跑出去。

沈氏耳邊稍紅，有心想說兩句，卻一時想不出說啥。

只是轉頭一看，蘇順皺著眉頭沈思，神色凝重，沈氏知道蘇順這是在思考問題，便不打擾他，輕手輕腳離開。

及至吃完早飯，蘇順移步書房，蘇祖父已經在書房等候多時了。

父子兩人就此次模擬考展開討論。「爹，我感覺這個方法是有效的。」

蘇順說：「我進到裡面，瞬間就有了考場上的感覺，整個人都僵住，平常背過的四書五經全忘了。好不容易鎮定下來，也只是勉強把簡單的帖經和墨義背誦回答出來，經義全文只能東拉西扯的寫了一段。」

蘇祖父瞥了兒子一眼，蘇順有點不好意思了，但還是堅持道：「我感覺再多試幾遍，應該能適應考場環境。」

料不到自己這個兒子居然有這麼強的考場緊張感，蘇祖父心裡嘆口氣，但還是振奮起來說：「我看過你寫的文章，只有平常七成水準。料想你在真正考場上，也只能發揮五、六成。怪不得這幾年，你一直卡在院試這一關。既然你說有效，那休息幾天，我們再多試幾次。」

「是，爹。」沈吟一會兒，蘇順又說：「家裡的號房環境還是太好了，爹，以後別讓娘給我送飯了，我學著考試的時候帶點饅頭去吧。還有，到時讓老馬睡我隔壁，老馬他打鼾，考場上料不到旁邊坐著什麼人。」

「嗯，也行，到時候就讓老馬和老福頭一起去陪你吧，老馬打鼾，老福頭常說自己年紀大了多起夜。」

兩父子品評完，蘇順臨出門前，鼓起勇氣說一句。「爹，您下次也去給我監考吧，您跟主考的學政大人挺像的。」

說完，身為人父的蘇順咻的一下竄出房門，身手靈活得不像個時時注意形象的讀書人。離得房門三丈遠，蘇順才敢抹抹額頭的汗。「我爹真可怕呀，怪不得翔哥兒這麼怕外祖父。」

蘇順說完心中放下一塊大石，全然不覺被留下的蘇祖父一個人在苦思不明，夜半失眠。

「順兒他娘，妳說我以前是不是對順兒太嚴格了？」幾十年的老夫妻，一起經過多少風風雨雨，拉屎放屁誰不知道誰，蘇祖父對蘇祖母也不隱瞞。

「什麼，你說順兒？順兒是咱家唯一的男丁，嚴厲一些是應該的。自古以來不都是說嚴父慈母。」蘇祖母知道丈夫和兒子之間的心結，以為出什麼事，勸慰道：「要我說，順兒就是像你，一根筋，認定的事情誰也勸不聽，等他自己撞南牆就知道回頭了。」

蘇祖父想一想，的確兒子這個性格跟自己很像啊。

想到這兒，他莫名的又得意起來。臭小子，讓你當年說我，你現在連個秀才都還不是，比我當年還不如呢，還不是要來請教我，走我老路。

過了半晌，蘇祖父反應過來，什麼叫「等他自己撞南牆就知道回頭了」，老婆子這是什麼意思？

蘇祖母早不理這老頭子，呼呼呼的睡著了。

接下來，蘇順保持著休息十來天，總結心得體會，然後再次模擬考的頻率。每次條件越來越艱苦，越來越接近真實的科舉環境，但蘇順一次比一次出來時神色更輕鬆。於是蘇家所有人都宛如獲得了秘密武器，常常走著，都不由自主偷偷笑一笑。

蘇明月為自己這輩子的爹面對這種困境，近乎自虐式挑戰心理極限，還能在其中尋找進步空間的心志和行動力感到敬佩。一次一次的科舉淬鍊出來，最終能真正踏入官場的人，都有不凡之處。

因為蘇順在準備院試，蘇家今年的中秋節是敷衍著準備的。該走的節禮都按照往常的慣例，但是肉眼可見所有人的心思都不在過節上。

等到蘇順考中秀才的喜報傳來的時候，蘇家人全都愣了一愣，好事盼了多年就這麼成真了？眾人有一種飄忽感。尤其聽說還是全縣第七名，名次好得讓人不敢相信啊。

還是蘇祖父最先反應過來，一迭連聲說：「好，好。老福頭，快拿喜錢過來，多謝各位官差大哥了。」官差見這家門口一個書箱，再一瞄眾人穿戴，就知道是有底蘊的讀書人家，忙一迭連聲的好話送上。蘇祖父見此更是歡喜，而蘇祖母和沈氏甚至眼淚都流下來了。

蘇明媚年紀還小，不理解喜極而泣的意義，見娘流淚，忙怯怯的問：「祖母，娘，怎麼哭了？」

「哎呀。」蘇祖母笑中帶淚，抱起蘇明媚說：「媚姐兒，祖母這是歡喜的眼淚。妳爹中秀才了，妳以後就是秀才的女兒了，開心不開心？」

蘇明媚懵懂的點頭，蘇明月響亮而大聲的說道：「開心！」

太好了，她爹考中秀才，不僅僅帶來經濟上的收益，更重要的是，她爹邁入了士這個階層。而她爹還年輕，只要不出意外，蘇家可以維持二十年階層不跌落，人情往來婚喪嫁娶，他們全家都可以從中獲得收益。

蘇明月清脆的童音引得眾人哈哈大笑，報喜的官差見多了這種情況，為了喜錢，好話說得更歡快了。

一時之間，聞聲而來的左鄰右舍也紛紛上門祝賀。

不管蘇順本人在不在場，統統都稱讚蘇順年少有為。是的，即使已經二十六歲，即將是第三個孩子的父親，蘇順中秀才的年紀還稱得上是年少有為呢。眾人說蘇祖父是虎父無犬子，更有說蘇順是青出於藍而勝於藍。對此，蘇祖父都是樂呵呵的接受了。

這等喜事，如何少得了蘇姑媽。

不過半晌，接到消息的蘇姑媽帶著丈夫兒子飛奔而來。

還沒進蘇家門口，已經聽到蘇姑媽那大嗓門。「爹，娘，我聽說哥中秀才了。這可是大喜事，咱們蘇家的大喜事呀，一定要大辦宴席，流水宴。」

說完流水宴，蘇姑媽又話題一轉，動情說：「娘，這真是太好了。我哥終於中了，讓那些說風涼話的都閉嘴。」

前來祝賀的又心中有鬼的某些人愣是被刺了一下，心想這是不是說自己。

蘇姑媽的話題又轉回宴席上。「爹、娘，宴席就讓馮家酒樓承辦吧？有我們家老馮呢，自己人，一定辦得風風光光、體體面面的。」

蘇祖母還來不及細說女兒又沒有跟女婿商量就亂出主意，蘇姑父已經帶著兩個兒子進門來了。「恭喜岳父岳母，恭喜大嫂。」蘇姑父雙手作揖道：「飛哥兒他娘說得對，這等喜宴就交給我們來辦吧，正好也讓我們飛哥兒、翔哥兒沾沾舅舅的喜氣。」

「來，飛哥兒、翔哥兒快恭喜外祖父、外祖母，恭喜舅舅、舅母。」蘇姑父又招呼兩個兒子，一時間，飛哥兒、翔哥兒學著蘇姑父作揖說恭賀詞。

圍觀的眾人見此，錦上添花，好話不要錢的誇讚外甥似舅，說得蘇姑父的瞇瞇眼笑得更瞇了。

作為一個生意人，蘇姑父臉上笑咪咪，也不妨礙心裡算盤扒拉得嘩嘩響。雖然說承辦大舅哥這喜宴可能會貼錢，但一是維繫了跟岳家的關係，二是打響了名聲，這生意做得。而且蘇家是體面人，肯定不會讓自己吃虧，起碼自己可持平咧。

眾人聽到大辦宴席，紛紛說可別忘了這些街坊鄰居。蘇祖父又說肯定忘不了大家，只是細節商討後再定。一時間，人聲鼎沸，歡聲笑語，一派繁華之景。

功名利祿實在讓人著迷。

第六章

待蘇家新鮮出爐的蘇秀才歸來，蘇家的秀才宴終於在眾人的期待中開始了。作為當地扎根多年的人家，蘇家一族在當地稱得上樹大根深。秀才宴自是人來人往，頗是熱鬧了很久。

沈氏的娘家也派人來了，蘇明月看見了多年未見的外祖母，而她頭一句便是：「我的兒呀，妳可要看緊姑爺，這胎再生個男丁，就完美了。」

由此可見外祖母說話的水準未曾進步。

再就是蘇姑父的小算盤沒有打錯，名聲打響了，岳家也是厚道人家，他不僅持平了，還小賺了一筆。

蘇順多年的心結漸漸解開了，而且蘇順還年輕，帶著家族再進一步也不是不可能的。眾人懷著這種隱密的期待，更顯熱情。

其間還發生了一件有趣的事情，以前家有適齡小學生的家長，背後議論說蘇祖父學問不行，連自己的兒子都教不好，中不了秀才，沒人想將小孩子送到蘇祖父的蒙學館。這次蘇順中秀才，名次還是靠前的第七名，這些人又轉而覺得蘇祖父水準還是有的，你看專心在家指導兒子半年，蘇順就馬上中秀才了。於是紛紛表示，以前不知道、錯過了、沒機會，現在都想把小學生送到蘇祖父這裡讀書。

蘇祖父當然非常歡迎。

自從年紀大了放棄科舉之後，蘇祖父可是一心想要支撐起家中經濟——畢竟全家傳承也只剩下書了，總不能全靠兒媳婦嫁妝過日子。蘇祖父自己和老妻是絕不從兒媳婦手裡拿一文錢的，但是手裡活錢又不多，蘇祖父還真的需要教書這門生計。

別看蘇祖父看起來一副板板正正讀書人的樣子，除了當年不顧一切考科舉，蘇祖父其實是挺有經濟頭腦的人，看他為兩個兒女挑選的婚事，完全是取長補短的實惠婚事。

於是乘著兒子中秀才這波熱潮，蘇祖父挑挑揀揀，又收了好幾名資質良好的小學生。這是後話不提。

待到宴席後，蘇順特地找個時間問蘇明月。「月姐兒，有沒有什麼想要的禮物，爹給妳買。」

「爹，是只給我一個人的嗎？」蘇明月仰著小臉問她爹。

「對，只給月姐兒一個人的。」蘇順笑著摸摸蘇明月的包包頭。

「為什麼呀？」

「因為月姐兒幫了爹爹一個大忙，所以爹想要給月姐兒一個獎勵。」

蘇明月心裡明白，應該是模擬考的事情了。這個爹挺好，不讓女兒做白工。

「可是爹，我現在沒有什麼想要的。爹，我能保留著，等以後我想要禮物的時候再向你要嗎？」

「可以呀。不過月姐兒也答應爹，這件事情是我們的小秘密，月姐兒誰也不能說，包括娘好不好？」

「好吧。」蘇明月歪歪頭。「爹，我們勾勾手。」

「好，勾勾手，一百年不許變。」父女倆相視一笑。

進入臘月，蘇順中秀才這波熱潮終於隨著天氣冷下來了，眼看著沈氏到了預產期，一家人的注意力放到沈氏的肚子上。畢竟沈氏可是有過難產史的人，雖然大夫判斷沈氏這胎身體很好，眾人還是放不下心來。

尤其這胎遲遲不生，蘇順已經放棄子不語怪力亂神的矜持，緊張到求神拜佛。還是沈氏看不過眼他這般無頭蒼蠅的姿態，打發他去看兩個女兒，免得他在眼前，啥也幹不了還四處亂轉，影響旁人心情。

這天蘇順正帶著兩個女兒在讀書，前院傳來沈氏終於要生的消息，當即蘇家所有人都動起來，請穩婆、請大夫、燒熱水、鋪產房……蘇順十分想幫忙，卻被沈氏親自打發去守著兩個女兒。

聽著前院傳來隱隱約約的呻吟，蘇順及兩個女兒都臉色蒼白。尤其蘇明月，回憶起前世社會上的難產新聞，什麼胎位不正、羊水栓塞、新生兒感染，越想越是臉色慘白。

幸而沈氏這次生產十分順利，不到兩個時辰，就聽到前院穩婆大聲恭喜。「恭喜夫人喜得貴子！」

父女三人一起往前院衝，余嬤嬤實在攔不住，只得略微收拾收拾，放這三人進來了。

三人進來後不約而同直撲大人，只見沈氏滿頭濕髮，臉色蒼白，但精氣神尚可。

「娘，您嚇死我了。」蘇明月緊張的說。

看著眼前父女三人，沈氏撐起蒼白的笑意，伸手摸摸蘇明媚和蘇明月兩人頭頂。「不怕啦，妳看娘沒事對不對？」又轉頭對穩婆說：「把弟弟抱過來給姊姊們看一看。」

穩婆趕緊把小嬰兒抱過來，蘇明月看著眼前閉著眼，紅通通的一團小傢伙，呆了一刻，好醜啊。「呀，弟弟沒有眉毛！」

屋裡大人笑成一團，沈氏溫柔解釋道：「小孩子剛生下來都是這樣的，當初月姐兒、媚姐兒剛生出來也是這樣的呀，等長大就白白胖胖了。」

蘇明月擰著自己的小眉毛猶豫著問：「姊，我剛生出來也沒有眉毛嗎？」

蘇明媚皺著眉頭想了想，搖頭道：「我忘記了，那時候我還太小。」

眾人被兩姊妹的認真逗笑，余嬤嬤過來說：「兩位小姐，夫人剛剛生產完，我們看完弟弟，就讓夫人好好睡一覺休息好不好？」

「那娘，您好好睡覺好好休息了，我們等您睡醒再來看您和小弟弟。」蘇明月戀戀不捨的說。

在余嬤嬤的驅趕下，三人一步三回頭的步出產房。

「爹，小弟弟叫什麼名字呀？」蘇明月突然問。

「娘生媚姐兒的時候是一個春光明媚的早晨，生妳的時候是月色潔白如銀的夜晚，生弟弟的時候日光堂皇明亮，就叫蘇亮，小名叫亮哥兒。」蘇順沈吟說道：「妳看，你們三姊弟的名字都是取自你們出生的時候。」

「亮哥兒，亮哥兒，爹，亮哥兒真好聽。」

等到蘇祖父找到蘇順說，自己給孫子取名叫蘇復的時候，蘇順只能直白的說：「爹，我已經給我兒子取名蘇亮，小名亮哥兒了。我都告訴媚姐兒、月姐兒了，爹，您不會想我言而無信吧。」

眼見他爹臉色不悅，蘇順靈光一閃。「爹，要不您這個名字留給我孫子、您曾孫用。我保證，到時不跟您搶。」

這話裡的意思就是，即使以後再生兒子，也不肯用蘇祖父取的名字。

這個不孝順的兒子。蘇祖父氣惱，揮手讓兒子趕緊走。

蘇家有後了，蘇家大人鬆了心裡緊繃的那一根弦。

就連蘇姑媽，都在洗三那天大包小包的回娘家走禮，悄摸摸的對蘇祖母說：「幸虧我嫂子這胎生的是男丁，不然我都要愁死。」

「您說她怎麼這麼背，連生兩女，還產後大出血，足足四年才又懷上。」蘇姑媽喝一口熱茶說：「幸虧她這次終於生下亮哥兒，不然我都不知道怎麼辦。」

許是終於有了男孫，連蘇祖母都放下了心弦，說：「可不是，我整整求了好幾年的佛祖保祐，這次懷上，我還天天去小佛堂前上一炷香。」

「求得神佛多，自有神佛保祐。」蘇姑媽不愧是蘇祖母教出來的。

出乎意料的，是沈氏相比兒子，更關注兩個女兒，每天早上都要把女兒叫過來叮囑好好學習功課，下午還要聽兩姊妹講述今天學了什麼，最後還要把小嬰兒抱過來，讓兩姊姊逗一逗。

除了表現出自己並沒有因為生出兒子而忽視女兒之外，沈氏還鄭重要求蘇順一如既往、甚至更關注兩個女兒。

關於這點，沈氏很有自己的理論。「亮哥兒還是一個吃了睡、睡了吃的嬰兒，對他多好他也不記得的，媚姐兒、月姐兒就不同了，已經記事了，怎麼對她們是要記一輩子的。」說到後來，沈氏還十分動情。「我們可能就三個孩子，希望你我百年之後，他們可以相互依靠。兄弟姊妹間的感情，父母影響十分大，他們都是我們的親生兒女，我內心都是一樣對待的。」

只把蘇順說得眼淚汪汪，拍胸脯說自己絕對沒有重男輕女的傾向。

在沈氏和蘇順的一番操作下，姊弟三人，感情日深。

尤其是亮哥兒從一隻黃皮猴子，慢慢變成一個渾身充滿奶香味、白白胖胖的福娃娃，蘇明月看著更喜歡了，每天下課都要來逗兩下，摸摸亮哥兒白胖的小臉蛋，時不時感嘆兩句。

「小孩子的皮膚可真滑。」

今年過年，是蘇祖母操持的，因今年蘇順終於考上了秀才，接著沈氏給蘇家生了大胖孫兒，蘇祖母高興的，供奉給祖先的牲畜都大了一倍。

蘇祖母還叮囑祖先們繼續發力，保祐蘇順後年一舉得中舉人，保祐沈氏養好身體多多開枝散葉，保祐亮哥兒、月姐兒、媚姐兒健健康康成長，總之，祖先們收到禮了，要幹事。

翻過了年，媚姐兒月姐兒又大了一歲，亮哥兒一個多月的小嬰兒，按照蘇祖母的說法，跨過了年，便兩歲了呢。

新年開始，蘇順繼續讀書，因為許舉人行了好運中了個三甲同進士，待在上京找門路做官已經一年了，平山縣大大小小的秀才便全都失了學，只能在家自學琢磨辦法了。

幸而蘇家自認書香門第，有大批書籍傳家，裡面老祖宗的批注細如牛毛，這就是家學傳承，還有蘇祖父這個多次趕考的人提供一些失敗的經驗。然而蘇順磕磕碰碰的自我學習中，進度實在緩慢。

像蘇順這種還算好的，有些人家中既無傳承，也沒有長輩可以傳授相關經驗，只能對著四書五經在家中閉門造車。然而這樣學習效率實在不高，腦子靈活的很快就知道這樣是不行的。

於是，四月中，蘇家隔壁的何德何秀才，登門拜訪了。

在平山縣這個一畝三分地上，何德和蘇順都算得上有數的青年才俊，一時瑜亮。

何德此次上門，主要是為了讀書一事。

「蘇弟，自從許夫子進京之後，你我無人指導。何某終日閉門讀書，即便與同窗交流，亦無寸進之功。」何德憂愁的說。

何家家底薄，既無長輩指導，也沒有蘇家大量藏書，這年頭，書籍終究是貴重物品。可即使這樣，何德早早的中秀才了，天分可見一斑。

「何兄所言甚是，蘇某亦有此感。」蘇順之前折騰模擬考，還順利考中了秀才，不過中秀才之後，沒有師長指導終究是個問題。「何兄來找我，想必是有了好法子。」

何德含笑說：「蘇弟果然是聰明人，不知蘇弟可曾記得，此前我們到隔壁縣遊學拜訪過的李進士。」

「可是李進士願意開班收徒？」

「是的，有消息稱李進士告老之後想要開班教學，嘉惠學子。」何德說：「李進士上了年歲，精力少，收徒有限，所以何某此次前來，想要邀請蘇弟一起過去。」

「蘇某在這裡先感謝何兄，這等重要的消息願意與我共享。」蘇順說：「然長期出外求學，我還需要跟長輩妻兒商量，不能馬上回覆何兄。」

何德心中暗笑蘇順兒女情長、捨不得嬌妻幼子，臉上卻絲毫不顯。「應該的，蘇弟不必過多言謝，其實何某來此是有私心，何某家中人丁單薄，長期出外，何某家中只有妻兒。咱們兩家離得近，你我又同窗多年，因此想拜託蘇弟，日常多看顧。」

蘇順見何德說得如此坦白，不禁心中欣賞，笑道：「你我相鄰多年，遠親不如近鄰，蘇某一定會跟家人說明，何兄不必掛心。」

「那我就多謝蘇弟了。」兩人相談甚歡，蘇順、何德還就各自學問探討一番，最後何德方才依依不捨的告別。

待送走何德，蘇順返回房中與沈氏細細分說此事。

「相公不必多顧慮我。」沈氏主動握著蘇順的手，誠懇道：「你知我，不管粗茶淡飯也罷，錦衣華服也好，只要那個人是相公，我都是甘之若飴的。」

蘇順感動得緊緊回握沈氏的手。「娘子，得妻如此，夫復何求？」

沈氏又道：「我知道相公你是頂天立地的男兒，你心中自有抱負，想為爹娘妹妹遮風擋雨，想要為媚姐兒、月姐兒、亮哥兒鋪出一片坦途。」

蘇順頓生知己之感，大受感動，卻又猶豫道：「亮哥兒剛剛出世，媚姐兒、月姐兒正是調皮的時候，還有家中諸多雜事需要妳操勞。我此次求學，長期出外不在家，怕妳一個人太累。」

「相公何出此言？家中爹娘尚在，必定給我指導。亮哥兒年幼，整日吃和睡；媚姐兒和月姐兒正好年歲到了，我想著剛好給她們一人配一個小丫頭。相公不必擔心家中，我的力量雖小，亦想為相公分擔一部分。」

沈氏說得情真意切，蘇順深受感動，兩人自覺夫唱婦隨、同心同德，實在是天作之合。待與沈氏商量出結果，蘇順再與父母細說此事。蘇祖父、蘇祖母對兒子奮發上進自然是萬分支持，除了叮囑兒子要注意身體和飲食外，便催促兒子儘快出行，占定名額。

於是，第二天，蘇順便帶著小石頭匆匆趕往鄰縣，何德搭上了順風車。而蘇家承何德的情，日常對何德妻兒多有關照。

蘇順走後，蘇明媚、蘇明月因為答應過父親「媚姐兒月姐兒是大姑娘了，爹不在家的時候要替爹照顧娘和小弟弟」，正想大展手腳。此時沈氏派紅線過來，說了要給媚姐兒、月姐兒選小丫鬟的事。

當然，選丫頭這種大事，沈氏肯定要跟婆母先說通的。

蘇家門戶簡單，下人少，蘇祖母身邊只有一個陳嬤嬤，蘇祖父身邊常帶著老馬，蘇順身邊跟著小石頭，守大門的老福頭，廚下的廚娘，反倒是沈氏身邊有余嬤嬤和紅線兩個人。但沈氏日常管家兼帶小孩，人手本是不足，如今再添亮哥兒，媚姐兒、月姐兒也到了該培養小丫頭的年紀了。

蘇祖母對添人並無意見，只說：「姑娘們也大了，妳挑人的時候也帶上她們，好見見世面，學著掌掌眼。」

「還是娘考慮得周全。」沈氏日常逢迎蘇祖母，婆媳和諧。

選人之前，沈氏先問問蘇明媚、蘇明月的意見，當然也只是意見，這種大事採不採納，決定權還是在大人。

蘇明媚只說聽娘的，反倒是蘇明月，沈思一會兒說：「娘，選人能不能帶上一妞、二妞、三妞？」

沈氏好奇問怎麼想到她們的，小孩子忘性大，記得著實不容易。

蘇明月板著一張小臉蛋，故作成熟。「就覺得，反正都是選人，就給一妞、二妞、三妞一個機會唄。」

於是，幾個妞獲得了面試的機會。

錢莊頭接到主家要給兩位小姐選丫鬟，自家幾個妞是候選人時，歡喜得都睡不著了。自覺是自家的天大機遇，親自叮囑幾個妞一定要盡心表現，抓住機會，又吩咐兒媳婦好好給幾個妞洗澡梳頭，換上最新的衣裳，收拾好之後，按照日期，親自把幾個孫女送上城裡主家。

幾個妞都是第一次進城，緊張到不行，把祖父說過的要照紅線姊姊言行舉止，好好表現的叮囑忘記了，跟人販子帶來的調理過的小丫頭或是繡莊送過來的小丫頭相比，更顯粗糙和侷促。

沈氏先問一問小丫頭們的年歲與出身，又問一問各自擅長的活計。丫頭們的出身跟擅長的活計就關聯很大了，窮苦人家無非就是煮飯、帶娃、摘棉之類的，富貴人家發賣的奴僕花樣就多了，比如有一個甚至說自己會認字，要知道這年頭讀書認字是很費時費錢的，何況一個丫頭。沈氏出身商家門戶，紅線也只是看明白幾個字。

沈氏與蘇祖母低頭商量了幾句，覺得二妞、三妞和一個窮人家出身的、一個口齒伶俐穩重的，四個丫頭不錯，又問蘇明媚、蘇明月意見。

蘇明媚細想了一下，最後還是說聽娘的。

反而蘇明月，說想找個懂織布的，二妞、三妞聽此面色蒼白，她們都還不夠身量上織機呢。一個來自織戶的小姑娘面露得色說自己會，二妞嘴唇抖了幾下，一咬牙站起來說：「二小姐，我剝棉籽特別乾淨，紡線也紡得好，細長不斷，我還跟我娘學了織布，只是……只是還搆不上織機……」

「娘，我覺得二妞挺合適的，我就選二妞吧。」蘇明月扭頭對沈氏說。

「這可是妳選的，妳自己的丫鬟自己教喔。」沈氏笑道。

「行，我自己教。」蘇明月拍著胸脯。

沈氏替蘇明媚選了一個農家出身，成熟穩重的丫頭，牙婆便帶著其他人退下去了。

余嬤嬤帶著二妞和三妞出去，把兩個丫頭交回給錢莊頭。

錢莊頭聽說自家二妞被二小姐選上了，高興得在回去的路上說了幾聲二妞好樣的，又安慰二妞、三妞說是因為她們年紀跟小姐差太大才落選。二妞、三妞沒被選上，沮喪到不行，隱隱約約中，她們不知道自己失去了什麼，但又很確定自己失去了某些東西。

紅線帶著二妞和另一個丫頭去洗漱乾淨，沈氏和蘇祖母趁此時教導蘇明媚、蘇明月。

「來，媚姐兒、月姐兒，妳們說說，今天怎麼選丫鬟的？」沈氏坐在椅子上，喝了一口茶，柔聲問道。

「不愛乾淨的不要，要勤快肯幹的。」蘇明媚說。

「富貴人家出來的不適合咱們家，偷懶說謊的不要，莊僕最知根知底了。」蘇明月坐在凳子上，晃蕩著雙腿說。

「哦，妳又知道哪個說謊了？」沈氏問。

「那個說自己能織布的就是在說謊，二妞的身量都還不敢說能織布呢，她最多是學著做一做。」蘇明月說道。

「那為什麼不要那個會認字的？那個看起來最聰明。」沈氏鼓勵女兒繼續說。

「讀書很貴的，筆墨紙硯統統都要錢，我們家養不起。」蘇明月裝傻。畢竟那個丫頭看起來真的很像後世電續劇裡紅袖添香的小丫頭，養不得。

嗯嗯，沈氏對姊妹倆的回答都很滿意。「咱們這種人家，選丫頭就是要踏實聽話肯幹，不養懶人，不搞花頭。看手、看出身、看回答問題，怎麼識人是一門學問，怎麼用人也是一門學問。」

沈氏跟兩姊妹細細傳授經驗，那邊紅線帶著洗漱完的兩個丫頭進來了。

一問，另外一個丫頭叫大丫，叫大丫、二妞肯定是不行的，沈氏讓蘇明媚、蘇明月給兩個丫頭取名。

蘇明月想了想，給二妞取名叫棉花，蘇明媚便跟著給大丫取名叫桑葉。自此，棉花便跟著蘇明月，桑葉便跟著蘇明媚。

棉花、桑葉並不是進來就馬上跟著主子的，先要跟著紅線學會規矩，才能出現在主子眼前。這個規矩包括了日常事務、說話做事，一句話概括就是想主子所想，急主子所急。

蘇家並不是刻薄的人家，但是一旦紅線覺得不及格，還是會被退回去。在古代，奴僕被退回去的結果可比現代試用期沒過嚴重多了。

還沒見到各自的主子，紅線已經在棉花、桑葉身上樹立了對主子的敬畏。

買丫頭、養娃娃、讀書、教學，蘇家的日子沒有了蘇順，似乎在正常的運轉著。然而，大家都覺得，沒有了那個人，還是不一樣的。

在眾人眼巴巴的等待中，過了七、八天，蘇順託人捎來信件，說已經通過考驗，被李進士收入學堂。只是剛入學，學堂每到月末休三日，待月末再歸家。又說沒料到馬上要入學，讓沈氏收拾些換洗衣物、日常用品、筆墨紙硯讓人捎過去。

蘇祖父讀完信，向大家宣布了這個好消息。

「好好好，今晚加餐。」蘇祖母十分高興。是的，蘇家就是這等勤儉人家，再怎麼高興也甭想多發一個月月錢。

即使只加餐一頓，眾僕也十分高興。這年頭，僕人跟主家榮辱與共可不是說著玩的，眼見老爺剛中秀才，如今又拜得進士為師，眾人簡直是心裡火熱，自覺日子更有奔頭了。

尤其是新來的棉花和桑葉兩丫鬟，吃上了肉食，覺得蘇家簡直是從未有過的好日子。紅線見機掏心，教育兩句主子好下人便跟著好的道理，棉花、桑葉連連點頭。

「順兒他媳婦，又要勞累妳了，我讓陳嬤嬤給妳拿錢，這筆費用就從我們老兩口私房裡出。」蘇祖母慈祥的對沈氏說道。

「母親如何說這等客氣話，相公能拜得名師，我幹什麼都是高興的。只是我年輕，還是要母親您壓場，我就厚著臉皮也領一回母親的賞了。」沈氏笑咪咪的說。

「看妳這張巧嘴。」自從生下亮哥兒，沈氏在蘇祖母眼裡就是完美的兒媳婦。「順兒的事情平日都是妳在打理，妳儘快把常用的衣物、筆墨紙硯的整理出來，衣物要厚一點，隔壁縣比我們冷呢。還有常用的藥丸子也備一些，他們男人心粗。準備好了，明天讓老馬趕緊給送過去。」蘇祖母又吩咐道。

「是，母親。還是母親考慮得周全，只是有件事，我年輕作不得主，想要問問母親的意見。」沈氏稱讚，又露出一點點為難道：「隔壁能哥兒他爹，也跟相公一起拜李進士為師。我們還承了他一個人情。如今我們要不要問一句，他們有沒有東西要捎帶的，只是我平常與能哥兒他娘也沒有來往，貿然前往又怕冒犯。」

蘇祖母沈吟了一下。「於情於理我們都要說一下的，我派陳嬤嬤過去問下。我們做了自己該做的，其他的隨他們怎麼想。」

「就聽母親的。」沈氏笑道：「家裡這些人情來往，還是得靠母親來給我掌眼。」

「妳還年輕，再歷練幾年就熟練了。」

「我再過幾年，有母親兩分功夫就開心到不行。」

婆媳二人相互吹捧，一片和樂融融，實在是婆媳關係的典範。

蘇祖父捧著熱茶，一邊聽著二人吹捧間把事情辦好，一邊心裡暗嘆婆媳融洽，順兒真是有福啊！

陳嬤嬤去了何家一趟，帶回來能哥兒他娘也有衣物捎帶過去的消息，只是今晚需要時間整理，明早一早送過來。

第二天一早，能哥兒他娘帶著嬤嬤將兩個包袱送過來。還特地來拜謝沈氏說麻煩了，沈氏自然是一番回禮，兩人來往半晌，初步建立了交情。

老馬帶著一大堆行李，駕車趕往鄰縣去了。

第七章

又過去十來日，終於盼來月末。

「爹，您回來啦。」蘇明月看見她爹從門口進來。一個激動之下，起步一個短跑，臨到她爹跟前，跳躍，撲進蘇順的懷抱裡。

蘇順被女兒的熱情嚇了一跳，但是靠本能緊緊接住了蘇明月，然後，夾著蘇明月的腋下舉起來轉圈圈。

「哈哈哈，爹爹，我還要。」蘇明月驚聲尖叫，大笑著要求。

蘇順也正是興奮，也不管禮儀，應要求再轉了幾圈。

「好了，別鬧妳爹了，趕緊下來，小心摔著。」沈氏抱著亮哥兒，含笑道。

蘇順放下蘇明月，又問蘇明媚。「媚姐兒要不要？」

媚姐兒眼露驚恐，搖頭搖得小腦袋像轉風車。

「好吧。」蘇順面露失望，轉而又笑著戳戳亮哥兒額頭。「亮哥兒，還記不記得爹？」

亮哥兒咿咿呀呀邊啃手指邊流口水，看起來一臉萌。

「他才幾個月，人都認不清呢。」沈氏笑道。

無奈，蘇順只好放下奢望，回復正形。「爹，娘。」

「嗯。」蘇祖父一如既往的板著臉。

蘇祖母就略顯激動。「回來了，累了吧，先去洗漱，待會兒吃中午飯。」最後又打量打量，說了天下母親都會說的一句。「都累瘦了，回來好好補一補。」

蘇順放下行李，洗去滿臉風塵。

蘇明月圍著她爹轉來轉去，嘰嘰喳喳的獻殷勤。

「爹，給您熱毛巾。」

「爹，我給您帶了家常換的衣服。」

等她爹換完衣服，又舉著小拳頭說：「爹，您累不累？我給您捶捶。」

像一隻小蜜蜂，圍著她爹轉呀轉。蘇順還享受女兒的小殷勤，很配合。「那就麻煩月姐兒給我捶捶了。」

蘇明月舉著個小拳頭，捶了好一會兒，捶到手痠了她爹還不叫停，只得越捶越慢，越捶越輕。

「哈哈哈。」最後蘇順忍不住，點了一下蘇明月的小鼻頭，蘇明月不好意思的笑了笑。

到了中午，一家人一起吃了午飯，又有蘇姑媽帶著大包小包的食材來慰問。「我哥肯定吃不慣外邊的吃食，我給他帶點過來。」

飯後，蘇順跟蘇祖父一起到了書房。蘇祖父細細問了李進士收徒情況，還有課程內容。

蘇順都一一解釋，李進士目前只收了五個徒弟，四個秀才和一個家裡塞錢進來的童生。

教學的程度不好下結論，畢竟目前只上了十幾天的課程，但粗略來看，還比以前的許舉人好。

蘇祖父又細問李進士教授了哪些文章，蘇順憑記憶講述了部分情況，父子倆又對著蘇順的課業本子細細分析一遍。

蘇祖父雖然只是個秀才，但是父子相互印證又有不少收穫。何況蘇祖父放棄科舉之後，讀了家中不少藏書，理解的角度又比蘇順寬廣些。

最後兩人待了大半個下午，得出結論，李進士做學問的水準還是有的，更難得的是為官多年，雖然官不大，但官場思維和對朝廷政策的解讀尤為可貴。

父子倆討論完半下午後，蘇順又去找了蘇祖母。

陳嬤嬤笑著說：「老太太正念叨老爺呢，再不來就該去書房抓人了。」說完，陳嬤嬤識相的推門出去，把空間留給母子二人。

蘇祖母拉著蘇順坐下。「這半個月，可是累壞了？」

「娘，讀書求學哪有不累的，我自己覺得也還好。」

「嗯，你可記著，學問之事急不得，身體最重要，可不要苦熬。身體好了，才是基礎，你要切記，家中尚有老母幼兒呢。」

蘇順自然是諾諾應是，蘇祖母又神神秘秘的說：「你爹又叫你去書房半天做啥？你順著他說就行了，他考了半輩子科舉，如今把期待都放你身上，想著靠你復興蘇家咧。」偷偷放低聲音，蘇祖母叮嚀說：「你自己有主意就行。你中秀才比你爹還早好幾年呢，他半夜都笑醒好幾次。他半輩子就考了個秀才，你已經比你爹聰明了。」

「娘。」蘇順哭笑不得。「我知道了。」

蘇祖母見兒子聽話，轉而又關心起衣食住行。「小石頭照顧得可好？你們住哪兒？李進士家還是自己賃房子住？在哪裡吃飯？」

「小石頭用慣了的，不擔心。我跟隔壁何德大哥賃了一個小院子，他在東間我在西間。吃飯李進士家包了，只是要另交錢。」

「哦，那吃的還行？你可吃得慣？」

「還行，有辣的也有不辣的，不辣的吃多點，辣的吃少點。」

「嗯。」蘇祖母沈吟一下。「也沒有辦法了，畢竟是在外頭，沒有自己家方便。」

母子倆細細說了半晌，又到吃晚飯的時間。

晚飯後，蘇順才找到時間跟妻兒好好說兩句。

沈氏也問了一些蘇順的情況，蘇順都說了，回答得跟對蘇祖母說的大不離。

反倒是蘇順，細細問了沈氏在家如何，沈氏自然是回家中和睦，身體康健，兒女聽話。又說亮哥兒會抬頭看人了，月姐兒活潑了許多，媚姐兒文靜穩重，已經學著拿針。

「辛苦娘子了。」蘇順並不認為妻子就應該無怨無悔照顧家中老小的男人，他很感激。

「當年求娶妳，曾說過給妳遮風擋雨，如今卻獨留妳一人在家。」

「有相公這一片心意，我便已滿足，並不覺辛苦。」

兩人越說越近，漸漸相靠在一起。正是多日未見的年輕夫妻，可謂春宵苦短日高起。

蘇順在家待了兩天半，又匆匆走了。

時光流逝，轉眼又到七月中，沈氏抱著亮哥兒到蘇祖母屋裡。

見到胖乎乎的孫子，蘇祖母滿心歡喜，沈氏乘機跟蘇祖母商量道：「母親，下個月又到中秋了，想問問母親今年如何安排。」

蘇祖母抱著亮哥兒，說：「就照慣例吧。李進士那邊，按照原來許舉人的分例，再加三成。」

「還是母親思量周到。」沈氏笑道：「另外，我想著媚姐兒、月姐兒也漸漸大了，廚下針線、管家理事也該接觸了。雖年紀小不用她們經手，但女孩子要日積月累，潛移默化，方是正經。正好這個中秋，我想著讓她們抽半天來跟著學習？」

「嗯。」蘇祖母點頭。「女孩子是應該的。我跟妳父親說吧。」

於是，晚上，蘇祖母便跟蘇祖父說起這件事情，原以為很簡單，結果蘇祖父沈吟久久未答。

「怎麼？有什麼問題。」蘇祖母驚奇了。

「媚姐兒沒有問題，倒是月姐兒，可惜了。」蘇祖父答道。

「如何可惜了？」多年夫妻，以蘇祖母對蘇祖父的了解，難得他說這句話，蘇祖母的好奇心都勾起來了，又想到當年月姐兒是傻子的那個流言，月姐兒有什麼特殊的？

「這麼說，聞一知十，靈性十足，如果月姐兒是個男兒，我蘇家，復興有望。」蘇祖父道。尤其這一點靈性，好苗子與尋常苗子的差別就在這裡了，實屬難得。

「讀書天分這麼高！」蘇祖母咂咂嘴，要知道，蘇祖父一直說自己家傳承自蘇大學士，一門三進士可是美談呢，但轉而一想，姑娘又不能考科舉。「可惜是個姑娘。」

「是呀，可惜是個姑娘。」蘇祖父也感嘆一聲。「行吧，讓她們下午的課程不用上了，學理家去吧，女孩兒家，管家理事方是正經。」

於是，蘇明媚蘇明月便這樣成了半失學兒童。

蘇明月倒不知自己得到蘇祖父如此高的評價。如果她知道，也是內心有愧呢，畢竟她一直認為自己只是依仗著成年人思維和記憶去屌打小學生。

對於半失學，她也不在意，一個時代有一個時代的規則，在這個時代她注定不可以科舉晉升，學文識字和管家理事一樣，都是為了過上更好生活的必要手段。

然而，蘇明月不在意，以翔哥兒為首的一幫小學生在意得很。

蘇明月多好呀，每天下學後會提醒他們當天課業，上學前會幫他們收齊課業交給先生，偶有不懂的，蘇明月會幫助解答，還會在休息時間幫他們抽背課文。總之，蘇明月的存在，大大減少了小學生們與嚴厲的蘇先生接觸的機會。

如今，蘇明月下午不上學了，他們如何是好？

一批小學生商量半天，最後決定派翔哥兒為代表去談談，最好蘇明月不要學管家理事，管家理事有什麼好的？

翔哥兒跑去跟蘇明月說了一通，被蘇明月殘忍拒絕。

翔哥兒不敢置信，大家都是一起的，她如何能背叛大家。

「翔哥哥，」蘇明月耐心的勸導。「你看祖母年紀大了，我爹已經出去讀書了，我娘要照顧小弟弟，我和姊姊要幫娘親幹活的。不然你看這樣，等我做出好吃的，送過來給你們吃好不好？」

翔哥兒這個胖墩聽到好吃的，有點懷疑。「妳不會像我娘一樣，什麼都煮不好吧？」

姑媽，妳的秘密暴露了。

「當然不會，翔哥哥你是懷疑我嗎？」蘇明月梗著小脖子。「即使我剛開始做得有一點點不好吃，翔哥哥你也會給我鼓勵的對不對？」

「好吧。」翔哥兒無奈道，顯然蘇姑媽給了他某點教訓，他已經是成熟的大小孩了，爹說要給女人面子。

「我以後下午不上學了，還要靠翔哥哥你告訴我下午大家都學會了什麼呢。」一想到這裡我就很擔心，萬一我落後了被祖父打板子怎麼辦？翔哥哥你這麼聰明可靠，一定會幫助我和姊姊的對不對？」蘇明月又鼓吹道。

「當然，妳放心吧，月妹妹，包在我身上了。」翔哥兒聽到自己聰明可靠，拍著胸脯答應了。

於是，翔哥兒跑過來一趟，原來的目的沒有達成，又領了一項任務回去。

蘇明媚、蘇明月半失學，除了翔哥兒為首的一幫小屁孩不習慣，蘇祖父也十分不習慣。沒有人幫忙提醒和收集這幫小屁孩的課業了，小屁孩有疑問憋著不敢問，一問啥也答不出來，下午的菊花茶也沒有人給自己泡好了，實在是十分煩躁。

小學生們戰戰兢兢，果然沒有了月妹妹、月姊姊，蘇先生更可怕了。月妹妹、月姊姊什麼時候可以回來呀？

被念叨的蘇明月正饒有興致的跟著沈氏學廚下理事，當然，以她這樣的年紀，肯定是不能讓她動手的，事實上，沈氏只打算讓兩姊妹有個概念。女子的傳承就是這樣言傳身教，所以古時候有喪母不娶的說法，沒有一個好母親悉心教導，嫁到婆家，如何能挑起當家主婦的重擔。

蘇明月這回圍觀了古代中產人家是如何過節的，沈氏的莊子送來了中秋前的蔬果，蘇家還剩下百十畝祖田半年收益，要準備中秋前的點心吃食，又要給相熟的鄰居親近的親戚來往節禮。

因八月中秋，蘇順七月末和八月末兩月的假期集中在八月一起放，是故六月末之後，隔了一個半月蘇家人才見到蘇順。

這一見，眾人大吃一驚，蘇順實在是消減了許多。

自不說蘇祖母見了如何心疼，沈氏擔憂，連蘇明月都暗暗想按照她爹現在的身板，要熬過秋闈、春闈的惡劣環境，真是讓人不放心啊。

對於如此消瘦，蘇順的解答是學業過累，尚不習慣導致的，過些時日跟上了就沒有問題了。

沈氏卻是不信的，她細心，找來小石頭細細詢問。小石頭瞞不住，才說了。

原來，李進士家的伙食是交給李太太管理的，奈何這個李太太是第三任填房了，李進士一樹梨花壓海棠，李太太年輕想要點錢財傍身，便剋扣起這幫學生的伙食。

「最初是一餐一頓肉，後來變成一餐幾片肉，現在就是各種肉沫青菜了。」小石頭十分憤憤不平。「沒有油水，只能多放辣茱萸調味，老爺只好用熱水過一遍再吃，天天這樣，老爺不瘦才怪。」

「天殺的，收了我們這麼貴的伙食費，這樣糊弄人。」蘇祖母這等老人家都大罵出口，動她心肝兒子比動她更讓人憤怒。「這就是上輩子窮死的，這輩子幹這等缺德事，我看她一輩子都是窮命。」

罵是罵了，但是也沒有法子，估計李進士也是睜一隻眼閉一隻眼。且蘇順都說李先生對學生的課業十分盡心，這才是正經事。

出了這等事，一家人過節都不開心。蘇祖母憋著勁，一心只想給蘇順大補。

蘇明月見此，想起前世親戚家為孩子副食品大費周章做了各種魚鬆、肉鬆，方便易食，便於保存，便想試一試。

「娘，怎麼不把肉煮熟了給爹爹帶過去呢？」蘇明月問她娘。

「月姐兒乖，肉放久了容易臭呢。」沈氏也為蘇順的身體擔憂，兩人感情好，實在不忍丈夫受這等罪，但丈夫肯定不能因為這等事退學的，只是沈氏想盡辦法，也想不到如何破這個局。

「可是娘，臘肉不臭呢。」蘇明月又說道。

「臘肉都晾乾沒有水分了。」沈氏並不遷怒女兒，還是耐心解答。「現在天還熱，可沒法子做。」

「那娘，要不將煮熟的肉，晾乾水分。」蘇明月道：「不過晾乾時間太長了，能不能炒乾呢？」

沈氏並不因為蘇明月的年紀小就否定她說的一切，沈氏想了想，覺得有點道理，但又從未聽過這樣的事情。

「娘，要不我讓田婆子試試？」

田婆子是蘇家雇傭的廚娘，長得胖嘟嘟，十分有分量。自古以來，廚子先嘗三分味，從來沒有餓瘦的廚子一說。

對於自家二小姐的奇思妙想，田婆子心裡嘀咕從未聽說過把肉炒乾的，但是一個好的下人，就是聽命行事。

恰好廚下養著幾條大草魚，蘇明月命田婆子不要頭尾，只要中間魚肉，把魚肉蒸熟，除去魚皮大刺骨，把魚肉用筷子攪碎，拌了油鹽糖，再放入鍋中小火細細翻炒。

田婆子揮汗半小時，越翻炒越香，以她多年的廚下經驗來判斷，說不得真能成。

果然，到最後炒出一團金黃色蓬鬆的絨狀魚肉。

蘇明月嘗一口，有後世肉鬆的感覺了。「娘，您試試？」

沈氏嘗了一嘗，乾香乾香的，卻又入口即化，十分方便。沈氏心裡已經點頭，但為了穩妥起見，還是先問過蘇祖母。「帶過去讓妳祖母嘗一嘗。」

蘇祖母嘗了一口，也十分讚賞。「嘗起來味道不錯，也十分方便。炒到這般乾爽，料想能保存半個月，如今天氣漸涼，不怕，讓田婆子多炒點，到時候讓順兒拌飯拌粥吃都行。」

對於沈氏這樣細心為兒子著想的行為，蘇祖母是大加讚賞的。「順兒媳婦，還是妳年輕心細有想法。咱們家，最後還是要靠妳和順兒。」

「母親如何這樣說，家裡還是要有母親這樣的穩重老人家才讓人放心。」沈氏先拍蘇祖母一記馬屁，再為女兒加分，笑著說：「這是月姐兒想出來的，她小人兒想法多。」

「她一個小小人兒，還是妳肯用心去試。」蘇祖母讚道，又想到可不能降低孫女的積極性，萬一還有其他的法子呢，於是轉頭說：「月姐兒，好樣的，再好好想想，還有沒有其他法子。」

說完還打開零食盒子，鄭重的獎賞了蘇明月一盒綠豆糕，這可是蘇順買了孝敬蘇祖母的綠豆糕，蘇祖母的珍藏。

蘇明月捏著一塊綠豆糕，丟進嘴裡。吃人嘴短，蘇明月立下誓言。「祖母放心，我一定會想辦法把爹爹養胖的。」

「好。」哈哈哈哈，沈氏、蘇祖母只當她一個小孩子說大話。

因為蘇明月的奇思妙想，田婆子這個中秋便在廚房跟各種肉鬆槓上了。最終總算試出最合適美味的魚鬆和豬肉鬆。

蘇家製肉鬆，田婆子幹的活多，心裡也是樂呵呵的，無他，又多了一門手藝。這是可以靠一門手藝吃一輩子飯的時代，雖然沒有蘇家允許，田婆子也不能幹啥，但是技多不壓身，田婆子累得心裡美滋滋的。

蘇祖父學堂的小學生們也美滋滋的。

本來蘇明月下午不能來上課，大家失去了小班長，各種不適應，不料隔了大半個月，大家有幸吃到了蘇家的肉鬆。小朋友從來沒有吃過這種肉，鬆軟可口，又鮮又香。翔哥兒跑回家跟他娘炫耀了半晌，發出「月妹妹沒有說大話，說會給我做好吃的是真的」的感慨。他自覺吃人嘴短，學習得更認真了，發誓要幫月妹妹把下午的功課補上來。

蘇姑媽聽兒子說了肉鬆這件新鮮事，毫不見外的馬上跑回娘家圍觀了一圈，最後還表揚了蘇明月腦子靈活，當年街坊說蘇明月是傻子簡直是個笑話。

蘇順吃到肉鬆也很高興，畢竟天天吃齋是很苦的，吃肉總比吃菜好。

小石頭也很高興，蘇順並不是刻薄下人的性子，蘇順有，他總能蹭到一點。蘇順吃好了，蘇家人從老到幼，也都很高興。

可萬事萬物是雙面的，有人高興總有人不高興的。

蘇順的鄰居何德不高興，蘇順的同窗們不高興。

大家都是苦哈哈熬著，有時去酒樓叫點飯食改善，但終日外食對一般人來說不是長久之計。

過了一個中秋回來，好了，蘇順帶來一種叫做肉鬆的吃食，蘇順是大方人，大家都嘗了一嘗。但這年頭，肉是貴價食物呀，大家嘗一嘗味還好，時時蹭飯可不成，讀書人還是要面子的。

於是，隔了十幾天之後，蘇順一封信回來說明情況。蘇祖父收到信，叫全家一起來商量辦法。

「我想著，咱家沒有做過吃食生意，這個肉鬆雖然是個秘方，但是也不能單獨成一門。不如給妹妹，妹夫家裡就是經營吃食的，到時候大家都可以去妹夫家購買。」沈氏說，絲毫不提錢的事。料著蘇姑父是個生意人，不會不懂秘方的價值，且蘇姑媽還向著娘家，想必不會一毛不拔。

說起蘇姑媽，她過來瞧過肉鬆的製作方法，吃過說了一句好吃後，絲毫不提秘方之事。儘管夫家是做吃食生意的，但蘇姑媽還是很有原則的不摳娘家。

聽完沈氏的話，蘇祖父沈吟點頭，也行，便派人去把蘇姑媽蘇姑父兩口子叫過來。

蘇姑父早聽說了岳父家突然有了一門叫肉鬆的秘方，如今聽說岳父家有意出讓，忙樂顛顛過來了。

他嘗過之後，就不覺得這是一門小秘方了，這是一種前所未有的做法呀。做生意，最想要的是啥？貼錢都希望獨一無二呀，雖說這個秘方大廚師們多試幾次就可以做出來，但是生意上快人一步最重要。

蘇姑父很爽快，他出了五十兩的轉讓費。別小看這五十兩，蘇家一年的花費也就這個數目了，這還是因為蘇順讀書占了大頭的情況下。

至於隔壁縣大舅子的一幫同窗，沒問題，蘇姑丈家剛好想在那邊開分店，不然前些日子為啥大老遠的跑過去。

蘇明月一聽，還給了蘇姑丈一個秀才肉鬆的賣點，就是秀才們讀書都一刻不停，連肉都懶得咀嚼了。蘇姑丈一聽，眼裡冒錢光，連誇蘇明月十分有生意天分。

於是，肉鬆事件告一段落，大家都高興了。

過完八月中秋又到了九九重陽，九月中蘇明媚、蘇明月才復學。幸而小學生的學習內容都是認字，進度本就不快，蘇明媚年紀相對較大，蘇明月有前世基礎，蘇祖父再給兩孫女補課，蘇明媚、蘇明月很快跟上了進度。

待到重陽過後，九月末蘇順歸家，沈氏向蘇順細細說了這事。「這五十兩，娘已經給我了。我想著，月姐兒小，不如置幾畝地也有幾分收息，待月姐兒大了，到時候作為嫁妝陪送出去也是體面。」沈氏一片慈母心腸，已經幫蘇明月想到了嫁妝，所謂父母愛子女為之計深遠。

蘇順也不是不識俗物的迂腐之人，蘇家在沈氏嫁過來之後，經濟上是越發寬裕的，不是說家中置辦了哪些大件，反而是一些細節，比如日常食物有了葷素搭配，家中衣物也有了規律替換，書房裡的筆墨有人常常添置，不會短缺了。蘇順是君子，君子就有了心理負擔。「妳嫁過來幾年，我沒讓妳享福，反而時時需要妳費心。」

蘇家過得好，沈氏自是出了一份力，雖說她也沒有貼補太多，日常食物是莊子出產的，衣裳布料是店鋪裡面成本價的，筆墨紙硯貴了點，但是蘇家百十畝祖田的出息，婆母是交給自己的，因此沈氏雖然貼補了些，但是不多。

最重要的是，蘇家全家上下承她這份情，這年頭，婆母不立規矩，不送小妾，丈夫貼心不作妖，已是太難得了。尤其是沈氏懷不上那幾年，連自家親娘都勸說納妾，生出來抱過來養都是一樣的。但婆母也只是求神拜佛日常刺兩句，並沒有實質性動作。

生下亮哥兒後，婆母再無意見，日日只打理老兩口事務，既不插手蘇順、沈氏之事，也不會不甘寂寞想要把孫兒抱過去養，連沈氏親娘都說日子實在過得舒心。

夫妻二人交流家中大小事務，不過是些居家過日子的尋常事，蘇順又說道：「明年又是鄉試之年，我想著去試一試。」

這可是家中大事，沈氏抬頭道：「我自是無意見，你跟爹娘說過了嗎？」

「尚未，我先跟妳說，其實我心中並無把握，只是想著試一試。」蘇順苦笑道。讀書多年，臨近三十才中個秀才，蘇順心中抱負自是不止於此。好在他能看得開，雖說能中舉最好，但不能中舉也好好生活。

反觀隔壁何德大哥，真的是拚命。自從李進士學堂講鄉試內容開始，小石頭說隔壁燈光常常亮到三更呢，何德大哥也是衣帶漸寬人消瘦。

見丈夫心中有計較，沈氏自然是支持。

跟沈氏說完之後，蘇順又去跟蘇祖父說了明年參加鄉試之事。蘇祖父作為一個屢試屢敗的老秀才，積累了深刻的失敗經驗。

因兩人是在蘇祖父書房中說事，蘇祖父停下筆，問道：「你有幾分把握？」

「四六之數。」

「試試也好。」蘇祖父沈吟道。「那你臨考前要不要回家模擬考幾場？」

「我想著出發前一個月再告假歸家來，李進士說到時也是各自根據自己的進度苦讀，他只輔導。」

「也行，到時候也按照鄉試規矩考幾場。」蘇祖父摸摸鬍子，思索一會兒，站起來走到書房隱蔽處，取出一本小冊子。

「這是我多年科舉經驗。」蘇祖父嘆息一聲。「也是不值一談。不過你拿過去吧，不要跟為父一樣。前車之鑑，後事之師。」

說完，蘇祖父揮一揮手，再無談興，想是還沒有能放開到跟兒子面對面分享自己的失敗經驗。

蘇順這些年已逐漸理解父親心結，因此抱著書，認真對著蘇父鞠躬。

不得不說，蘇祖父的筆記還是十分有價值的。蘇順回房靜心細讀，想像那些年蘇祖父科舉之路，時有感悟。

筆記中記錄，蘇祖父實在是一個時運不濟的人，三年一次的秋闈，蘇祖父總有各種各樣的倒楣事，比如有一年科考，蘇祖父分到臭號附近，那年剛好天氣十分炎熱，蚊蟲環繞、臭氣熏天，蘇祖父苦不堪言，發揮失常；又有一年，瓢潑大雨，這回沒在臭號附近，而是屋頂漏雨，蘇祖父東遮西掩，最後還是弄污了考卷，分數自然低了；還有一年，蘇祖父自覺一切順利到不得了，題目也是熟悉的，發揮得十分好，結果那一年，遇上了科場舞弊，當地所有學子成績無效。

總之，那些年的蘇祖父實在不被考神眷顧，時運不濟。

到最後一次，蘇祖父又遇到妻子生病，考場上心神不寧，最終也沒考中。考完這一次，年紀大了，家中財力也無力支持，唯有放棄科舉，教書謀生。

真是時也命也！

蘇祖父這一本小冊子不厚，卻凝結了一生的經驗。蘇順看完，心中極為沈重。好在他並未沈浸於此，而是想要總結出一些失敗的經驗，在前人的肩膀上看得更遠。

只是蘇父遇到的情況實在倒楣，科場舞弊事前誰也不知道，老天下雨也無法干預，分配到臭號附近也只能說時運極低，蘇順實在想不出什麼法子。

想著一人計短二人計長，蘇順又與沈氏分說幾分。

沈氏初初還有幾分為難，想著這是長輩隱私，不好意思聽，還是蘇順勸說，蘇父將冊子交給自己，就是想讓自己做好準備，只要沈氏不往外說，就不是問題。沈氏才放開，只是沈氏也是閨閣見識，終究也沒有其他辦法。

第八章

日子過得快，轉眼過年，又到了次年入夏。

平山縣依山傍水，周邊多水流，因此魚蝦便宜，只是入夏之後蚊蟲也多，讓人煩惱。亮哥兒年紀小，經不得熱，常常光著兩條小短腿，但蚊蟲多，每天都被叮咬得大包小包的。沈氏日日用薄荷、金銀花、艾草煮水給亮哥兒洗澡，奈何亮哥兒人小火力旺，常常跑出一身汗，作用甚微。沈氏、蘇祖母自是心疼得不得了，卻又沒有法子。

這日，蘇明月帶著棉花採回一把新鮮薄荷草、金銀花、艾草，神神秘秘的找到田婆子，說要製作防蚊蟲的藥膏。

田婆子十分為難，她只是一個煮飯的婆子咧，藥膏可不會弄呀。

沈氏知道蘇明月常常有一些奇思妙想，這兩年在蘇祖父啟蒙下也讀書認字，蘇祖父讚蘇明月腦子靈活，擅長活學活用，因此沈氏也不阻止，反正閒來無事，只令田婆子配合。

田婆子無奈，只能陪蘇明月扮家家酒。是的，在田婆子看來，蘇明月就是在家家酒。

蘇明月要求先把洗淨的草藥曬乾，搗得碎碎的，然後加上一點花生油隔水蒸熟，蒸熟後用紗布將蒸熟的藥渣過濾出油，幸虧田婆子常年幹活，有一把子力氣。最後加入蜂蠟，裝進小盒子裡等凝固，成品就出來了。

蘇明月取名為清涼膏。

沈氏拿到成品一看，的確有濃濃的薄荷、艾草味，還帶著點辛辣刺激，再問問田婆子，用的都是花生油蜂蠟之類的。雖不知道有沒有效果，但是為了不打擊女兒信心，還是讓紅線給亮哥兒塗上。

只要沈氏肯用，蘇明月便十分有信心。這個清涼膏萬金油可是家庭常備藥物，蚊叮蟲咬燙傷瘙癢都能搽的萬能藥。

果然，到了下午，紅線驚喜來報，亮哥兒兩腿的大包小包少了好多。

沈氏喚亮哥兒進來，亮哥兒朝他娘亮出自己胖乎乎的小短腿。「娘，不癢。」展示完，又蹦蹦跳跳跑出去。

蘇明月眼見證明效果，便不再跟進，擠那麼一點薄荷油簡直費了大力氣，蘇明月覺得要是繼續幹，不適合自己的角色，於是揮一揮衣袖說：「娘，田婆子知道做法了，您讓她做。」

沈氏被女兒這番做法逗笑，好奇問道：「妳如何想到這個法子？」

「我看爹爹書房裡有一本雜書是說如何製面脂的，就試了試。」蘇家詩書傳家，破落到只剩下一屋子書，證明傳承祖宗輝煌，裡面先人收藏豐富，各種亂七八糟的無用書籍都有，蘇祖父都辨認不清。

蘇家有三個書房，最大、最重要的一個藏書室，由蘇祖母和陳嬤嬤負責打掃，除了蘇祖父和蘇順，其他人一概不能進。其餘蘇祖父一個，蘇順一個，放些日常用書和不怎麼重要的閒雜書籍。上次蘇明月用一個願望，取得了蘇順書房的進出權，沈氏見她只是翻閱些閒雜書籍，便也隨她。

估摸月姐兒看的書是哪個祖宗隨手收藏回來的，讀書人愛好多，沈氏想著，便也不再深究。

眼看著防蚊蟲叮咬有效果，沈氏又命田婆子做了許多。

因為又學到了一門手藝，田婆子喜孜孜的忙碌了幾天，覺得自己不能再小瞧二小姐了。這讀過書腦袋就是靈性，玩家家酒也能做出這種好東西出來。以後可得好好巴結二小姐，說不定能學到更多呢，田婆子心裡暗暗的想。

蘇明月料想不到田婆子還有此等靈巧的心思，如果她知道，都得說一句這就是人才啊。

說回清涼膏，沈氏用過之後，她心細，想到之前蘇順說過的臭號問題。於是用首飾盒裝了好幾個小盒子，把做法和用途詳細的寫上去，派人給蘇順送過去了。

不出所料，過了十幾天，蘇順回信表示十分有效果，既防蚊蟲，睏累的時候抹一點在鼻下，瞬間清醒了，實在是讀書人必備。

清涼膏發展出這種功效，是出乎沈氏意料的。

更出人意料的是，本鎮最大的一家書店，劉家書店，派人上門來購買清涼膏的秘方。

聽到門房老福頭的通報時，沈氏愣了一愣，因為來人通報是劉家書店主人，沈氏忙命余嬤嬤去請蘇祖父。

蘇祖父正在教課，聽到余嬤嬤所說也是驚訝，兒媳婦跟他說過清涼膏一事，他知道是孫女蘇明月弄出來的。只是他料想不到這小孩子弄出來的小玩意兒，也值得人上門購買秘方。想了想，蘇祖父把蘇明月從課堂上一起帶走。

本朝男女大防不算嚴格，加上蘇明月年紀尚小，因此蘇祖父便帶著蘇明月直接見客。

劉家主是一個年過三十的男子，面白無鬚，身穿一身藏青色深衣，不知道是不是因為經營書店的關係，略帶儒雅氣質，更像一個讀書人，而非一個商人。他還帶著一個十來歲的少年，少年身穿淡青色長袍，雙眼好奇的四處打量。

看見蘇祖父帶著蘇明月出來，劉家主站起來拱手道：「蘇老先生，冒昧前來拜訪，打擾了！」

蘇祖父常年教書育人，當得起一句蘇老先生的敬稱。

他站起來，蘇明月立刻發現了劉家主右腳微跛，不是很明顯，但是蘇明月人矮視線比較低，馬上就發現了。

許是蘇明月露出些微驚訝之色，劉家主身邊的少年馬上朝蘇明月瞪過來，眼神裡滿是惱怒之色，像一隻被侵犯了領土的小豹子，露出了攻擊之色。

蘇明月忙露出歉意，對一個身體有缺陷的人過多注意就是歧視，即使她只是無意，也可能刺穿別人的心扉。

反倒是劉家主，面無不悅之色，拍拍少年的肩膀，說：「這是吾兒劉章，章兒，拜見蘇老先生。」

劉章見蘇明月眼露歉意，加之父親安撫，於是收起渾身刺意，對著蘇祖父恭敬行禮。

「不必多禮。」蘇祖父忙道：「劉家主，請坐。」蘇祖父示意大家不必多禮，余嬤嬤又給大家上茶。

劉家主喝一口熱茶，說明來意，他想要出資一百兩購買清涼膏。

蘇祖父放下茶杯，歉意道：「劉家主，清涼膏乃是我孫女隨手之作，取材簡單，並不值得這麼貴的價格。」

劉家主笑一笑。「蘇老先生說笑了，這東西貴不貴，不僅看成本，也看何人使用。蘇家的清涼膏，近日已經在讀書人中傳開了，提神醒腦，十分有效。我劉家是開書店的，近日剛好準備新店開張，急需一物打出名聲，因此，對我們來說，此物便值此價。」

「劉伯伯，你們家要再開書店了嗎？你們開多少家書店呀？」蘇明月問。

劉家主並不因蘇明月小而忽視她，能被蘇老先生帶在身邊見客，蘇明月必有過人之處，因此他詳細解釋。「我劉家，已有三十六家分店。此處在縣上開張的，是第三十七家分店。」

「劉伯伯好厲害。」蘇明月鼓掌道。「那我們不要一百兩銀子，我們只要一百本書。最好是近年各地的科舉時文，詩歌文集、奇談怪論亦可，只要我們蘇家要的都算一本。超過一百兩，我們自付。劉伯伯您看如何？」

「好，我贊成。」蘇祖父撫掌叫好，讀書人最愛這等風雅之事，談錢就俗氣了。「劉家主，這清涼膏是我孫女搗鼓出來的，如今用在讀書人身上，與書相換，甚雅甚好。」

「此法極妙。」劉家主亦笑道。「只是一時半會兒，可能湊不齊蘇家需要的一百本書。」

「沒有關係，我先把秘方寫給你們，我相信劉伯伯您不會騙我的。」蘇明月狡黠一笑。

「有魄力。」劉家主拍手叫好，又道：「只是這分店，是小兒接手的第一家分店，不知道蘇二小姐能不能與我兒簽訂合約呢？」

「俗話說有其父必有其子，劉伯伯能開三十六家店，劉哥哥將來肯定青出於藍，而勝於藍，我願意和劉哥哥簽這個合約。」說罷，蘇明月命棉花取來筆墨，當下就將清涼膏製法寫下。還讓棉花取來一盒樣品。「劉哥哥，這是我們自己做的，你拿回去看看。有什麼問題，你都可以過來問我。」

「嗯。」劉章繃著一張年少的臉，慎重的點頭，他借筆寫下此次合約內容，還慎重的簽下自己的名字。「蘇妹妹，這是我們的合約，妳收好，以後妳憑此合約，在劉家書店裡，隨時取書。」

蘇祖父和劉家主兩個大人，笑吟吟端著熱茶看著兩個後輩像模像樣的完成交易。最後，蘇祖父帶著蘇明月，將劉家父子送出門口。

「蘇老先生，告辭。」劉家主拱手告別，蘇祖父目送兩人遠去，帶著蘇明月轉身回家。

「月姐兒，妳說說劉家父子為何出這等高價買清涼膏秘方？」蘇祖父有意考蘇明月。

「無非是千金買馬骨，一百兩銀子買名聲。我們蘇家怎能收取金銀俗物落下乘，一百本書就是一場雅事。」

「不錯，不愧是我蘇家人。」蘇祖父撫著鬍子，點頭贊成。

遠處，漸行漸遠的劉家父子也在討論著這件事。

「章兒，學到了沒有。我們家世世代代開書店，就是跟形形色色的讀書人打交道。讀書人，學成文武藝，貨於帝皇家，本質上讀書就是追求權與錢，但是你跟他們打交道，又不能直接談錢。懂了嗎？」劉家主細心教子。

「懂了。」劉章悶悶答道，想出的法子給一個小女娃識破了，雖然最後是雙贏，但不知為何就是沒有開心的感覺。

「不要小瞧女子，越是漂亮的女人越是聰明，越難被騙。」劉家主又笑道。

「我沒有小瞧女子。」劉章低聲抗辯。

到底是誰說那丫頭小時候是個傻子來的。

「不要小瞧任何人，猛虎搏兔尚需全力，你只有每次傾盡全力，才能一次比一次好。」劉家主嚴肅教導。「這是你負責的第一家書店，你既然跟人簽訂了合約，就好好履行。我們做生意的，信諾就是我們賴以生存的根基。」

「我知道了，爹！」

待蘇順歸家，知道了蘇明月以書換秘方的事情，不禁也讚雅趣。

此次歸家之後，蘇順就全力赴考本次秋闈，蘇家全家注意力也集中在這件大事上。

奈何秋闈之事，總是不如人意，蘇順不出意外的落榜了。

平山縣眾秀才都是難兄難弟，大家唯有相視苦笑，苦讀下一個三年再戰。

時光飛逝，說了三年，卻是三年又三年轉眼即過。

沈氏埋頭替蘇順收拾衣裳，六年時光，並沒有在沈氏身上添上太多痕跡。兒女雙全，夫妻和睦，長輩慈愛，女人的日子好與壞是寫在臉上的。

而蘇順，六年的苦讀，讓他身上的氣質更加沈澱和內斂。

「元娘，別收拾了，陪我說幾句話。」看著沈穩內斂的蘇順，說話卻與氣質不符。「妳說我這秋闈越近，心越不平靜。」

沈氏聞言，不由得擔憂道：「可是那科考就緊張的毛病又犯了？」

「這倒不是，這幾年，年年都要在那考號裡試上幾回，我早已習慣。」蘇順道：「只是這幾年，我止步於秀才之後毫無寸進，轉眼間，再過兩年媚姐兒就及笄了，月姐兒與媚姐兒也只相差一歲。我想著，如果能中個舉人，媚姐兒、月姐兒的婚事可以選擇的範圍便廣了許多。這是我這個父親，能為她們做的最堅實後盾了。」

說到女兒婚事，沈氏亦慎重了許多。「相公，你想想，這世間，為人父母富且貴卻賣兒賣女攀高枝的多了去，最堅實的後盾，其實在於人有沒有這個心。只要有這個心，我相信不管是秀才，還是舉人，你都是咱娘兒幾個最堅實的後盾。」

「元娘。」蘇順握緊沈氏的雙手，放鬆笑道：「得妻如此，夫復何求？我更要努力才是了。」

「相公，只要你盡力就好。」

兩人相視一笑，一切盡在不言中。

次日一早，小石頭駕起馬車，載著行李，準備出發。因今年暑熱尚在，蘇家眾人都一頭汗。

「爹，娘，我去了。」蘇順一身秀才直裰，坐在車上，向眾人揮手。「爹、娘，你們回去吧，天氣熱，別中暑了。」

「嗯嗯，去吧。」蘇祖母道：「小石頭，照顧好大爺。」

「記住，留得青山在，不怕沒柴燒，一切以自己為重。去吧。」蘇祖父向外揮一揮手，說道。

「記住了，父親。」蘇順說道，看一眼在旁的妻兒。「小石頭，走。」

「駕。」小石頭揮鞭喊道。

「爹爹，加油！」眼見車漸行漸遠，蘇明月忽然跳起來喊道。

「爹爹，加油！」這是不明所以跟著喊道的亮哥兒。「二姊，加油是啥意思？」
「加油……你看田婆子煮菜，加多了油就好吃了。寫文章也一樣，心裡加把油，文章寫得就好看。」
「二姊，妳敷衍我。」
「你既然知道我敷衍你，為何還要問？」
自從蘇順出發之後，蘇祖母的小佛堂又開始天天燒香；蘇祖父每日照常教學，但是每一天總要親自撕下一張老黃曆；沈氏照舊管家理事，只是偶爾總會發個呆；蘇明月則堅持每日早起做完母親傳授的健身拳法，然後把她爹的書房整理得乾乾淨淨、整整齊齊。
有些男人，平日不顯，但其實已經是一個家庭的主心骨。
蘇家眾人希望秋闈順順利利，蘇明月也偷偷的去蘇祖母佛堂燒了幾炷香，希望佛祖保祐考的她爹都會，會的都對。
然而，事情總有不如人意的地方，在剛好秋闈這天夜裡，下半夜一場秋雨，氣溫突降。余嬤嬤半夜起來翻箱子，把上一冬收好的棉被給蘇明月姊妹蓋上，至於因為沒有晾曬過而一股霉味這點小事，已經顧不上了。
待到第二天一早，雨還是淅瀝淅瀝的下，秋風冷雨，家有考生的人家，裹著厚夾衣，心都涼了。

蘇明月想到蘇順模擬考試時那單薄的衣被，眉頭也皺起來，在古代，傷寒感冒可是能要命的，家中眾人憂心不已，連小小的亮哥兒也特別乖。

幸而到了下午，雨終於停了。雖然冷風不停，但總比風雨交加好一點，眾人也只能祈禱接下來的天氣快快暖和起來。

只是天不從人願，接下來幾天雖然沒有再下雨，但溫度沒有半點回升。

蘇家一家人現在已經不祈禱蘇順中舉了，只希望不出事才好。蘇祖父心中已經後悔了千萬遍，早知道就不應該因為面子問題只給蘇順小冊子，應該細細的說一遍。尤其裡面記錄了一些考生強撐著參加科舉，然後一病不起，或者身體徹底敗壞的案例，更應該重點講述。年輕人若做事只憑一股意氣在硬撐，沒有好身體，萬事到頭皆成空。

有一句話，叫越怕出事，越會出事。

秋闈後第三天，劉家書店標誌的馬車急匆匆的趕到蘇家門前，從車上跳下兩個人，把蘇家大門拍得震天響。

「誰呀？」門房老福頭的聲音透著不悅。

「快開門，我們是劉家書店的，你們老爺在府城病了，帶信來讓你們夫人去伺疾。」

聞言，老福頭趕忙開門，果然是劉家少爺帶著車夫。

老福頭不敢耽誤，趕緊帶人去找老太爺老夫人。

劉家少爺解釋說科舉當天寒風冷雨，蘇順還沒考完就出來了，現在在客棧裡面高燒加腹瀉，小石頭一個人照料不過來，帶信回來讓家裡人趕緊去府城。

聽完劉少爺的解釋，蘇家急得團團轉。只是蘇家老的老少的少，一時間前往府城的人選毫無頭緒。

劉家少爺說可以馬車當天返回府城，只是帶不了太多人，完了又問何德家在哪裡，何德病得更嚴重些，他們家還只有一個老僕人，比不上小石頭年輕力壯。

蘇家趕緊派老福頭領著劉家車夫到何德家報信，沈氏、蘇祖父、蘇祖母討論一番，定了由沈氏帶著老馬上府城。

沈氏方便照顧人，老馬會趕車，當年跟著蘇祖父跑過府城多次，熟悉府城情況。

蘇明月見眾人圍著劉家少爺問情況，忙命余嬤嬤給劉家少爺準備飯食，又準備一些方便攜帶的路上乾糧。

聽見劉家少爺說科舉當天溫度突降，許多舉子及侍從傷寒發熱，府城大夫都忙不過來，蘇明月忙命人去請大夫過來。

及至大夫過來，劉家少爺及隨從正在吃飯，免不了又跟大夫說了一下蘇順的情況，無非是腹瀉、高熱、咳嗽，麻煩大夫開了一些太平方和預防用藥。

待到劉家少爺吃完飯，大夫開的藥也抓好了。

沈氏匆匆忙忙收拾行李，把三個孩子託給蘇祖父蘇祖母，然後登上馬車準備出發。

誰料，蘇明月跟著沈氏，一跨腿，踏進了車廂。

「娘，我跟您一起去。」蘇明月無視她娘看她胡鬧的目光，堅定的說。

沈氏這才注意到，不知何時蘇明月已經換了一套出門的便服。想到剛剛是蘇明月招待的劉家少爺，也是她找的大夫、備的藥物，沈氏吸一口氣，看向蘇祖父，徵詢蘇祖父的意見。

蘇祖父明白沈氏的意思，說道：「事急從權，月姐兒平日素有急智，一起跟著去吧。」又向劉少爺拱手。「劉少爺，麻煩你了。」

馬車來到何德家門前，何德媳婦已經準備好了，誰料何德媳婦看到蘇明月在，回頭伸手把何能也拉上來。

沈氏想想事急從權，顧不得男女大防，便也沒出聲。

眾人憋著一股勁頭往府城趕，中間不適都被忽略了。

待到府城看到蘇順時，眾人驚呆了。

難以想像躺在床上這個眼窩深陷，唇色青白，臉龐消瘦的男人，是十幾天前意氣風發的蘇順。

「夫人，您終於來了。」小石頭端著一碗藥，正在給蘇順餵食，轉頭看到一行人推門進來，眼淚嘩啦嘩啦的流出來，幸虧他一邊哭，另一邊手還穩穩的拿著藥碗放下來。

蘇明月趕緊走上前端開藥，沈氏已經撲上去扶起蘇順，手探上額頭。

「怎麼還是燒？燒了幾天了？」沈氏急急問道。「大夫來看過了沒？怎麼說？」

「夫人，老爺已經燒了六天了。」小石頭哽咽著回答。「大夫也來看過了，就說是普通的傷寒加腹瀉，藥也吃了，就是沒見好。」
「這藥，怎麼這麼清？」蘇明月盯著旁邊的湯藥，疑惑問道。
眼前這碗盛在白瓷碗的湯藥，色澤淡黃，幾無雜質。
但是，這不對呀，一般的湯藥，都是幾碗水煮成一碗水，最後成品都是渾濁黃黑，老遠就聞到一股藥味。可眼前這碗，就像偷工減料的黑心商品。
沈氏一經提醒，猛地轉過頭去死死盯住小石頭，背主弒主的奴僕也不是沒有，通常這類奴僕被發現後不會有什麼好下場。
顯然，小石頭也馬上想到。
「夫人，我沒有。」小石頭把頭磕得砰砰響。「這幾天府城發燒腹瀉的特別多，不僅大夫忙不過來，幾味主要的藥材都斷貨了，每次到貨都要靠搶。我只有一個人，要守著老爺，搶不過別人，才只能把藥熬了又熬。」
「你說很多人都傷寒腹瀉了，不僅僅是受涼的舉子？」蘇明月驚覺事情不對勁，一般人家，即使降溫得快，但家中有保暖衣裳，不會病成如此，整座府城都缺醫少藥。
「對呀，隔壁何德家的僕人老黃也得了。」小石頭積極證明自己。「聽大夫說，病的多是老人孩子。」
不對，這不是普通的傷寒發燒腹瀉，這很可能是是一種傳染疾病。
諾羅病毒、登革熱……社區衛生宣傳的各種傳染病，到底是哪一種？

「月姐兒，這樣蒙住口鼻有用嗎？」沈氏手拿白棉布條做的口罩，遲疑的問。

「娘，我不能保證一定有用，但是用了也沒有什麼損失對不對？」蘇明月還在撕拉另一塊棉布。「我們要照顧爹，必然要近身擦洗餵食的，娘您也聽說了，隔壁老黃，還有很多老弱都得了這個病。我們只有保證自己的健康，才能好好照顧爹。」

「元娘，咳咳，聽月姐兒的。」蘇順不知何時醒了過來，氣吁吁的說完，又爆發一連串咳嗽。

「相公，你躺著，順一順氣。」沈氏趕忙過去扶著蘇順，摸著胸口幫蘇順順氣。

「夫人，大夫來了。」老馬急匆匆的扶著老大夫進來。

「大夫，快，快，看看我家相公。」沈氏忙讓出身位。

大夫在床側坐下，細細診脈，最後摸著白鬍子說：「是天冷體弱導致風寒入體，高熱腹瀉，我給你們開一帖藥方，你們去抓藥。」

「可是大夫，這附近藥房都沒有這幾味藥了。」老馬急忙道。

「唉，這也沒有辦法，我先給你們開藥方，據說府城老爺從隔壁省城調了一批藥過來，你們這幾天早點去藥房門前問問。」老大夫嘆氣說。

沈氏忍不住癡癡垂淚，蘇明月結完診銀，把老大夫送出房間，偷偷跟沈氏說：「娘，我們有藥，您忘記了嗎？」

沈氏眼前一亮，嗖的一下抓住蘇明月的手，蘇明月點點頭。

「夫人，二姑娘，您交代的熱水來了。」小石頭端著一盆熱水進來。

「小石頭，你去把藥拿到廚房……」蘇明月還沒說完，沈氏一把捂住她的嘴，吩咐道：「小石頭，你去樓下借一個小爐子上來，還有炭，就說我們要在房間裡備點熱水。」

「娘？您這是為什麼？」蘇明月不解的問。

「妳別問。」沈氏說：「妳不是說要用這水給妳爹降溫嗎？怎麼做？」

「娘，就是用這條溫手帕給爹擦額頭、脖子和手腕，隔一會兒等手帕的溫度和身體的一致了，就換一次，反覆擦洗。」蘇明月欲上前示範，誰料沈氏用手擋住她。「我來就可以了，妳在旁邊看著，不對的再告訴我。」

「娘。」蘇明月無奈，明白她娘是聽她說可能會傳染，因此不肯讓蘇明月近身。

「聽我的。」沈氏態度十分強硬。

「夫人，爐子我拿來了。」小石頭急於表現，因此拿來的裝備十分齊全，小爐子、炭、鍋、碗筷都有。

沈氏一看，對蘇明月說：「妳去按照大夫的藥方，把我們帶來的藥給妳爹煎出來。就在我們屋裡煎。」

小石頭一聽要煎藥，也不問，忙把藏在房間的藥爐拿出來，即使是煮到稀如黃湯的藥，他也怕被人偷去，因此一直偷偷藏在房間裡。

沈氏見此，難得給小石頭一個讚賞的眼神。小石頭大受鼓舞，忙前忙後的燒火添水。

沈明月比對著府城老大夫的藥方，和老家大夫的成藥，可能這兩大夫是同源的，開出來的傷寒退熱藥方都差不多，只是縣城大夫的藥量偏少一點，估計是沒看到病人，開方比較平穩。

小石頭憑藉著熟練的操作，把煎藥的活搶過去了。

想到小石頭現在正處在戰戰兢兢求表現期，蘇明月也不與他相爭。「娘，我到後廚熬點粥，看爹待會兒能不能吃。」

「讓老馬陪妳下去。」沈氏不放心小女兒一個人，吩咐道。

「好。」

老馬不愧是跟著蘇祖父多次赴考的人物，很快就跟客棧的廚房商量好借了一口灶。

事實上，因為突然而來的降溫降雨，客棧的生意也不怎麼好，現在就是做著這一幫秀才的生意。只是秀才們十有八九都在考間裡凍壞了，現在都臥病在床呢。

這可真是這麼多年來最冷的一次科舉，客棧老闆搖搖頭，心裡暗暗嘆息。

「二姑娘，您怎麼把這個米炒焦了呀？」老馬很有眼色的給蘇明月添火，眼見蘇明月用小火把米都炒焦了，忍不住好奇問。

「我在書上看到一個秘方，說焦米煮粥可以止腹瀉，我試試。」蘇明月見米已經微黃，散發焦味，一瓢水潑下去。「好了，大火燒開，再小火熬。」抹一抹額頭的細汗，蘇家也是小富之家，蘇明月雖然有棉花這個小丫鬟，但是平常也做些廚下工作。

老馬咂咂嘴，這讀書人真是厲害，老太爺、老爺考秀才，連二小姐讀書都懂秘方。

過了半晌，粒粒大米煮開了米花，只是不知道是水放多了還是怎麼著，這粥有點稀。

蘇明月拿兩個大碗，將粥分成兩碗，端起一碗，剩下那碗吩咐老馬。「老馬，這碗你端給隔壁何德大伯，就說我從書上看到的秘方，說焦米粥止腹瀉，也不知道是否有效，問他們要不要試試。」

「好，二小姐。」

「爹，您試試這個焦米粥，我從書上看到這個焦米粥止腹瀉，您先喝點粥水再喝藥，免得傷腸胃。」蘇明月將粥端到蘇順面前，說道。

沈氏似乎有些猶豫，反而是蘇順輕輕動了動手腕。「端過來我喝幾口。」

蘇順明白沈氏的意思，只是病了這幾天，情況也不能更壞了。

沈氏無法，想起素日裡，蘇明月也常常從書中看到好多鬼點子，如今也只能試一試了。

「把粥端過來吧，我來餵，妳下去。」

米湯入口，微微帶點焦糊味，蘇順就著喝了大半碗。

過了半盞茶功夫，小石頭小心翼翼的問：「老爺，要我拿桶過來嗎？」

蘇順微微搖頭。

「老爺，老爺，您這是變好了。」小石頭眼睛都濕潤了，哽咽說：「以往您吃完都是上吐下瀉的。」

蘇順扯出一個虛弱的笑容，他上有老父母，下有嬌妻幼兒，他也真怕這一病不起呢。一行人，都因這小半碗焦米粥有了希望。

「來，相公，把藥喝了，喝了你好好睡一覺。」沈氏扶起蘇順。「睡完我讓月姐兒再給你煮粥。」

蘇順就著沈氏的手把藥喝完，大概是藥效起了作用，吃藥後沈沈睡去。

沈氏卻不肯去休息。難得蘇順安穩睡著了，她時時留意著更換手帕，檢查體溫有沒有升高，有沒有其他不適。

過來大半個時辰，蘇明月進來打斷癡癡望著蘇順的沈氏，低聲說道：「娘，隔壁何德家嬸子過來了。」

「我出去吧，妳看著妳爹，有什麼就叫人。」沈氏不願讓人進來吵醒蘇順。

「嗯，娘。」

沈氏走出來，見到了何德的妻子。

「弟妹，我實在是沒辦法了，我們娘兒倆跑遍了府城，都找不到大夫開藥。」何德媳婦緊緊抓住沈氏的手，整個人就差要給沈氏跪下了。「妳幫幫嫂子。我知道，妳是生意人，總比我們門路多。」

沈氏反手用力把何德媳婦托起來，可不能真讓她跪下去。「嫂子，我們也沒有辦法。誰能料到府城這傷寒如此厲害，大家都缺醫少藥。」沈氏苦笑。「如今我們也找大夫來看過了，只是也沒有那幾味藥，只能把以前的舊藥渣熬了又熬。」

何德媳婦的手僵住了，沈氏見此，心生不忍，忙說道：「倒是月姐兒從書上看到一些土方法，說焦米粥可以止腹瀉，時時用手帕沾濕溫水擦拭額頭、手腕、脖子可以降溫，如今我們也只能用這個法子了，嫂子妳不妨也試試。」沈氏推心置腹的說：「我讓老馬再跑一趟，把大夫請過來，嫂子妳等一等。」

何德媳婦聽到此，木了很久才反應過來，說：「那我謝謝弟妹了。」

「嫂子如何說這客氣話。」沈氏見何德媳婦這一副死寂樣，忙說道：「老馬，你再跑一趟，幫何嫂子請大夫。順道看大夫那裡有沒有藥材來貨，但凡有，不管多貴，都買下來。」

「是，夫人。」老馬應聲道。

「嫂子妳先回去吧，妳我這心都是一樣的，恨不能時時守著。老馬請大夫回來，我讓他直接上妳那邊去。」

「那就麻煩弟妹了。」

沈氏目送虛晃著身子的何德媳婦走回去，轉身回房。

蘇明月正趴在門縫邊往外偷聽，見沈氏推門進來，忙跟在沈氏身後。

「娘，那藥……」

「什麼藥！」沈氏轉過頭，厲聲低喝，眼底一片決絕之色，她緊緊抓住蘇明月雙肩。

「我們沒有藥。月姐兒，我們要先保住妳爹，知道不！」

「娘，我知道了。」蘇明月怔怔點頭。

過了半晌，老馬過來稟報。「夫人，我已經將大夫請過來了。」

「有沒有藥材到了？」

「還是差那幾味藥材，只開了方子。我問過了，後頭說是有一批藥材從鄰縣運過來。」

「好，後天你早早守在藥材鋪門前，一定要買到。買兩份，何家那邊幫他們搶一份。」

「是，夫人。」

隔壁病房。

「娘，還是沒有那幾味藥怎麼辦？」何能低泣著問。

「先把其他的藥材煎了吧。」何德媳婦聲音裡帶著絕望。

「娘，要不試試蘇嬸子說的焦粥吧，還有那溫水擦拭，也許有效呢？」少年的聲音帶著哀求和奢望。

「笑話，那是蘇明月煮糊了一鍋粥，送過來糊弄我們罷了。我明明聞到那麼濃的藥味，她們肯定有藥材，只是不願意給我們。」何德媳婦帶著憤恨，聲音又逐漸低了下去。「現在我們還有求他們蘇家，還不能翻臉。你找個無人的地方把粥倒了，再拿錢給廚房，弄點營養的飯食過來，你爹得補補，才有力氣撐下去。」

「還有，叫小二再送兩床棉被過來，你爹就是冷到了才會這樣的。蓋多一點棉被，捂一捂，把汗都捂出來了才有用。」

「好。」

「好重，好熱。」病床上的男子低聲呻吟，潮紅著臉，嘴唇乾裂。

何能俯身過去，側耳細聽。「娘，爹說他好熱。」

「就是要熱才好，捂出汗來才好。」

第九章

「爹，您醒了。來，再吃一碗焦米粥，然後喝藥。」

昏黃的燈光下，蘇明月正用小炭爐溫著粥，眼見她爹醒過來，手腳麻利的把粥端下來，把藥爐放上去，再挾一把炭放進爐子加熱。

「現在是什麼時辰？我睡了多久？妳娘呢？」蘇順自己扶著床頭坐起來，這一覺醒來，縱然還有不舒服，但他感覺自己的身體正在緩慢的恢復力氣。

「爹，酉時了，您從下午睡到現在，我娘剛出去了。」蘇明月答道，把粥碗端到蘇順面前。

蘇順伸手接過粥碗，還是帶著焦糊味的稀粥，蘇順也不用調羹，一仰脖，咕嚕咕嚕的把一碗粥喝下去。

蘇明月接過空碗，摸一下蘇順的額頭，再摸一下自己的額頭，還是發熱，但沒有中午那麼燙了，她順手把被子拉上一點墊著床頭，讓蘇順躺得舒服一點。「爹，您感覺怎麼樣？」

蘇順見小女兒這熟練的架勢，小小的人兒照顧人，已經有她母親的影子了，不由笑道：「感覺好多了。」

「嗯，那爹，您躺一躺，等我把藥溫好再給您吃藥。」停了一下，蘇明月又問：「爹，您還有哪裡不舒服？有沒有什麼想吃的？」
「沒有什麼想吃的，我就是有點口乾。」蘇順虛弱笑道。
「爹，您肯定是發熱脫水了，等會兒喝點藥就好。喝完藥，如果還是口乾，我給您泡點糖鹽水。」
「泡糖鹽水？」
「您都病了這麼多天了，吃也吃不好，肯定沒有力氣。糖鹽水喝了有力氣。」
「妳怎麼知道的？」
「書裡看到的。」蘇明月嘿嘿一笑。「就隨便看，忘了哪一本書。」
父女正聊著，門吱呀一聲響，沈氏推門進來。
「娘，爹醒了。」蘇明月興奮說道。
「相公，你醒了，感覺怎麼樣？餓了不，有沒有什麼想吃的？」沈氏快步走向前，先伸手摸一下蘇順的額頭，再摸一下自己的額頭比對，最後給蘇順掖一掖被角。
由此可見，蘇明月那套動作師從何人了。
但蘇順就是吃這一套，慈父的笑容立刻轉為一種難以形容的虛弱又依賴的笑容，眼裡只有沈氏，還伸出手握著沈氏的手。「我感覺好了許多，剛剛喝了一碗粥。元娘，辛苦妳了。」
蘇明月吃了一碗狗糧。

果然，父母都是真愛，兒女是意外。

單身狗女兒識相的讓位下來，讓這對父母執手相看，衷情盡付無言中。

蘇明月伸手探探藥爐，已經溫好了，取個小碗將藥倒出來。「爹，喝藥了。」

「我來吧。」沈氏伸手接過去，轉頭說道：「月姐兒去睡覺吧，小孩兒不睡覺不長高。我守著妳爹。」

「好，那爹、娘，我先回房睡覺了。」

蘇明月很有自覺，檢查窗戶都關好了，臨出門前最後一眼，瞄到沈氏正一調羹一調羹的餵蘇順吃藥。

想起中藥那股子苦澀，這一調羹一調羹的餵，簡直是凌遲啊……看來有情不僅飲水飽，喝藥也甜。

晨光拉開了新一天的序幕，可對有些人是希望，有些人是絕望。

「爹，您退燒了？」蘇明月驚喜的問。

蘇順看起來雖然仍然虛弱，但明顯的整個人的精神更好了，靠著床頭，已經有力氣坐直了。「嗯，我還覺得有點餓了。」

沈氏看起來睡得不好，眼底青黑，但是眼裡神采奕奕。

「太好了，爹，我馬上下去給您熬粥。」蘇明月開心到不行，餓了，說明身體的機能開始恢復運作了。

一家人正開心的時候，敲門聲響起。

「老爺，夫人，是我老馬。」

「進來吧，什麼事？」

「夫人，隔壁何德大爺說，如果可以，想請老爺過去一趟。」

「這何家，這麼不知好歹，他是病人，我們就不是病人嗎？」沈氏立馬怒了。

「這何家……」老馬猶豫半晌說：「何德大爺，看起來像是不太好了。」

「如何到這等地步了？」蘇順掀開被子，想要站起來。

「老爺，您是科考第三天扛不住，自己出來的，何德大爺是考完第四天才出來的，聽說一出來就栽倒在地了。」小石頭忙上來解釋，兼表忠心。「他本來看起來就沒有老爺結實，服侍的老黃年紀也大了，求醫問藥、端茶遞水也不夠靈敏，後面老黃自己都病倒了，估計沒養好。」

不像自己，年輕力壯，熬得住，搶什麼都比別人快了一步，後來那一包熬到清的藥材還是他眼疾手快搶過來的呢。小石頭暗暗的想。

所以夫人，看在他如此忠心的分上，千萬饒他一條小命。

眾人一來就四處忙著照顧蘇順，求醫問藥，還真不知道這件事情。如此一聽，還真是凶險。

難得的，沈氏給了小石頭一個讚賞的眼神。想來也是明白小石頭盡力了。

蘇順本人病得迷迷糊糊的，更不知道這些往事，他掙扎著要站起來。

「相公……」沈氏猶豫著想阻止，說句難聽的，隔壁的何德別說快死了，就是現在死了她也不關心，只怕蘇順拖著病體出門，讓病情更嚴重。

「元娘，何大哥病得如此嚴重，我必然要過去看一看的。」蘇順看著沈氏說。

沈氏無奈，只得給他穿上外衣保暖，然後扶著蘇順出門。

「何大哥。」

蘇順一看何德，驚呆了。怎麼才幾天不見，何大哥已經病情如此嚴重？

只見何德躺在床上，整個人眼窩深陷，臉色潮紅，唇色蒼白，身體掩蓋在厚厚的棉被下看不清。眼見蘇順進來，何德本想坐起來，卻只能微微抬頭，又無力的倒下去。

「何大哥，你躺著吧，咱們不用多禮。」蘇順忙出聲制止。

「蘇弟，咱們相交多年。我仗著多年的交情，冒昧將病中的你請過來，實在對不起。」何德苦澀一笑。「我科考多年，今年條件最差，卻是我答題感覺最順暢的一年。我自覺中舉有望，於是明知身體有恙，仍然死撐著考完全場。卻不料人算不如天算，到如今，也不知道能不能熬過這一關。」

「何大哥……」

「蘇弟。」何德猛然爆發一陣蠻力，雙手掙扎出來，蘇順連忙上前兩步握住何德雙手，何德緊緊抓住蘇順雙手，青筋畢露。「蘇弟，蘇弟，如果我有不測，剩下能哥兒和他娘孤兒寡母，為兄拜託你，拜託你照顧他們一二。」

「何大哥，你放心。我答應你，幫你照顧能哥兒成人。」蘇順熱淚盈眶。

「謝謝你，蘇弟。」何德鬆了一口氣，手卻仍然緊握著蘇順。「蘇弟，弟妹，你們看我兒，年方十六，已是童生。我自誇一句，能哥兒讀書天分尚在我之上，你看，他能否配得上你月姐兒？」

「何大哥為人我自是信得過，這門親事，我同意了。」

沈氏扶著蘇順的手緊緊抓住了衣袖，又鬆開了。

蘇明月閃電抬頭，看一眼床邊垂淚的能哥兒，又低下頭。

「蘇弟，謝謝你！」何德鬆開手，放鬆笑道：「能與你相交，是為兄這輩子的福分。」

「何大哥，未到絕境，何言此話？老馬，你立刻去請大夫。」蘇順制止道。

「蘇弟，我的身體我自知。」何德道：「你回去吧，你也是病人，好好養病。我跟他們母子交代兩句。」

「何大哥。」

「去吧。」何德閉眼躺倒在床上，輕輕揮揮手。

沈氏扶著蘇順出門，蘇明月頭也不抬，跟著沈氏出了門，順手把門關上，把空間留給何家一家人。

眼見蘇順一行人出了門，何德睜開眼。「英娘，萬一我走後，妳遇到良人，就改嫁吧。能哥兒我已經安排好了。」

何德媳婦也不哭了，發狠道：「我不改嫁，我生是何家的人，死是何家的鬼。」

何德不知是鬆口氣還是嘆口氣。「能哥兒，以後都聽你娘的話。」

「爹，我聽話。」能哥兒哭得涕淚縱橫。

「英娘，能哥兒，我走後，你們一定要交好蘇家。我們何家是單遷過來的，既無族人，亦無遠親，我走後，你們孤兒寡母，必受欺負。」何德殷殷叮囑。「蘇家一門族人眾多，家風清正，有事肯定不會冷眼旁觀，你們要借蘇家的勢，保平安，直到能哥兒能夠頂門立戶。蘇順此人我認識多年，是個君子，他既然說照顧能哥兒成人，必然會兌現承諾。」

「好。」何德媳婦答道，又猶豫問：「為何非是月姐兒？我聽聞蘇家還有一個大姊，蕙質蘭心。」

「妳看此次跟來府城的是月姐兒，月姐兒作為妹妹，危難中更頂事。」何德解釋說：「我們何家，更需要一個強勢的能當家的兒媳婦。」

「好，聽你的。」何德媳婦應道。

「我累了，我想睡一睡。」撐著一口氣，做了最後的安排，交代了後事，何德整個人都鬆懈下來。

「你睡吧，我和能哥兒守著你。」何德媳婦語帶哽咽。

「娘，爹睡著了？」蘇明月悄聲問。

「嗯，小聲點。別吵著妳爹。」沈氏帶著疲累小聲說道。

看望完何德之後，也不知是心緒過於激動，還是外出吹著了冷風，蘇順好不容易退下來的高熱又起來了，還添了咳嗽。

這可嚇壞沈氏一眾人，託孤的何德那模樣正在眼前呢。大家急得團團轉，熬藥的，煮水的，煮粥的，請大夫的，好不容易一碗藥灌下去，蘇順睡著了。

就不應該讓相公出去的，沈氏用力擰著手帕恨恨的想，但她擦洗的動作卻很輕。

然而，她也明白，蘇順是一個君子，別看平常脾氣好，但是原則內的事他一定會做。故人臨終託孤，蘇順不管如何，肯定會去的。

當初就是看中他這個優點，沈氏看著蘇順沈睡的容顏，內心嘆口氣，又擔心又有點隱蔽的自豪。

下午，眾人正在昏昏欲睡時，沈氏靠著床邊，蘇明月在小榻子上睡著了，床邊的小火爐還溫著藥，散發著一陣藥香。

「相公！」寂靜中突然傳來一聲淒厲的女聲。

眾人瞬間嚇得清醒，蘇明月猛地從小榻子上坐起來，蘇順睜開了眼，沈氏坐直了腰。眾人心頭升起不祥的預感。

又傳來一聲少年哭喊。「爹，爹，爹……」

客棧裡腳步聲忙亂的響起。

不到半盞茶的功夫，老馬推門進來。「老爺，夫人，隔壁的何德老爺，去了。」

「何大哥……」蘇順一聲悲泣，掙扎著就要起床。

沈氏猛撲過去，壓著蘇順的腰。「不許去！」

「我不許你去！你今早出門一趟，高熱又起，你這身體，能受得住嗎？」沈氏淚水滾滾而落。「面也見了，兒子也答應替他照顧了。你想想我，想想月姐兒！萬一你有個好歹，我們一家老小怎麼辦？你也要找誰來託孤嗎?!」

「爹。」蘇明月眼淚汪汪的看著她爹。

對著眼巴巴含淚看著自己的女兒，蘇順長嘆一口氣，頹然坐回去。「老馬，小石頭，你們過去看看，有什麼能搭把手的。」

「是，老爺，夫人。」

只要不是蘇順自己去，沈氏都可以。抹一把眼淚，沈氏露出一個帶淚的笑容。

這時蘇明月小心翼翼的端起藥碗過來。「爹，喝藥了。」

嬌妻幼女在側，蘇順嘆一口氣躺了回去。

老馬、小石頭外出幫忙料理喪事，回頭稟報說何德媳婦找人扶棺回鄉安葬。蘇順便命老馬一路陪同，免得何德媳婦寡婦幼子，多有不便。

沈氏只要蘇順不要再出門，其餘再無反對。加之蘇順燒退之後，日漸康復，因此只命老馬帶了一封信歸家，以免蘇家祖父、祖母不知情況，受到驚嚇。

客棧這邊，開門做生意，縱使老馬上下打點到位，但死了人，終究是覺得晦氣。

何德媳婦等人剛走出門，客棧老闆便大聲喊：「夥計，夥計，又跑哪裡偷懶去了？趕緊收拾收拾。」

過了一會兒，夥計從後門跑出來。「老闆老闆，蹲茅廁去了。前幾天一日三餐的，不知為何總有一碗白米粥丟到廚房，雖然煮焦了，但不要浪費嘛，我便吃了。誰料這幾天總便秘，真是奇了怪了。」

「還諸多藉口，我看你就是懶人多屎尿，趕緊去收拾。」

「馬上去馬上去。」

未曾走遠的扶棺人聽聞，身軀一僵。

何德離世之後，蘇順時常憂思難解，沈氏和蘇明月日日講一些開心之事。蘇順見嬌妻幼女如此掛心，逐漸走出傷悲。

加之後來天氣漸暖，日光明媚，府城中藥材亦補上了，病人漸漸康復。這座城市日漸康復，恢復了生機。

這日，忽聞樓下鑼鼓喧天，人聲鼎沸。

蘇順知道今日放榜，但他自己最後一天沒有考完，加之出了何德這事，蘇家眾人都對此閉口不提。

只是，如今這情況，這客棧有秀才中舉了。

多年的習慣，即使明知自己榜上無名，蘇順忍不住側耳細聽。

「西平府惠和城平山縣南大街何德何大爺，高中第二十七名。」

「西平府惠和城平山縣南大街何德何大爺，高中第二十七名。」

「西平府惠和城平山縣南大街何德何大爺，高中第二十七名。」

只是很奇怪，這次的喜報居然沒有秀才應答。

「爹，娘，是何大伯嗎？」最終還是蘇明月出聲提醒。

這荒唐的人生，捨命求來的功名，還有意義嗎？

「是何德大哥啊！」蘇順一行熱淚滾滾而下。

這還是蘇明月十幾年來第一次看到蘇順流淚。

「下去吧，我來幫何大哥接喜報。」蘇順擦乾眼淚說。

待下到客棧大堂，眾人正為這無人接喜報議論紛紛。

「衙差大哥，這西平府惠和城平山縣南大街何德是在下鄰居，只是、只是何德大哥前日因傷寒過世，其家人已經扶棺回老家了。」蘇順抱拳向衙差解釋道。

此言一出，猶如冷水滴入熱油鍋，圍觀眾人紛紛出聲。

「呀，是前兩天過世的那個秀才呀！」

「可惜了，年紀輕輕的。」

「可不，剩下嬌妻幼子的，考個功名有何用？」

「要我說，還是值得的。這世上，誰都會死去，得償所願而亡，也是一種福氣呢。」

「這福氣，要我說，還不如不要。」

衙差見蘇順身著秀才服，便問：「那秀才，此言可當真？你是何德何人？可知偽作舉人之死，是要問罪的？」

「在下乃何德鄰居，所言句句當真，亦有眾人及客棧老闆可作證。」蘇順解釋道。

剛好老闆聽聞此事匆忙趕回來，忙說：「衙差大爺，前幾天的確有一名籍貫西平府惠和城平山縣南大街的秀才下榻小人客棧，只是很遺憾前幾日患病過世。他夫人和兒子已經扶棺回老家了。」

衙差聞言，內心十分不爽，好不容易搶到好差事，結果卻遇到這晦氣的。板著一張臉，帶頭的衙差說：「這件事我們會向衙門呈報和查實的。走。」

蘇順忙吩咐道：「小石頭，送送衙差大爺。」

小石頭忙快步上前，低頭隱蔽的遞給帶頭的衙差一個錢袋。「請問衙差大爺，這何德秀才的喜報，衙門是如何處理呢？老家那邊……」

衙差伸手掂量一下錢袋，心下暗自思慮這鄰居還算不錯，於是解釋道：「府城這份，我們會稟告上官，查證屬實後放在衙門封存。至於老家那邊，會有另外的人馬送上喜報，人死了這功名還是有效的。」

「謝謝衙差大爺，謝謝衙差大爺。」

蘇順聽聞此安排，放下心來。

「爹，咱們回房吧。」蘇明月生怕蘇順心情激動之下，病情再起伏，忙扶著蘇順回房歇息。

「爹，我希望您健健康康的，這功名，能有最好，沒有也照樣過日子。」蘇明月扶蘇順躺下。「您才是咱家的頂梁柱，您在，咱們家就全家好好的；您倒了，再高的功名也不頂用。說句不好聽的，這萬一以後何嬸子、何能有個什麼意外的，世人還認那一紙功名不？何大伯還能從棺材裡爬起來說話？」

蘇順一個大男人，被女兒這樣說，也不著惱，只嘆氣說：「爹明白這個道理，只是一時看不開。」

說罷摸摸蘇明月的頭髮，卻發現當初小小的一個肉團子已經長成大姑娘。「月姐兒，妳怪爹沒有問過妳就定下婚事不？」

「爹，女兒婚事本就是父母之命、媒妁之言，我都聽您的。」前世單身狗，今生已經接受封建盲婚啞嫁的蘇明月憋出這一句。

「我與妳何大伯相交多年，他的為人我了解，何家人口簡單，以後妳嫁過去不用擔心。

何能這少年，我也是從小看到大，天分學識俱有，秀才不過是水到渠成，勤勤懇懇，日子不會太差。」蘇順細細解釋說：「最重要，何家離我們家近，妳不是十分羨慕姑媽嗎？以後妳出嫁了，也可以常回家看看。」

「爹。」蘇明月瞬間眼淚都要出來了，原來作為一個父親，蘇順也是方方面面為她考慮過，連她想要嫁得近一點這種小心思都知道。「爹，我想要晚一點再出嫁。」

「好，我還捨不得月姐兒早早嫁出去呢。」蘇順真有此打算，沈氏難產，未嘗沒有早生育的原因。蘇順自己翻過醫書，捨不得兩個女兒冒此風險。

沈氏在旁，看著這兩人父女情深，一時無語。

「好了好了，別哭成小花貓。」蘇順逗蘇明月。「妳娘笑妳呢。」

「娘才不會笑我呢。」蘇明月擦一把臉，飛奔出門，還把門給拍上，把空間留給這對夫妻。

「元娘。」雖然對著女兒一堆理由，蘇順也從內心覺得自己考慮得十分周全，但沒有問過妻子意見，便定下女兒婚事，蘇順依然感到心虛。「妳看，月姐兒這婚事……」

「你方方面面都考慮到了，還問我做什麼？」蘇順剛才一番分析，不僅說服了蘇明月，還把沈氏也說服了。

「妳不反對？」

「我反對什麼，這不是挺好的。」沈氏說：「只是你們男人心粗，這婚事，要先算過雙方生辰八字，沒有聘書，起碼也交換過信物，才算正式訂親。如今只是口頭約定，始終不夠名正言順，恐生變化。」

原來如此，蘇順放心了。「這也是事急從權，放心，等能哥兒出了孝，該咱們女兒的，我讓他一樣都不能少，有我在呢。」

「你可記住啊，可得好好的，我們全家以後都靠著你呢。何德大哥這事可把我嚇壞了。我不稀罕那捨命搏來的功名。」

「好。我知道了。」

又慢慢將養了小半個月，親自請大夫複診過，確定蘇順身體已然康復後，沈氏才放心啟程返家。一路上，也是車馬慢行，萬萬不敢勞累趕路。

待回到家門，一家人早已收到消息，連蘇姑媽都早早等在門口了。

眼見蘇順下車，蘇祖母飛奔上前，眼含熱淚。「我的兒，可嚇壞娘了。」又雙手將蘇順從頭摸到腳，連聲道：「瘦了、瘦了。」

連蘇祖父這個略微古板的老學究，都上前一步，將兒子從頭掃視一遍，確認兒子還在，方才道：「我早就告訴過你，留得青山在，不怕沒柴燒。」

可見，蘇順這一病，將蘇家嚇得夠嗆的了。

蘇順挺大一個人，見年邁的父母如此掛心，不由慚愧道：「兒子不孝，令爹娘掛心。」

「嗯。」蘇祖父見蘇順已然知錯，不再追究，轉向蘇明月。「月姐兒，這書讀得好。可見書讀得多，是有用處的，以後我的書房也對妳開放。謹記，愛惜書本。」

老馬幫何家扶棺歸來，已經向蘇祖父蘇祖母詳細稟告過府城一切，包括府城藥材短缺，幸虧有蘇明月提前準備的藥材救命；還有蘇明月從書中看到的焦米粥止瀉法，熱毛巾降溫法等。

尤其得知何德病逝，而蘇順的病情好轉之後，蘇祖父、蘇祖母都暗念一聲佛號，幸虧帶著蘇明月上府城，幸虧她看過這些七零八碎的雜書。不然後果如何，真的不敢想像。

只是，蘇祖父找了好久，也沒找著哪本書寫了這些方子。最後只能感嘆，蘇家祖上收集書籍傳家果然是正確的，只是知識的海洋如此龐雜，人的一生實難方方面面都鑽研透。月姐兒不用科考，她也有這天分，就讓月姐兒鑽研去吧。

蘇明月想不到還有這福利，忙道：「謝祖父。我會好好愛惜書本的。」

「嗯嗯。」蘇祖父撫鬚表示滿意，蘇家果然是詩書傳家，子孫後代皆有向學之心。

「好了好了，進去吧，免得在這門口又吹了冷風。」蘇祖母發話，於是眾人移步進屋。

蘇順一行人路途勞累，眾人見過，確定身體已無大恙之後，便體貼的讓他們回房休息。

蘇姑媽帶著下學的兩個兒子，亦自歸家去，她娘家婆家，來去自如，蘇明月羨慕是十分有道理的。

第十章

狠狠歇過兩日後，沈氏方覺得緊繃的心放下來，身體才休息夠。

這日，沈氏想起當初劉家報信一事，便帶著亮哥兒來到婆母處。

蘇祖母見到乖孫，馬上放下針線，轉而笑看著亮哥兒。

沈氏說明來意。「當日劉家少爺過來報信，又護送我們到府城，時間緊迫，來不及道謝。如今事已過，回想實在是萬分凶險，須得重重酬謝人家才行。只是我終究年紀輕，所以過來問問娘該怎麼處理？」

蘇祖母被兒媳婦輕輕一記馬屁，拍得身心舒適，加之乖孫在側，她對沈氏這個兒媳婦是前所未有的滿意。聽沈氏說話，想起當日凶險，猶有懼意。「誰說不是呢。」

想了想又說：「當日劉少爺護送妳們上府城後，後來又有傳言說府城這傷寒容易傳人，人心惶惶的，因此劉少爺又把劉老爺劉夫人從府城接回縣城了。只是我這段時間求神問佛，未曾拜訪，妳與劉夫人輩分相同，派人過去問一下。如果在家，妳當家主母，還有順兒，一起親自上門道謝，表示誠意。」

「我聽娘的。」沈氏心下贊同，如此重恩，再多重視都不為怪。

於是，沈氏派人上劉家詢問，果然劉家夫妻在家，回話說近日都方便上門。

沈氏鄭重梳妝，連同蘇順，帶著媚姐兒、月姐兒，攜重禮上門拜訪。

劉家在縣城的宅院位於北門，所謂北富南貴，劉家卻絲毫不見富貴氣息，亭臺樓榭，似書香人家。細想劉家做書店買賣，實屬正常。

入到劉家門，劉父帶著劉章接待蘇順，沈氏則帶著媚姐兒、月姐兒被引到後堂，蘇明月見劉家裝飾並無金玉之風，反而處處大氣亮堂，加之帶路的丫鬟舉止有度，談笑間既不失禮亦不過度逢迎，對劉家的印象十分好。

來到後堂，劉老闆之妻章氏早已等候在此。其實章氏多年前已經聽說過蘇明月之名，畢竟那一百本書之約在劉、蘇兩家可謂無人不知。對於反將自己兒子一軍的蘇明月，章氏十分好奇。

眼見沈氏帶著媚姐兒、月姐兒進來，兩個花一樣的女孩兒，大的身著粉色長裙，身姿修長，一身溫婉文雅之氣；小的上身鵝黃羅衫，下身草綠褶裙，一雙眼睛如同白水銀裡面養著黑水銀，滿身蓬勃朝氣。

章氏立馬喜歡上了，主動走向前拉著蘇明月和蘇明媚的手，對著沈氏說：「沈妹妹，我癡長妳幾歲，喚妳一聲妹妹。要我說，妳這兩個女兒，養得可是一等一的拔尖。我一看妳，什麼都不羨慕，就羨慕妳的兩個女兒。」

章氏說的是真心話，她只得一兒，可不就羨慕別人兒女雙全，尤其看別人的女兒聰明靈秀，更是羨慕得不得了。

「章姊姊，妳可別誇得她們驕傲了，不過是縣城平常丫頭。」沈氏順著章氏稱呼。「要我說，劉公子才是人中龍鳳，這麼年輕，已經挑起一門生意了。此次去府城，多虧劉公子，為人處事沈穩大氣，進退有度。我們家媚姐兒、月姐兒的爹，多得劉公子傳信帶路，方撿回一條命。我這心裡，感激到不行。我看呀，章姊姊妳以後可以享兒子福了。」

兩個母親，孩子就是天然的話題。妳讚我一句，我捧妳一聲，雙方來來往往，說得眉開眼笑，眨眼就熟悉了。

蘇明月和蘇明媚端坐在兩旁，蘇明媚年紀大一歲更拘謹些，蘇明月仗著年歲小，抿一口茶，間或吃兩顆乾果，欣賞欣賞古代富豪家的裝修風格，在這互相吹捧的社交場合給自己找個樂子。

自得其樂的蘇明月可不知道，自己是別人的話題中心。

蘇順在外與劉章父子交流，話題自然繞不開這次府城之事。

府城之事，蘇順一直在房中養病，對於外邊的情況不甚了解。而劉章父子，可是在府城有開店的，加之商家信息比別人更靈通一點，說到後來，蘇順方知道，這場降溫，不僅把鄉試裡缺衣少食的秀才放倒了，許多普通人家，因為夜裡不知覺，也得了風寒。到後期，多人傷病，甚至隱隱形成傳人疫病之感，所以劉章父子才急急忙忙躲到縣城，就是怕真成了疫病生出民亂。幸虧府城知府老爺當機立斷，從隔壁急運回來一批藥材，加之天氣逐漸變暖，才把病情控制住。

蘇順聽聞此事，連說自己幸運逃過一劫。

劉章父子亦贊同幸運一論，鄉試的秀才，蘇順病情不是最輕的，但絕對是好得最快的那一批，劉家父子對蘇順的痊癒過程有著莫大的好奇心。說到此，蘇順忍不住稍稍誇了自家女兒兩句，蘇明月從書中學來的焦米湯止腹瀉法和降溫法可是立了大功。

劉家父子商場人精一樣的人物，明白許多讀書人家裡有些不外傳的秘笈，一時感嘆蘇家果然是顯赫過的讀書人家。

只是這類秘笈一般都是不外借、不外傳的，劉家父子只能按下心中好奇。如果蘇明月知道，肯定苦笑，這不用保密，她當天就說出去了。只是，這本書，她肯定是變不出來的了，就讓這個美麗的誤會繼續吧。

於是，男人這邊，一個讀書的秀才，兩個賣書的商人，交流也是十分融洽。雖沒有酒，但是茶逢知己亦是千杯少啊。

蘇、劉兩家的結交，在一家誠心感謝，另一家客氣推辭中完成。一方覺得對方施恩卻不圖報，一方覺得對方湧泉相報，雙方都覺得對方是知禮人家，值得相交。

章氏十分懇切的叮囑沈氏，常常帶女兒過來玩耍，而劉家父子則客氣慎重的把蘇家人送出大門外。對於腿腳微瘸的劉父來說，這是一個鄭重的禮儀。

「爹，回吧。」劉章年紀小，忍不住。

「嗯。」劉父轉身進門，在這種轉彎處他腿腳的微瘸就十分明顯。劉章順手扶住劉父，劉父內心甚慰，這幾年，是有此一子，當如十子，因此對兒子的教導，就更加傾囊相授了。

「我們書商，最常打交道的就是讀書人。讀書人也有百種，跟不同的讀書人打招呼要有不同方式。有才無德的，不可相交，卻恭謹以待，讀書人最易乘龍直起，得罪了他們，發達了回踩我們這些商人都不費一絲力氣；有德無才的，可以相交，其實不僅是讀書人，所有人德都在才前面，有德的人才敢放心相交；有德有才的，要用心相交，遇到這種將來注定一飛沖天的潛力人物，能留下一絲交情，未來可能受益不淺。」

「那爹，您覺得這蘇家是哪種？」

「哪種就要你自己判斷了。我老了，未來是你的世界。」

劉章撇撇嘴。我看您送出大門這個架勢，不是第二就是第三了。

「章兒，你要記住，與人相交，不能一味逢迎，沒有價值的人得不到尊重。你這次就做得很好，要想得到，必先給予。」

「是，爹。」

從劉家歸來，蘇家的生活逐漸回歸正軌。

然而，這日，一人造訪打亂了蘇家的平靜。

上門拜訪的是何能，比起當日府城相見，何能又消瘦了幾分。十六歲的少年，也許是生父早逝催人成熟，何能眉宇間多了幾分鬱色和沈重，似乎是無法托舉這種沈重，何能竟然呈現一種被壓彎腰的姿勢，未見朝氣只見老氣。

蘇順在書房接待何能，何能說出了自己的來意，想要轉學到蘇祖父的學館附學。

「能哥兒，為何轉學？莫不是遇到了什麼難處？」

這年代轉學可不是換個學校如此簡單，需知同窗是一筆龐大的資源，看何德直接託孤蘇順就知道，而先生在某些人生大事上甚至可代行父職。

何能真的遇到了難處，他沒有學費了！

只是這個理由實在不好向蘇順明說，何能支支吾吾，只說想要轉學。

蘇順無奈之下，只得先應承，送何能先回家。

送何能回家是遮掩，蘇順原本想著到何家商量一下具體情況。

誰料到了何家之後，何能母親閉門不出，只說丈夫過世之後一心念佛，為丈夫守節。當日伺候何德的老黃已經被發賣，何家只剩下一個服侍的老嬤嬤，老嬤嬤想著年紀老不需要避嫌，追出來跟蘇順解釋了幾句。

根據嬤嬤的線索，蘇順又派人去探查，最終得出一個結論，何家沒錢了。

當時何德為自己兒子精挑細選了一家學館附學，這家學館在許舉人散館之後承包了大部分的老師和生源，不僅有名氣，學費還收得毫不手軟。

何德在世時，何家最主要的收入來源主要有兩樣，一是何家商鋪經營收入，二是何德憑藉自己秀才翹楚的地位給一些商家、土財主題字寫文章，商家看好何德潛力，給錢爽快。

何德突然去世，不僅少了他自己的那一筆潤筆費，店鋪掌櫃帳房這兩個月報上來的流水竟然少了一大截，兩面夾攻，何德的喪事又花費了這個家大部分的積蓄，何能的學費生活費竟然拿不出來了。

此情此景，已經不是轉學就可以輕易解決的問題。

蘇順又上門，推心置腹的跟何能分析問題，尋求解決辦法。因何家無人擅長經營，蘇順建議將商鋪變賣，置買土地，土地利潤雖比不上商鋪，但勝在穩定不用費心。何能同意，蘇順便尋找相熟之人，將何家商鋪變賣了一個好價錢，又為何家在城郊置買了幾十畝地，安排好佃戶，何家只管收租即可。

商鋪變賣之後，蘇順又帶著何能拜訪何能原來的先生，暗示是因為何德過世，家境衰落而不得不轉學，且附上厚禮。先生本因為何能無故轉學而惱怒，已經想放話何能是不尊師重道而被逐出師門，蘇順拜訪之後方原諒何能，放過這個沒錢的學生。

至此之後，何家之事方告一段落，蘇順通知何能整理好以往的課業，改日上課。

何家得到這個結果自然是滿意的，何母在煙霧瀰漫的佛堂，聆聽了何能對近日之事的敘述，嘴角微微勾起，只說了一句。「來給你爹上炷香，願他在天上餘蔭庇護你。」

只謝死人，不念活人。

萬事萬物都是雙面的，何家開心了自然有人不開心。

蘇祖父沒有不開心，何能的天資和學識，蘇順已經跟他說過，童生試的結果證明，多一個這樣的學生，蘇祖父只會為之心喜。加之蘇順已經說過當日與何德約定，何能與月姐兒訂親一事。良才美玉，還是自己未來的孫女婿，蘇祖父很滿意的接納了。

不開心的人是沈氏，原本蘇明媚和蘇明月在蘇祖父處附學，後來學生多了，但都是同族之人，一道簾子隔開便罷了。如今來一個何能，既不是同族之人，還是跟蘇明月有婚約的，萬萬是不能再用隔一個簾子處理了。商量來商量去，只能讓蘇明媚、蘇明月不再上學。

蘇明媚、蘇明月倒看得開，蘇祖父今年所教授的知識已經逐漸傾向於科舉考試，這部分的內容蘇祖父對她們的要求幾近於無。蘇明媚年近及笄，對這些不感興趣，蘇明月無所謂，她已經擁有蘇家書房的出入權，想學什麼想看什麼書都行，還可以隨時諮詢蘇順，更自由。

沈氏在兩個女兒的安慰之下，終於接受，想著女兒也到了年紀，不上學，正好騰出時間來跟著她學習管家理事。對於何德之妻這種避入佛堂的做法，沈氏是很看不上眼的，丈夫過世哀傷一時也罷，兒子還小，做娘的撐不起來，居然被掌櫃和帳房拿捏住了，丈夫過世不到半年，兒子的學費都掏不出來了，當家主母不頂事可不行。

不過想想，未來婆婆不強勢，吃齋念佛，她女兒嫁過去很快就可以當家作主了，又未嘗不是一件好事，沈氏便又高興起來。

最不開心的是翔哥兒這一幫小學生。一直以來給他們投餵好吃的、幫他們整理功課、給他們在先生面前打掩護求情的蘇家姊妹不上學了，是因為要來一個姓何的小子，聽聞這小子還長得比他們高，功課比他們好。簡直是氣暈了。

翔哥兒氣暈了也沒有用，第二天，蘇家姊妹的桌子被搬走了，簾子被撤掉。翔哥兒對著來收拾課業本子的蘇明月念念叨叨了好久，對蘇明月的離去十分不捨，對即將入學的轉學生何能十分不爽。

蘇明月十分感動，只是不能因此而攪亂蘇祖父的小課堂，蘇明月眼珠一轉，端正臉色，裝出一派嚴肅道：「翔哥哥，你是不是為我感到不平？」

「當然了。」翔哥兒拍拍胸脯。「我就是看不慣何家那小子，憑什麼他來妳們就要退學呀，外祖父和舅舅實在不講理。」

「這樣，那就以男人的方式決一勝負吧！」

「什麼……什麼……男人的方式？」翔哥兒被嚇到，結結巴巴的問。

「你看不慣他，但又沒有其他辦法，祖父的課堂可不允許打架。如此，便以課業決一勝負。我會跟祖父說增加一次入學考試，男子漢大丈夫，堂堂正正的決戰一場，勝負自擔，輸贏都不許怨天尤人。」

翔哥兒被蘇明月說得熱血沸騰，發誓道：「月妹妹，還有媚姊姊，我們一定會為妳們贏得這次勝利的！」

經過翔哥兒的宣傳，一幫小學生內心，不管是為蘇家姊妹抱不平的，還是看不慣外人如此捧何能的，全都摩拳擦掌，誓要給新來的轉學生一個下馬威。

而蘇祖父，被蘇明月解釋大家想要了解一下新來轉學生的水準，以及測試自己學識的程度，為學生一片向學之心所感動，別說加試一場而已，十場都可以啊。

於是，何能入學第一天，便收到了學力測驗大禮包。

何能本人確實有其過人之處，加之何德生前對兒子也是盡心盡力的輔導，何能勝得毫無懸念。

蘇祖父還把何能的文章貼在小課堂上供眾人觀賞。

蘇祖父教導下的小學生，輸了縱有不平之意，但都不是輸不起之人。加之何能的文章貼在牆上，眾人一看，確實有領先之處，不服輸的如同翔哥兒，也只是私下暗暗努力，未曾找碴。

一時之間，小學堂向學之風濃厚，蘇祖父暗自偷樂了幾回。

何能憑藉入學考試奠定了自己的地位，有幾個向學的小學生向他釋出善意，他順利融入蘇祖父的小學堂。

蘇明月導演了一場男人間的決戰，將可能發生的課堂霸凌風波，消弭於無形之中。

然後，投身到鍋碗瓢盆的戰場。

「二小姐，小火，小火！」嬤嬤急得直喊。

蘇明月手忙腳亂，將一塊燃燒的木柴從灶膛拖拉出來。

木柴遇氧，呼啦一下燃燒得更盛，通紅的火苗竄起來，把蘇明月嚇得後退了一步。

嬤嬤眼明手快，將燃燒的木柴往灶灰裡拍幾下，火焰漸漸熄滅。

嘿嘿，蘇明月朝嬤嬤露出一個不好意思的笑容。

事實上，蘇明月會煮飯，而且廚藝不差，但是，以前她都是用瓦斯爐，這種土灶臺，她不會用啊。

沈氏培養女兒的原則是，管家理事的種種技能，可以不用，但不能不會，不能被奴僕糊弄了。萬一家道中落，帶著技能，也能活下去。

在沈氏的指導原則下，蘇明月跟燒火槓上了，日日混成一個燒火丫頭。

「二小姐，擦擦臉。」棉花急忙上前，給蘇明月遞上手帕。這夫人、小姐也不知道怎麼著，非得跟燒火槓上了，要棉花說，這不是她們這些丫頭的活嗎？她棉花，三、四歲就已經在灶頭上給她娘遞火，可熟練了。小姐人這麼好，自己肯定是要伺候小姐一輩子的，這燒火不學也罷。

蘇明月接過手帕，胡亂擦擦臉上的灰，轉頭又道：「再來。」

棉花就知道，誰也勸不了小姐，她非得自己學會才行。

「棉花，來，我們到暖房看看豆芽發得如何了？」

謝天謝地，蘇明月終於過了燒土灶這一關。廚房裡的田婆子鬆了一口氣，真怕二小姐有一天把她吃飯的灶膛都燒壞了。

不過這讀書人真怪，養尊處優的二小姐非得跟這一口土灶過不去，非得學會了才行。讀書人想法也多，二小姐學會燒土灶，又去折騰發豆芽、種青菜去了。這青菜豆芽在夏日本是平常，但是在冬日裡，大雪凍得土地硬邦邦，只有皇帝貴人、老爺子的才有法子種，吃得起菜。

田婆子在廚房念念叨叨，被念叨的蘇明月正在暖房裡，其實就是蘇家整理出一間無人住的小廂房，燒上火炕。

她小心翼翼掀開發豆芽的盤子上蓋的紗布，紗布下一排整整齊齊的綠豆芽，白嫩肥厚，頂尖一點黃綠，指尖輕輕一撚，滿是汁水溢出。

「二小姐，成了，真發出豆芽來了。」棉花驚喜喊道。

涼拌豆芽，炒豆芽，豆芽炒粉……吸溜一口，蘇明月沒想過，曾經對這瘦巴巴的豆芽不屑一顧，如今卻對幾根豆芽流下了渴望的口水。

「棉花，把這把豆芽摘了，今晚就加菜。」

「是，小姐。」

晚上蘇家餐桌上多了一碟簡單的炒豆芽，在這冬日沒幾個花樣的餐桌上，顯得十分新鮮難得，眾人的筷子忍不住頻頻挾向這道菜。

「月姐兒這道菜不錯。」蘇祖母已經參觀過蘇明月的暖房，如今吃到成品，對蘇明月的種菜事業大力支持。「既然嘗試成功了，那妳便多發幾批。還有炕上種著的小青菜，發芽了就間隔著種一批，正好過年前後吃。」

「是，祖母。」蘇明月爽快答道。

蘇祖父心裡暗暗點頭，這月姐兒從看的書裡學到的暖房種菜真不錯，多讀書還是有用的嘛。

連小小人兒的亮哥兒，都對著沈氏要求增加蘇明月的種菜費用。

沈氏逗他。「你不是最討厭吃青菜嗎？」

亮哥兒從小在蘇祖父的課堂裡學習，接觸的都是比他大的小孩，因此小小年紀，喜歡模仿大男孩的姿態，蘇明月最喜歡逗他，說他小掉書袋。

此刻亮哥兒擺出一副大人樣，說出來的卻是：「可不是。夏天平常得不行，冬天就缺那麼幾口。吃的青菜少，連屎都拉不出來。」不知不覺暴露了自己便秘的事實。

全家老幼都喜歡，沈氏也不省這口，追加了蘇明月的種菜資金。

蘇家得了好東西，也不會忘了相熟的人家。比如救命恩人劉家，比如口頭婚約的何家，時常回娘家的蘇姑媽更少不了。

劉家畢竟是府城大商家，見多識廣，往日在府城也是買過貴價冬日菜的，只是在平山縣這個小縣城就沒有辦法買到了。如今想不到蘇明月居然種出來了，不禁大加讚賞。

章氏在飯桌上直說：「往日我見蘇家兩姊妹，長得實在靈秀。如今看，內裡也有錦繡文章。你看，這才是讀書人家的好女孩呢，以後不知道便宜了哪家去。」說完，瞄了一眼飯桌上的劉章，劉章恍若未聞，筷子挾菜的動作一樣快。

章氏看劉章這個水火不入的石頭樣子，不由氣惱。

何家收到小青菜倒沒有這麼直白誇讚，只是當日何能多添了一碗飯。

何家的經濟困境解開之後，何能肩上的重擔都放下了，佃租所得雖然沒有往日店鋪經營多，但如今何家主僕三人，支出少，比往日還略有盈餘。

何能在蘇祖父的學館也融入良好，翔哥兒一幫小學生本就是心思清明之輩，為難人的方式也是比比課業，加之蘇祖父課業繁重，在蘇明月的指點下，更是觸類旁通了大考小考考考的技能，一眾小學生反而培養了幾分患難情誼。

因此，入學兩個月，何能不僅沒有了彎腰駝背之感，眼裡也多了幾分朝氣，他本長得文雅，多年書香氣加乘，竟然有點美少年之感。

蘇姑父一家吃到了這冬日青菜，蘇姑父親自過來參觀了蘇明月的小暖房。只是暖房需要日日燒炭維持溫度，品種也只有常見的菘菜、韭菜、葵菜等喜陰長得快的品種，大批量推廣不實際，但是自己吃吃還是可以的。於是，在徵得岳家的同意之後，在蘇明月的技術指導之下，蘇姑父一家也建起了自己的小暖房。為此，蘇姑父還給蘇明月送了幾樣小禮物。

只是，為啥同是蘇家女，蘇姑媽就一手爛廚藝，姪女就心靈手巧呢，既製得了肉鬆，又種得了暖房菜，聽飛哥兒、翔哥兒說學習還十分好。這同是蘇家的血脈，還能差這麼多？

當然，這疑問，蘇姑父是不敢洩漏半點的。何況，蘇姑媽也有優點，看，讀書種子遺傳給飛哥兒，岳父說，飛哥兒天資不錯呢。

蘇明月的種菜事業受到了各方大力支持，礙於成本不能大力推廣，但是蘇家今年過年菜色是添了幾分綠的。

時光飛逝，轉眼間，媚姐兒便十五了。

這及笄禮是女孩兒生命中特別重要的一件事情，沈氏早早已經安排了，這是今年蘇家的首要大事。

媚姐兒過年前後也一直忙活著做自己及笄禮要穿的衣服，這及笄禮的衣服向來都是自己做，當天穿上，衣服做得越好，表示這姑娘越心靈手巧。

蘇明月看過蘇明媚的及笄衣服，設計華麗，刺繡精美，她琢磨著按這水準，她得提前一年準備刺繡。在沈氏的調教下，蘇明月也不是不會刺繡，但是在這方面她就比蘇明媚少了一點靈性。

及笄禮那天，沈氏邀請了自家親戚和相熟人家，這樣的規模在平山縣也是中等偏上了。蘇明媚的衣服果然受到所有賓客的讚賞，席間幾個大娘對著蘇明媚的刺繡手藝讚不絕口。

過了及笄禮，媒人便可以大大方方上門，談婚論嫁了。

第一個上門的居然是蘇姑媽，蘇姑媽仗著便利，第二天跑過來跟沈氏探口風，想撮合飛哥兒和媚姐兒。

沈氏沒有一口答應，只說要問問女兒意見。蘇明月知道了大驚，這可是親表哥表妹，三代親屬血緣以內的，很容易生出傻子。

「姊，妳覺得飛哥兒怎樣？」

蘇明媚耳尖微微羞紅，卻又帶點迷茫。「我覺得嫁到姑媽家挺好的，以後也可以常常回家。只是、只是跟飛哥兒，老覺得有點怪。妳懂嗎？」

太好了！

我懂，我必須懂。

蘇明月抓住蘇明媚的手說：「是吧，我也是這麼想的，咱們跟飛哥兒太熟了，從小一直長大，我待飛哥兒就像待親哥哥一樣的。但凡我們有個親哥哥，也就是飛哥哥這樣的了。這以後跟妳結親了，我喊他姊夫就像亂倫。妳想想，是不是這個感覺？」

不是這個感覺蘇明月也可以說到是這個感覺，何況蘇明媚真有點這種感覺。

於是蘇明媚向沈氏回覆，沈氏作為婚前對訂親對象一見鍾情的經驗者，十分理解夫妻感情的重要性，心動這事就毫無道理。沈氏委婉的向蘇姑媽說明情況。蘇姑媽也不惱，飛哥兒不愁娶，媚姐兒不愁嫁，兩家本就親近，不必強求。

蘇姑媽輕鬆放開了，有人就放不開了。

作為親近人家，章氏是參加了蘇明媚及笄宴的。回來對蘇明媚全方面的誇讚，從身姿到教養到風範，暗示的意思十分明顯。奈何劉章眉毛都不動一下，急得章氏要上火，最後章氏口不擇言的說從來結親都是父母之命媒妁之言，她十分喜歡蘇家女當她兒媳婦，要直接派媒人上門。

「蘇家啊，」劉章淡淡的來一句。「蘇家的豆芽發得不錯，如果能常常吃到就好了。」說完就跑掉了。

「他這是什麼意思？」章氏看著兒子遠去的背影，不敢置信的問。

「他的意思是，他沒看上老大，他看上老二了。妳就別著急上火了。」劉父解釋道。這小子，眼光還挺好。

「合著就我一個人在著急，他在這裡早有目標了對吧。」

劉父看著章氏，無言的表示：是的，就是這樣。

「我告訴他，以後有他求我的時候！」章氏氣絕。

果然，接下來，章氏既不出門打探有多少人向蘇家求親，也不三不五時去拜訪沈氏了。自從章氏跟沈氏認識以後，兩人十分聊得來，常常來往。如今章氏一反常態，擺出一副不相往來的姿勢，時間日久，劉章心裡開始急了。

「爹，給您的。」

這天，劉章給書房的劉父遞上一枚羊脂玉印章，色澤純淨，光澤柔和，入手既滑且暖，這可不便宜啊。

「私房錢都用完了吧。這可不便宜。」劉父愛不釋手。「就說你還是太年輕，得罪女人沒有好日子過。」

「爹，您幫不幫忙？不幫忙還我了。」

「幫，幫，我兒子都動用私藏賄賂我了，肯定得幫。」哈哈哈哈。

第十一章

劉父說幫，也不打無準備之仗，先是到銀樓選了一個最精巧的珠釵，然後選一個章氏心情好的晚上悄悄拿出來。

「兒子送妳的。」

章氏接過珠釵，往髮間比劃兩下，選一個合適的位置，插入烏黑濃密的髮髻中。「現在知道來求我了。」

「年輕人嘛，妳吊一吊他就行了，吊急了，小心妳盼了好久的未來兒媳婦跑掉。」劉父笑著求情說，幫章氏扶一扶新髮釵。「這樣好看。」

章氏噗哧一笑。「就說你們男人不懂，現在蘇家正是一家有女百家求的時候，我上門太頻繁了，人家還以為我盯上大女兒了呢。而且這姊姊還沒訂親，哪有妹妹跨過姊姊的理，讓他慢慢等著吧。」

「是，這個家還是得靠夫人。」

第二天，劉父對劉章說了章氏的一番理論。

「成了，記得給我報銷珠釵的費用。」

「哦。」

章氏料得不錯，蘇家現在正是一家有女百家求的狀態。

蘇明媚本人已經在及笄宴上證明了自己一手優異的女紅，加之一直跟著蘇祖父讀書，再看沈氏這個做母親的，日子過得蒸蒸日上，女兒管家理事不會差。身材相貌、家庭教育、個人氣質，蘇明媚統統拔尖，平山縣同齡的姑娘幾無敵手，拒了蘇姑媽，除了被自己兒子擊退的章氏，還有絡繹不絕的媒人上門。蘇家的門檻做得還是太低，容易被踩爛。

媒人上門多，沈氏卻不急，慢慢挑，蘇明媚年紀還小，女孩子，最矜貴的也就是這幾年了，嫁人猶如二次投胎，心急吃不了熱豆腐。

忙忙碌碌中，突然一個大消息砸下來。

許進士終於在京城跑官成功了，任職前準備回到平山縣大擺宴席，告慰祖宗。

這絕對是平山縣這幾年最轟動的大事，許進士擺宴，連縣老爺都要上門喝一杯喜酒的，一是許進士是本地人才，算縣老爺政績，二是聽聞許進士求得了西南一個縣令職位，以後就是同僚了。

許進士設宴，蘇順作為跟許進士有一師之誼的人家，被安排到第二天的宴席上。何家也被邀請了，但何能正在守孝，不便上門，蘇順便代何能置辦了一份禮物，以示恭賀。

當天，沈氏隨蘇順赴宴，這種場合，當然是要帶上兩個女兒見見世面、露露相的，尤其蘇明媚，當日來赴宴的正是家境相當的人家，在場的夫人很可能就是以後的婆母了。因此，沈氏花了大力氣來裝扮兩個女兒，既要出挑又不能過分喧賓奪主。

蘇明媚一身粉色羅裙，梳著垂鬟分肖髻，胸前一縷烏髮垂下來，耳戴粉色珍珠耳環，髮間一支白玉髮釵，眉若彎月，眼若流波，正如三月春花初綻的花，讓人望之心喜。

蘇明月則梳著雙平髻，留著薄薄的劉海，劉海下一雙大眼圓滾滾，黑白分明，顯得生氣勃勃。身著一身淡綠衣裙，暗淡少許，細看又似冬去春來那一抹初綠，無限生機。

沈氏剛進女眷廳，遠遠便看見章氏在向她們招手。「沈妹妹，沈妹妹，來這兒。」沈氏見狀，帶著兩個女兒笑吟吟的移步到章氏那裡。

「來，我跟妳介紹，這是陳文書家的夫人，劉姊姊，跟我相公他們八百年前是一支。我們正聊起妳呢，說妳呀，養的女兒特別好。」章氏笑著介紹道，只是沒有說這位劉姊姊，家裡正好有兩位適齡公子。

「不過是平頭正臉，當不得章姊姊如此誇讚。」沈氏笑道。「來，媚姐兒、月姐兒，見過陳伯母、劉伯母。」

「陳伯母、劉伯母好。」蘇明媚、蘇明月齊齊屈膝問好。

「要我說，沈妹妹妳就是太謙虛了，這叫平頭正臉，那我們年輕的時候叫什麼，灰頭土臉。」這劉氏也是一個幽默人家。「我呀，一見妳家兩個丫頭便愛上了，其實平日也有聽聞，只是沈妹妹妳藏著掖著。來，第一次見面，伯母給妳們一點見面禮，可不要推辭了。」

劉氏說完，拉著蘇明媚、蘇明月兩姊妹的手，分別從手上褪下兩個手鐲給她們戴上。

蘇明媚、蘇明月看一眼沈氏，見沈氏微微點頭，便順從的接受了。「謝謝陳伯母。」

「這才對，來，沈妹妹，妳坐我們這邊，我們好好親香親香，讓我們這些沒有女兒的，也過過眼癮。」

一場宴會下來，沈氏跟主人許夫人沒說著幾句話，卻已經跟周邊夫人打成一片，當然，這些夫人無一例外，家中剛好都有適齡優秀青年。

赴宴歸來，沈氏接下來已經有了邀約，無非是幾個相見恨晚的夫人一起相約燒香拜佛，夫人出門麼，孝順的子女總是需要護送的。大家稱讚一下各自的子女年輕有為、人中龍鳳。

「陳文書家的陳二公子，年方十九，生的是一表人才，剛剛考過了童生試，正在學館苦讀中。」

陳家也是平山縣大族，幾代都是平山縣文書，任縣令如何更換，當地的小吏衙差一直由幾個家族繼承，說不準這個平山縣由誰治理。沈氏卸下髮釵，跟蘇順閒聊道。

「陳二公子，我似乎有點印象，是個儒雅有禮的青年。不過，十九了，才剛過童生試，也沒見多有才華的名聲。能不能養家呀？」蘇順是如此的雙標，完全忘記了他自己當年也是一名老童生，生了女兒之後才考中秀才。

蘇順忘了，沈氏可沒忘，瞥一眼蘇順。「陳二公子還年輕呢，我約了陳夫人三日後去上香，到時候讓媚姐兒、月姐兒陪著我去吧。」

女兒大了呀，蘇順怔怔嘆口氣。「去吧。」

第三天，正是陽光明媚的好天氣，沈氏帶著蘇明媚、蘇明月去上香。

上香麼，便不能做赴宴的隆重裝扮了，但真正的美人，便是荊釵布裙也難掩其色。蘇明媚一身淡黃棉裙，頭上只虛虛插著一根普通白玉釵，耳邊別著一朵粉色迎春花。如此簡單的裝扮，更突出了蘇明媚的頭髮是如此的烏黑濃密，臉龐又是如此的白嫩光潔，唇色無須胭脂便已鮮紅。

反正，陳二公子是看呆了眼，整個人像一根木樁，根本沒有其他人說的儒雅風範，才思敏捷。

蘇明月看一眼低下頭耳尖粉紅的蘇明媚，再看一眼看呆了眼的陳二公子，來回對著兩人瞄。

成了！

燒香回來，劉氏很快便派媒人上門，沈氏也早做好陳二公子的背景調查，雙方找人看八字、問吉時、下聘書，正式訂親。

這事情說起來就那麼幾個字，走起來卻特別耗時耗費心力。而從訂親到正式完婚，走完聘書、禮書和迎書，經過納采、問名、納吉、納徵、請期、親迎六個階段，起碼得經過兩、三年的時間。

當然，訂親就是暫告一段落，接下來的事可以不必那麼著急。

陳、蘇兩家訂親，平山縣適齡人家一半喜一半悲。

悲的是家有適齡青年的人家，這劉家怎麼手腳這麼快呢，好姑娘馬上就被搶走了。

喜的是家有適齡女兒的人家，太好了，雖然少了陳二公子，但是也少了一個強勁的競爭對手，不然相親市場行情都要被抬高了。少了陳二公子一棵樹，還給了大家一片森林，實在是太好了。

身為間接媒人的章氏，對自己的安排十分得意。經過此事後，自己跟沈氏是更親近了，想必以後為兒子提親又多了一個籌碼。

*我真是一個寬容大量又慈愛的母親。*章氏得意的想。

沈氏可不知章氏有此深意，自從蘇明媚的婚嫁提上日程之後，她是忙得腳尖打後腦勺，凡事尤想盡善盡美。

蘇明月見此，便把照顧亮哥兒日常起居、檢查學業功課的工作接手過來。這檢查，便發現了問題。

因為蘇家讀書的氛圍十分濃厚，亮哥兒從小耳濡目染，基礎打得十分扎實，起碼比同齡人扎實多了。

但是問題也在於此，亮哥兒的學習多而雜亂，缺乏邏輯架構和大局思維，現在尚看不出來，以後必將會限制亮哥兒的發展。

這可不行，身在古代，娘家給不給力，直接影響了她以後的生活呢。看蘇姑媽，娘家親爹給力，親哥接力，她的地位可不就穩如泰山，婆家對她常回娘家看看的行為毫無怨言，甚至大力支持呢。

蘇明月苦苦思考，想到現代的心智圖核心就是先釐清事物的邏輯、結構和關係，在此基礎上再慢慢豐滿，十分適合用在亮哥兒的情況。

思及此，蘇明月便讓棉花準備一些未裁剪的大宣紙，準備搭建四書五經的心智圖。這可是一項大工程，需要投入巨大的時間和精力，幸而亮哥兒才剛讀到《論語》，那就先從《論語》開始慢慢來唄。

幸而蘇明月完整聽過蘇祖父的《論語》教程，此舉對她來說，就是將她腦中的論語知識搭建一遍，分層展開。這一遍功夫下來，蘇明月自己覺得對《論語》的理解更深一層。

更別提亮哥兒，他以前的學習方法是蘇祖父教授到哪裡便學到哪裡，一遍一遍的重複，身體力行貫徹了古人讀書百遍，其義自見的理論。幸而亮哥兒腦瓜子尚算聰明，記得住。但終究他年紀小，只覺得學習的東西越來越多，越繞越亂。

蘇明月這心智圖一出，亮哥兒先記住大綱，日常的學習就是往大綱裡填內容，所有的知識都是有固定位置的，有邏輯關係的，再也不是亂糟糟的一團了。邏輯越來越清晰，思維越來越活躍，學習成績自然而然就提升了。

亮哥兒的變化引起了蘇祖父的注意，但是蘇祖父想著，可能是亮哥兒開竅了，實在可喜可賀。

蘇祖父還偷偷的跟蘇順分享了這個好消息，蘇家後繼有人了。

作為父親，有此好消息，蘇順不便直接誇讚亮哥兒，以免亮哥兒自滿，但在休沐期間，多親近兒子，間接獎勵還是可以的。

亮哥兒最近的課業本子都放在蘇明月房間呢，蘇順便想著先看看亮哥兒的課業情況，恰好小書房桌子上擺著一張大大的宣紙，上面寫著「論語」兩大字，裡面的小字用無數的細線箭頭聯繫起來。

《論語》蘇順自是熟悉的，蘇順低頭細看，越看越著迷，越看越驚奇，終於，他忽然醍醐灌頂，明白了這是什麼東西，但又無法明白這樣一個對讀書人至關重要的東西，如何能就這樣毫不設防的放在他閨女的書房裡。

「月姐兒，這是什麼？」蘇順驚得聲音都變了。

「爹，怎麼了？」蘇明月正在裡間看書呢，突然聽到蘇順一聲驚呼，以為發生什麼事，急急忙忙走出來。

見她爹指著桌子上的宣紙，蘇明月鬆口氣答道：「這是我給亮哥兒寫的心智圖。」

「心智圖？」蘇順的聲音充滿疑惑，他讀書三十餘年，從未聽說過這個圖。

「心智圖，就是將一本書的內容釐清，將邏輯、結構、關係用圖形表現出來，更加清晰明瞭。」

蘇明月見蘇順還是不明白，便指著說：「爹，您看，我將整本《論語》從內容分為二十篇，再將每一篇的內容細化，比如〈學而篇〉講述務本的道理，這一篇又細分為十六章……」

隨著蘇明月的講解，蘇順的眼睛越來越亮。

「爹，您怎麼了，這不是很尋常嗎？」蘇明月疑惑的問，心智圖都爛大街了，社畜們不說三不五時吧，但是一個月總得做幾次，放在項目簡報上特別管用。

其實，這就是蘇明月侷限了。縱觀人類歷史上，每朝每代都有聰明絕頂、驚豔絕倫的人物，但歷史是不斷進步的，知識是不斷傳承的，後人在前人的肩膀向上攀登。

很多身在其中的人，並不知道自己所學所用是千百年來智慧的結晶，只當尋常。而當後世的知識突兀的出現在前人面前，就像現在這樣，蘇明月彷彿將火箭搬到使用火絨的蘇順面前。

「月姐兒，妳等等。」蘇順對《論語》的理解何止勝蘇明月百倍，一旦明白了整個思路，他便可以自己順著走下去。

隨手拿過一枝筆，蘇順沿著蘇明月的結構樹，再添加枝椏。很快，一張宣紙不夠用了，沒關係，蘇順隨手拿過另一張紙，繼續接下去。越寫越快，越寫越順，整個人沈浸其中。

蘇明月忽然理解為何心智圖在後世如此流行，因為這個方法，真的是有用的，是智慧的結晶。明白蘇順正在快速思考和醒悟中，她悄悄的退到旁邊，在蘇順需要的時候給他遞紙、磨墨。

不知道過了多久，大概是一個下午。蘇順終於寫完最後一筆，完成了整個《論語》的心智圖。

「哈哈哈。」蘇順隨手把毛筆一扔，拿起一疊圖紙，哈哈哈大笑三聲，這個平常溫和儒雅的書生，此刻竟然像一個狂放瀟灑的劍客。也是，能在科舉要求的正楷外，憑愛好練得一手草書的人，內心必然有一團燃燒的火焰。

好不容易冷靜下來，蘇順轉向蘇明月，問道：「月姐兒，這方法是妳自己想到的嗎？」

這蘇明月就不好撒謊說自己是從書中看來的了，按蘇順的狂熱表現，有這種書籍，必然會讓蘇明月找出來，無奈，蘇明月只有承認道：「我自己亂想的。」

「好月姐兒，真聰明。」蘇順完全忘記了蘇明月已經是一個即將及笄的姑娘，用力摸一把蘇明月的頭髮，問道：「月姐兒，把妳這張心智圖給爹爹，爹爹有大用處，可不可以？」

「可以呀，爹，您拿去吧。」

「月姐兒，妳再想一個願望，大一點兒的。」蘇順笑著叮囑蘇明月，隨後拿起圖紙揚長而去。

剩下蘇明月摸著頭髮想，看來這個方法真的很有用，要特地用大一點的方法來獎勵她。要什麼願望呢？蘇明月苦惱的想。

而蘇順，直接拿著心智圖去找了蘇祖父，如此直白的圖紙，加之蘇順的解釋，蘇祖父很快明白這種讀書方法的價值。

論對《論語》的理解，蘇祖父浸淫大半輩子，造詣比蘇順更深。當下，蘇祖父就拿起毛筆，想要在蘇順的結構上再添上自己的理解。然而，提筆後發現，紙張寫滿，填不下了。

蘇祖父想了想，拿起一張新的紙，從頭開始繪製心智圖。蘇祖父的結構樹更詳細，蘇順跟著看，發現自以為了然於胸的內容，隨著蘇祖父的展開，自己竟還有漏掉的知識點。

父子倆一個看、一個寫，專注沈迷，到了用膳時辰，蘇祖母來催促兩人吃飯，見兩人毫無反應，觀察一盞茶的時間，蘇祖母靜靜離開，不打斷兩人。

不知過了多久，蘇祖父落下最後一筆，滿足的嘆息一聲。

端詳著自己筆下誕生的心智圖，蘇祖父轉頭對蘇順說：「順兒，這心智圖，真是我等讀書人的利器呀。有此方法，科舉的希望又多了一分。這，真是月姐兒自己想出來的？」

「爹，應是月姐兒自己總結出來的，您看這都是月姐兒的筆跡呢。從前亦未曾聽說過這等讀書方法。」蘇順解釋道。許是蘇明月潛移默化的影響，加之父親對兒女的濾鏡所在，蘇順一直覺得蘇明月素有天分，常有靈光一閃而過。所謂靈光，就是常人與天才的區別了。現在想想，小時候蘇明月被誤認為是傻子，說不定是貴人語遲呢。

蘇祖父聽信了蘇順的解釋，他教授這麼多小學生，對蘇家兩姊妹投注的精力是最少的，蘇明月的學習效果卻是最好的。

「可惜了，可惜啊。可惜月姐兒不是男兒，不然我蘇家，復興有望。」蘇祖父一直以蘇家祖上一門三進士、父子兩探花為榮，也一直試圖復興祖上榮耀，奈何後人，包括他自己都不爭氣。如今血脈天賦顯現，竟然是在一個不能科舉的女娃身上，蘇祖父心情是何等惋惜和沈痛。

「告訴你媳婦，少給月姐兒吩咐些日常事務，另外管家理事……管家理事還是要的，廚下暖房、針線刺繡這些，全交給下人。讓月姐兒空出時間來，多多指導亮哥兒。」蘇祖父一臉鄭重的吩咐蘇順，有如此人才，就不要浪費在日常細務，重複冗餘的家庭勞作中，要讓她在最有價值的地方，發揮最大的光與熱。縱然嫁人以後，一個智慧的當家主婦，遠比一個勤勞的當家主婦更有價值。

「是，爹。」蘇順答道。

「你們兩父子，還在討論什麼呢？也不看看現在什麼時辰了，肚子不餓嗎？」原來是蘇祖母，見父子倆還不出來吃飯，來催促兩人。

聽聞此言，蘇祖父和蘇順才發現已到亥時，早已腸鳴不止、飢餓不已。蘇祖母一直為兩父子溫著飯菜，兩人心中有事，胡亂吃了填飽肚子了事。

吃過晚飯，蘇順回到房中，平日早已睡著的沈氏還在燈光下理著蘇明媚的嫁妝單子，顯然是在等候蘇順。

「如何等我到此時，妳應該早點睡才好。」蘇順內疚說。

「無事，我本心繫媚姐兒嫁妝，乘機理一理。」沈氏問：「何事與爹談得這樣晚？」丈夫與女兒在房中待了那麼久，帶走了一疊紙，最後還在公公房中談話錯過晚飯，如此大事，沈氏不從丈夫口中問個明白，是不會去睡覺的。

蘇順便將心智圖的事情向沈氏說明，又說了蘇祖父對蘇明月的評價及安排。

沈氏聽後，良久無語，她商人出身，多是實用性識字，對科舉之書了解不多。但嫁入蘇家多年，公爹和丈夫對科舉的執著和堅持，她當然了解。

「那心智圖，真有那麼神奇？」沈氏問。

蘇順重重點頭，也不介意。「月姐兒讀書天分，在我和父親之上。」

「既如此，我便按照父親所說，減少月姐兒日常事務功夫，多讓月姐兒輔導亮哥兒。」

沈氏也不是見識困囿家宅之中的婦女，公爹能對月姐兒如此高的評價，沈氏自不會強迫月姐兒將時間和才華消耗於日常瑣事中。

停了停，沈氏笑著說：「想不到我們能生出月姐兒這等聰明孩子，相公還記不記得，三歲左右的的時候，外頭還嘲笑月姐兒傻子呢，翔哥兒、月姐兒還與能哥兒他們打了一架。」

沈氏真的放下了，好幾年來，蘇明月被嘲笑是傻子的事一直是她的心結，說起就冒火，如今竟然可以自己笑談起。

蘇順調笑一句。「可不是？亮哥兒可比我有福。」

這邊兩夫妻其樂融融，另一邊蘇祖父輾轉難眠，越想越興奮。半晌，蘇祖父一掀被子，爬起床，舉著油燈便往外走去。

「這麼晚了，你不睡覺幹麼去？」蘇祖母被吵醒，沒好氣的問。

「不用管我，我去書房有點事。妳自個兒睡吧，我今晚睡書房。」蘇祖父說，舉著油燈出了房門。

「這老頭子，發癲。」蘇祖母罵道，蓋上被子，翻身睡去。

次日一早，蘇明月被叫到書房。

聽完蘇祖父和蘇順對心智圖的理解，又聽到希望她今後多多教導亮哥兒課業的安排，蘇明月對負責教導亮哥兒沒有意見，只是，看著蘇祖父和蘇順眼下的黑眼圈，尤其蘇祖父可能年紀大了，眼裡紅血絲特別明顯，昨晚看來很晚才睡，蘇明月心中暗念罪過罪過。

料不到蘇祖父和蘇順對科舉如此大的熱情，再看看這大半天裡，蘇祖父折騰出來的比她詳細好多倍的心智圖，蘇明月狠了狠心，決定讓暴風雨來得更猛烈一點，說：「爹，您有沒有聽說過三段讀書法？」

「什麼三段讀書法？」蘇順問。

「就是先讀薄，再讀厚，最後讀薄，三段讀書。初讀一本書，先讀大綱和重要內容，細節暫不需了解，建立對這本書的初步認知，這就是讀薄；再讀書，在大綱的基礎上，熟讀細節，填充骨肉，這就是讀厚；最後，將所有的細節濃縮、總結，形成自己的結論，就是再讀薄。」蘇明月解釋說。

蘇順和蘇祖父聽完蘇明月的解釋，良久沈默不語。蘇明月也不打擾他們，沈默便是在思考，思考便會有所得，以蘇順和蘇祖父讀書多年的積累，任何一點所得都會比她來得多。

兩人沈思，蘇明月便有點無聊，細看蘇祖父做的《論語》心智圖，細枝末節詳細好多，好多內容竟能如此理解，蘇明月越看越驚奇，一邊讀一邊印證自己所學，原以為自己對《論語》理解多年，應有一點點成就，如今看來，還有很多缺漏之處。自己所勝出的，不過是站在前人的肩膀上得到的開闊眼界。

過了大概一盞茶的功夫，蘇祖父感嘆道：「讀薄，讀厚，再讀薄。果然精闢啊。」

「月姐兒，這也是妳想到的？」蘇祖父誠懇問道，眼裡灼灼閃光，莫非真是天降文曲星在蘇家？

「不是，是書房裡一位老祖宗總結的。」蘇明月否認，她可不能更妖孽了。

事實上，這確實是後世的一種讀書方法，但是蘇家書房的一位老祖宗的筆記恰好也有類似感慨。這位老祖宗也是個奇葩，他的愛好是造園林，早年這位祖宗得到一本書，第一遍讀寫了筆記，說這本書範圍狹隘；第二遍讀又寫了讀書筆記，說這本書句句精練、內容深入；第三遍讀了又寫了個總結筆記。

蘇明月記得這本書，是因為這個老祖宗的讀書筆記真的詼諧有趣，書上還附有大江南北園林風格舉例，常年困於家宅之內的蘇明月便當旅遊筆記讀了。

聽完蘇明月所說，蘇祖父不知道是失望還是覺得正常，畢竟世上可能還是正常人多。

蘇明月可不理解蘇祖父的複雜心緒，問道：「祖父，要我把書拿過來給您嗎？」

「那便麻煩月姐兒拿過來祖父書房吧。」蘇祖父想見識一下這位老祖宗是何等大能，蘇明月覺得他可能會失望了，因為這位老祖宗中舉之後便沈迷山水，經常給富豪畫園林圖紙賺錢，跟祖父復興蘇家的願望完全相反。

「那祖父、爹，沒事我便先回去了？」蘇明月問道。

「回去吧。」

看著也到時辰了，蘇祖父該上課了，蘇順難得休沐兩日，還有許多事要做呢。

蘇明月命棉花將書送到蘇祖父處，便不管自己這隻蝴蝶搧一搧翅膀，在蘇順和蘇祖父處帶來何等風暴。

她照常的日日早起，鍛鍊身體，早上先跟沈氏管家理事，中午休息，下午忙活點自己的事情，讀點雜書，研究一些蘇祖父眼裡不是正經學問的雜學，然後準備輔導亮哥兒功課，晚上吃過晚飯後早早休息，日子規律得不行。

棉花相信，不管老天是下冰雹還是下大雨，二小姐的安排都會如常進行。棉花還知道二小姐有個記事本子，每天、每月、每季的計劃和完成情況都寫在上面，反正棉花是佩服到不行。有時候棉花覺得，二小姐生在這等好人家，何必這樣自苦，好好享受不行；有時候又覺得，說不定正是二小姐這樣勤奮又聰明，才能投胎成二小姐，而她棉花這等蠢笨，才注定投胎成下人。

休沐日結束之後，蘇順便再次到鄰縣求學了。臨走前，蘇順和蘇祖父得出結論，不能貪多嚼不爛，一定要認真的、仔細的、好好的用心智圖法和三段讀書法將《論語》梳理、總結一遍。讀好這本《論語》，再讀其他。

於是，接下來的時間，蘇順和蘇祖父在學習和工作外的時間便被排滿了，對待學問，兩人都是認真細緻的性子，一本《論語》，印證、思索、總結，要達到兩人的標準，便需要不少時間。而科舉書籍，可不只那四書五經。

蘇家男人沈迷學習，蘇家女人準備婚嫁，各人自有工作，這個家規律又和諧的運轉著。

第十二章

過了十月，何能守完二十七個月的喪假，來向蘇祖父告假拜祭他爹。

告假當日，蘇順剛好也在，他是個誠信君子，答應了何德照顧何能，便要做到，這近三年的時間裡，蘇順對何能投入的精力，比外甥飛哥兒、翔哥兒還多。

出孝這種大事，蘇順是必然要過問的，因此蘇順約了何能在書房見面。

近三年過去，何能比當初長高了一個個頭，許是蹭了蘇明月喜歡投餵課堂同學的福，多吃一頓下午餐，何能比當初瘦竹竿養多了幾兩肉。加之在蘇祖父課堂一直領先，自信心得到了提升，他原本皮相就長得不錯，加以讀書氣質加成，看起來就是一名俊秀青年。

見到何能如此，蘇順內心欣慰：何大哥，你兒子長得好，我終究沒有辜負你的託付。

示意何能坐下，蘇順問道：「出孝的事情準備得怎麼樣了？你母親如今如何？」

「已經準備了祭禮，母親這幾年一直在佛堂參佛，如今出孝，母親說了會出面處理。」何能答道。

「如此甚好，這些事，你也大了，學會慢慢承擔起來。我看你做得也很好。出孝後，你也多勸勸你母親，不必終日守著佛堂自苦，你也可以參加科舉了，自己是如何打算的？」

「我常勸母親，母親說佛堂求佛並不苦。」何能解釋說：「我準備參加明年的縣試，父親當年沒有走完的路，我想繼續走下去。」

「很好，家中有沒有困難？有困難就要給何叔說，當年你爹將你託付給我，我保證了要照顧你的。」

「沒有困難。」許是想到當年因為入不敷出要轉學的事宜，何能臉上微微赧然，但仍然繼續說：「這幾年風調雨順，佃租都準時收上來了。」

「好。」

雖然一直在蘇祖父的學堂，但蘇順還是細細問過何能的功課，何能的文風類似何德，結構整齊，辭藻華麗，許是因為年輕，人生閱歷尚淺，缺少沈澱的緣故，經不得細看。但在他這個年紀，已屬難得。

蘇順又指點幾處，方放何能歸家去。

待到出孝那幾天，何能果然沒有來上課。恰逢當日蘇祖父小考，何能沒有來，飛哥兒便奪得了第一。

但這個第一並沒有給飛哥兒帶來多大的歡喜，連蘇姑媽，都回娘家狠狠吐槽了一番。「也不知怎的，這何家好像就是跟咱們蘇家過不去。當年，何能他爹功課就老比我哥高一名，現在他兒子，居然又比我兒子高一名。飛哥兒要考第一名，還得趁著他不在的時候。這第一名，不要也罷，得了都不開心。」

蘇祖母已經知道，當年何德臨終前和蘇順結了兒女親家的事，只是何能在守孝，兩家人並沒有說開，但這幾年何能在蘇家讀書，蘇祖母還是照顧三分的，因此蘇姑媽抱怨，蘇祖母便說兩句。「從來沒有考不上第一，不賴自己，賴別人太優秀一說。妳哥可從沒有在意過，妳也不許在飛哥兒面前這麼提，免得飛哥兒移了心性。這做人，比做學問重要。」

「知道了娘，我這不就是跟您說兩句。」蘇姑媽也知道話說得不對，只好為自己開脫兩句。

「跟我也不該說，就不應該說出口。我早叫妳閉緊妳這張嘴，幸虧妳婆婆是個寬容大量的，不然有妳吃虧。」蘇祖母教訓道，這女兒，就是從小被她爹寵壞了。

蘇姑媽聽到這兒不說話了，半輩子都這樣了，要讓她改，可不容易。轉了轉眼睛，蘇姑媽轉了話題。

「娘，您看飛哥兒跟月姐兒怎樣？」蘇姑媽最近收集了全縣適齡姑娘的條件，媚姐兒訂親禮都走完了，飛哥兒卻還沒有找到合適的對象。主要是飛哥兒是長子，蘇姑媽對長媳要求便高了，加之有一個媚姐兒做範本，蘇姑媽比來比去，竟覺得沒有一個比得上媚姐兒的，這便對當日沒有再堅持兩家親上加親感到後悔。但現在媚姐兒親都訂了，後悔也沒有用。

但是沒有關係，沒有媚姐兒，還有一個月姐兒，兩人的年紀也合適。雖然先後說過兩姊妹很是尷尬，但蘇姑媽覺得當日只是說過，又沒有正式提親過，也沒有太大關係。況且，頂著一顆為兒子的慈母心，蘇姑媽還是硬著頭皮說上一句。

「如何能這樣亂牽線，豈不是亂來？」蘇祖母不同意。

「娘，當日我只是向嫂子提了提，又沒有正式求親，有什麼關係。」蘇姑媽不知道蘇明月還助力拒絕過飛哥兒，要知道了，她估計說不出這提議來。

「這太尷尬了。」蘇祖母說：「我看妳哥妳嫂子，貌似相中了能哥兒。」畢竟還沒有過禮，蘇祖母隱晦的提醒蘇姑媽。

「這真是，前世跟何家有仇。」蘇姑媽恨恨的說了一句。

蘇姑媽的憤怒只能氣到自己，畢竟何家也不知曉。現如今，何家正為出孝之事忙碌，出完孝，何家頭等大事便是何能的縣試了。

「你有沒有跟蘇順說了你年後考秀才的事情？」難得的，何母詢問關心何能的課業，何能卻沒有感到多少開心，自覺緊張。

自何父過世之後，何母便終日在佛堂求佛，每次在佛堂談話，何能總覺得自己面對的是一尊佛像，而不是一個母親。

「說過了。順叔說很好，讓我完成父親的遺願。」何能恭謹的回答，自小面對母親，他就很緊張。父親過世之後，沒有父親的緩和，母子沒有相依為命，反而更加生疏拘謹。

「他們蘇家，就沒有特別對你指導？」

「蘇先生待我們大家都一樣的，順叔在外求學，回來的時間不多，不過每次回來都會找我問話。」何能解釋說。

何母沈默不語，半盞茶功夫後，淡淡開口道：「你這次回去後，多接近蘇明月一點，找機會提兩句，你中秀才後咱家就去求親。」

「娘，蘇家不是這樣的人。」何能忍不住分辯。

「是不是這樣的人，看以後就知道了。」何母根本不聽。「聽我說的去做。」

「娘……」

「出去！」

何能無奈退出佛堂，何家唯一的嬤嬤已經守在門旁。

「能哥兒，別跟你娘吵架。你爹過世之後，你娘心裡苦，她現在就希望你能沿著你爹的路走下去，你爹在天有靈也開心的。」嬤嬤勸說道。

「嬤嬤，我知道了。」何能苦澀的說：「嬤嬤，妳勸我娘不要老是在佛堂，現在孝期也過了，多出來走走。」

「能哥兒，你不用勸了，你娘不會聽的，她心裡不平靜。」

次月蘇順回來之後，何能隱晦的提兩句，希望待縣試之後再來求親，他希望有個功名，才配得起蘇妹妹。

蘇順倒是不在意，畢竟他自己也是成婚多年才中秀才，此外他還想留蘇明月在家多些日子呢。不過蘇順也安慰何能，不必太緊張，過於緊張對考試不利，何能應是。

過了十一月，忙忙碌碌中，很快又到了過年。因為蘇明媚已經訂親，現在蘇家和陳家也經常親密走動。

臘八節前後，藉著送臘八粥走禮，陳文書夫人劉氏給沈氏送來了一個消息，明年春季，縣太爺可能會多開一次縣試。

一般來說，縣試的時間一般是在秋季，一年一次，但如果當地縣太爺不覺得麻煩，也可以特殊申請。

自從許舉人中進士之後，平山縣的縣太爺突然意識到，教育也是刷政績的一個好方法。進士、舉人考試他干涉不了，但是縣試他是有權力安排的，只要多多增加秀才的數量，說不定考中舉人的人數就會增加。

只能說，以前也有人打過教育政績的主意，但無非是多建幾間學堂，或者多宣傳、多給補貼之類的，像這位這樣的做法還是前所未聞。

不過，不管縣太爺如何想，對縣裡來說，都是一件大事。縣衙的文書、縣丞等年前就收到通知，年後就要做好準備忙起來了。而對於眾多學生來說，是又多了一次機會。

想著蘇家開著個小學館，學館裡還有飛哥兒、翔哥兒這兩個親戚，文書夫人劉氏很有義氣的派人過來偷偷通知，這年頭，親戚間的關係網就是這樣搭建起來的。

因為縣令的這個決定，平山縣過年期間都心思浮動起來，誰家沒有幾個七彎八拐的親戚呀，到了年後，該知道的差不多都知道了。

沒等到年十五，蘇祖父的學館年初十已經開課，學館裡，何能已經是童生，在準備最後一場，飛哥兒也過了第一場，只是能不能考中秀才還是未知數。蘇祖父原想著把四書五經的心智圖搭建出來，細細的給學生們講一遍，現如今進度完全被打亂，心智圖還沒有做完，就算做完了，這麼短的時間學生們也消化不了。

幸虧也不是所有的學生都參加縣試，有些學生還在第一場的水準，因此蘇祖父乾脆把還在休沐的兒子拉過來，讓蘇順給何能、飛哥兒上加強班，自己仍然按照進度給學生們講課。何能上著蘇順的小學堂，一邊開心一邊痛苦，開心的是蘇順講得特別好，結構清晰，聽後特別明瞭。痛苦的是莫非真的如母親所講，當自己說明提親後，順叔才把自己當自己人，跟飛哥兒一樣的待遇，以前都是普通故人之子？

何能的痛苦糾結只能自己消化。

蘇祖父忙著培養小學生，對蘇明月的關注也少了。前段時間，蘇祖父三不五時常常找蘇明月聊一聊，看一看這蘇家讀書血脈的復甦，聊得蘇明月痛苦不已，她還是喜歡看些閒書雜書多一點。

現如今，蘇明月終於抽出空來，放鬆一下，不過她的放鬆也只是逛逛書鋪子。

對於逛書鋪子這事，棉花是特別敬仰的，二小姐真的不一樣，蘇家的書已經那麼多了，二小姐還常常出來買書，想到這兒，棉花便問：「二小姐，家裡不是有許多書嗎？怎麼還來書鋪子？」

「家裡的書都時間太久遠了，我想找新一點的書，最好是關於紡織棉布這些的。」蘇明月解釋說。

「還有這種書？」棉花驚奇了，這不都是家傳的手藝？

「肯定有呀。有種田的書，有織布的書，有採礦的書，我想要找一些織布的書。」蘇明月解釋說，心裡暗暗的想，明代還有一本《天工開物》，把這些知識都匯集在一起，只是這本書這裡不知道有沒有。

想看看這本書呀，想看看腳踏式織布機的設計是怎麼樣的，這幾年蘇明月也看了很多雜書，但是始終也想不明白原理。不會這輩子都想不明白吧，唉，想要做點什麼大事，為何就這麼難？

蘇明月陷入沈思，一時沒注意險些撞上人。

「小心。」一蘇明月被人隔著衣袖迅速扶了一把，然後對方有禮的退開。

「劉少爺。」蘇明月站穩，微微彎下膝蓋行禮。「一時走了神，謝謝劉少爺。」

「不用謝。注意安全就好。」劉章回答道，見蘇明月有點尷尬，轉移話題。「最近來了一批新書，蘇二小姐可以去看看有沒有合適的。」當年那個約定，兩人就這樣默默的堅持下來，如今已經完成得差不多了。

想到此，蘇明月靈光一閃，問道：「劉少爺，想問你，知不知道一本叫《天工開物》的書呀？或者關於紡織類的書？」

劉章皺皺眉頭，想了一下，說：「沒聽說過這本書。」

蘇明月難掩失望，見此，劉章忙說：「不過紡織類的書籍也許會有，我幫妳找找看。」峰迴路轉，蘇明月一下子笑了，眉眼彎彎，讓人覺得充滿了希望和歡樂。「那謝謝劉少爺了。」說完便轉身離去。

「少爺，您想什麼呢？人都走遠了。」劉章的僕人書香提醒說。

「什麼，啥時候走遠的？我沒有失禮吧？」劉章問，心內懊惱怎麼就一時走了神。

「沒有，少爺您表現得特別好，不是我這麼了解您都看不出來。不過，我看蘇姑娘有點不好意思。」

蘇明月的確有點不好意思。「棉花，妳怎麼不提醒我，差點撞上劉少爺了。」棉花喊冤。「二小姐，我喊您了呀，我還拉您了，可您拉都拉不住。」

「好吧。」蘇明月嘆氣。「下次妳一定記得用力拉住我。」

「好的，二小姐。」

劉章主僕二人到了書店，劉章雖然說新到了一批書籍，但仍然沒有蘇明月想要的，只能掃興而歸。

過了正月之後，縣衙果然發出通知，為慶祝聖上壽誕，平山縣加開一場縣試的通知。縣令撈政績的同時，還不忘拍一拍皇帝馬屁，反正平山縣因為這事沸騰起來了。

蘇順要去求學，蘇祖父只能自己扛起來，進度好的、希望大的，比如飛哥兒、何能，再加加功課，爭取今年進一保二。

到了三月，草長鶯飛，平山縣縣試加試完成。

「能哥兒，你考上秀才了，你是第一名，榜首。」蘇家的僕人小石頭氣喘吁吁的跑回來報喜。

蘇順特地請假回來，畢竟一個飛哥兒是外甥，一個何能是故人之子、未來女婿。

「去吧，回去告訴你娘這個好消息，記得給你爹燒炷香。」蘇順拍拍何能的肩膀，語帶懷念和欣慰。

「嗯。」何能重重點頭。課業也來不及收拾，匆匆跑回家，反正離得也不遠。

「娘，我考上了，第一名。」何能氣喘吁吁的跑回家。

沈默良久，終日在佛堂燒香拜佛的何母忽然兩行眼淚流出來，何能呆住了。「娘。」

「過來，給你爹上炷香。」何母哽咽著說。

「嗯，娘。」

爹，我考上秀才了，您看到了嗎？您高興嗎？願您在天保祐我，讓我可以繼續完成您未完成的心願。我會好好照顧娘的，您放心吧。

可惜蘇祖父家學館只有何能一個考中了秀才，飛哥兒在縣試最後一場失敗了，只得了個童生。

蘇姑媽、蘇姑父二人是又滿足又失望，滿足是因為飛哥兒冠禮還沒過，已經是童生了，老馮家從來沒有過這等年輕俊秀的人才，簡直是祖墳冒青煙了；遺憾的是怎麼就差那臨門一腳呢，唉，真是可惜了。蘇姑父還找門道去查飛哥兒的排名，真的是只差一點點，痛心不已！

不過沒有關係，蘇姑媽已經知道，自己親爹給兒子開小灶的事情，雖然一起開小灶的還有何能那小子，勉強也算自己人吧。不過蘇姑媽心裡，肯定是飛哥兒跟外祖父最親，這半年再讓爹給兒子開點小灶，爭取秋季那次縣試，把最後一場考上了，那真是，想想都美。

老馮夫妻倆達成共識，為了兒子的前途，蘇姑媽跑娘家更頻繁了。連蘇姑媽的婆婆，都特別慈眉善目的勸說，多回娘家走走，家裡吃食多，多帶點給親家嘗嘗，一點心意，飛哥兒和翔哥兒就勞親家多費心了。

何能中秀才，何家卻沒有對外頂門立戶的長輩，蘇順又告假回來，幫忙主持了一場。過了三月秀才試，蘇家開始準備蘇明月的及笄禮。

要說這兩年，真是各種大事喜事連連，沈氏忙是忙，心裡卻是痛快，這日子，過得是蒸蒸日上咧。

蘇明月及笄禮前夕，何母派人送來了一支烏木簪。要沈氏說，特別不喜歡這個簪子，她女兒正是青春靚麗，花一般的年紀，這個黑烏烏的木簪子老氣到不行，一點都不相配，無奈這是女兒未來婆婆送過來的，只能忍著氣簪頭上了。

蘇明月倒無所謂，未來婆婆麼，大家禮數功夫到了就行，還真想要親如母女的，開什麼玩笑。

蘇明月及笄禮，章氏自是在被邀請之列的。章氏還特別備了一套珍珠首飾，作為相熟的人家，不可謂不貴重。

只是，當章氏看到何母送的那一根烏木簪子的時候，臉色白得比珍珠更白。本朝傳統，女子一般都是家人負責簪子，但是有個例外，就是已經訂親的女孩子，婆家有權準備簪禮。

果然烏木簪子一出，全場的夫人都知道蘇明月定了何家，紛紛打趣不給大家機會，又有人讚郎才女貌天生一對，一片喜氣洋洋。

只有章氏，不知道是怎麼參加完蘇家及笄宴，整個人回到家裡都是呆滯的。

「怎麼參加完蘇家及笄宴後如此神色？可是不舒服？」劉父問。

「蘇家二女兒，已經跟何家那個秀才訂親了。」

劉父沈默了。想起劉章巴巴送來的羊脂玉印章，夫妻兩人第一次不知道話如何出口。

最終劉章還是知道了，劉父親自說的。「誰也料不到竟然會在及笄前訂親了，也沒有消息傳出來，想來是沒有緣分。」

緣分啊，竟然是這樣。

第二天，劉章親自等在何家到蘇家必經之路上，果然見到了何能。

一表人才，還是個潛力無窮的秀才。

「書香啊。」

「唉，少爺。」書香跟著少爺蹲在這巷子裡，也不知道少爺想幹啥。

「你說我也不是讀書人，你憑什麼叫書香呢？以後你就改名叫木頭吧。」

「啊，少爺，少爺？」少爺我不想改名啊。

書香，啊不，木頭不知道自己的名字跟另一個讀書人有關，但是他知道了又有什麼辦法呢。他主人都失戀了，他改個名字算個啥。

無法決定改名命運的木頭，悶悶不樂的跟著少爺回了家。

「少爺，京城書店剛剛送來了您指定的那一批書籍，蘇小姐想要的那一批紡織類書籍也到了，要幫您送過去嗎？」

「不用送過去了。就放書店裡吧。」

「哦。」奇怪的少爺，不過木頭作為一個僕人，也只能聽命了。

只是木頭還沒有走出書房門，就被叫住了。「等等，這次紡織類的書一共來了幾本？」

「剛好五本，送完這五本，跟蘇二小姐的百本書約定就完成了呢。」

「已經完成了呀。」頓了一下。「都送過去蘇家給蘇二小姐吧。」

「是的，少爺。」

半晌後。

「少爺，怎麼給蘇二小姐的書少了一本。」

「……有一本書我剛好要用，你先把其餘四本送過去吧。」

「哦。」

劉章的糾結，就像一場無人知道的花開花落，賞花的人根本不知曉。

對於訂親，蘇明月沒有太大的驚喜，當然也沒有抗拒。雖然三年前已經口頭訂親，但是蘇明月跟何能真的接觸不多。沈氏跟她分析過，嫁給何能這個人優點很明顯，潛力不錯，離家近；缺點也有，他那個娘有點不好親近的樣子，但是近幾年一直在禮佛，敬著就行了。

蘇明月及笄宴後，何母派何能過來說，訂親禮等何能參加完這次秋闈之後再進行。沈氏想想何德為了秋闈，病重都要掙扎著考完全場的執拗勁，萬一他們父子一脈相承，沈氏也是有點怕，思慮之下便同意了。

蘇明月及笄後，蘇家最大的事便是蘇順的秋闈。雖然何能與蘇明月訂親禮沒有舉行，但是蘇家親友已經知道何、蘇兩家訂親，蘇順也將何能當作半子對待。

這次秋闈，何能說想試一試，以後始終都要完成他爹的心願。蘇順便帶著他一同準備，鑽研考題，找李進士看文章，又將自己最近研究心智圖的心得傾囊相授。

何能不愧是當年被何德引以為傲的有天分，連李進士都說他有靈氣，辭藻華麗，文章只差幾分對世事的積累，暗示說假如他今年過不了秋闈，來年可以破例進李進士的秀才學堂。

蘇順對此，樂見其成，他託人情將何能文章帶給李進士批改時就懷有此意，畢竟中秀才之後，想要更進一步，蘇祖父的小學堂能教授的不多，最合適的便是李進士的秀才學堂。只是李進士年歲已大，已經不再對外招生，如今李進士發話，何能能破例入學便是最好。

在這忙碌的日子裡，沈氏這個當家主母忽然病倒了。原本正指揮著做晚飯呢，忽覺眼前一黑，搖搖欲墜，嚇壞了廚房一眾人。

蘇明月正好在院子裡，趁著陽光好，整理一批書籍，聽聞沈氏不舒服，忙跑過來。沈氏已經被扶到旁邊坐下了，緩過一口氣之後，除了臉色蒼白些，還在反胃作嘔之外，並無大事。

「娘，您不會是懷上了吧？」蘇明月見沈氏如此症狀，不禁懷疑說。算一算，沈氏今年三十多，後世大把的婦女快四十歲才懷第一胎呢。

「胡說，妳和妳姊都訂親了，再過幾年我就要當外婆了。」沈氏不好意思說，想想解釋道：「許是最近忙碌太過的原因，我歇一歇便好。」

「娘，還是請個大夫才妥當。」蘇明月堅持。

此時，蘇祖母和媚姐兒也趕過來了，剛好聽到蘇明月懷疑沈氏懷孕，雖然心裡頭也覺得沈氏年紀大了點，沒有太大可能，但也是勸說請個大夫過來瞧瞧穩妥些。

蘇祖母發話，余嬤嬤便去請了大夫來。

大夫來到，一把脈，這臉色便凝重起來。

蘇家眾人看大夫這臉色，心下一驚，莫不是什麼大病，也不敢出聲打擾，只好眼巴巴的看著老大夫。

過了半盞茶的功夫，老大夫放下手，說：「是喜事，恭喜夫人懷上了。」

眾人大喜，蘇家人丁單薄，沈氏這懷上了，不管男女，都是喜事。

只蘇明月心細，看大夫臉上不見喜色，反而臉色凝重，便問：「大夫，可是我娘身子不妥？」畢竟沈氏是有難產前科的。

大夫點頭說：「夫人這一胎，所懷日子尚淺，所以自己都不知道。」

沈氏點頭，她也是生過三個的人了。

「但是胎兒尚小，卻已經對夫人的身體造成很大的負擔。」大夫臉色凝重，繼續說：「為今之計，我先給夫人開一帖安胎藥，一日一次服用。暫時就不要勞累了，多臥床休息。」

蘇家眾人聽聞此言，喜事上蒙上了一層憂心，忙按大夫的吩咐，按方抓藥。

沈氏吃了藥後，躺在床上跟蘇祖母商量，如今沈氏這身子，管家理事便只有讓蘇祖母接管了，蘇祖母年紀大、精力不足也沒有關係，蘇明媚、蘇明月年紀正好，讓她們試一試手，蘇祖母背後掌理即可。

蘇祖母對此毫無意見，現階段，最主要是保住沈氏肚子裡的蘇家骨血。

為難的是蘇順的秋闈事宜，以前蘇順秋闈前，都是沈氏在準備的。如今時間這樣急，加之那年蘇順大病一場，蘇家人都嚇壞了，沈氏原想著自己去陪考，有個女人可以照應。

蘇明月靈機一動，說：「娘，我來準備爹秋闈的事情吧，我去府城陪考。上次也是我去的呢。」

沈氏、蘇祖母一想，上次多虧了蘇明月，便同意她去了。

於是，等到蘇順接到家有喜事的消息匆匆趕回來，老婆已經躺在床上養胎，老娘已經重新掌家了，連他自己的秋闈，也被女兒安排得妥妥當當。

第十三章

被安排得妥妥當當的蘇順沒有反抗的權力，帶著對身懷六甲妻子的擔心，伴著小女兒，蘇順再次出發去府城赴考了。

這次秋闈，蘇順帶著目標。兩個女兒年紀都大了，轉眼就要成親，他這個做父親的，但凡能考個舉人功名，哪怕是最後一名，未來婆家對女兒的看重都更上一層樓。

沈氏也是如此心思，怕再出現照顧不周，身體不適的情況，沈氏自己不能去，也要把蘇明月派過去。

而這次與蘇順一起出發的是何能一家，或許是被何德的事嚇壞了，何母這次帶著嬤嬤，準備了兩車行李，跟著何能一起上府城科考。

蘇順本想說不必如此，但想想又沒有說話，準備多了總比沒有準備好，何家可不能再出一個何德之事，大不了路上走慢一點，勞累一點罷了。

一行人，蝸牛般的速度，終於磨蹭到府城，怕何能有陰影，蘇順還特意換了家客棧。

放下行李，蘇順便帶著何能去四處拜訪，雖說不能拜見主考官，但了解今年的主考官是誰，其人履歷如何，文風如何，都是默許的。

今年的主考官姓孫，早已經閉門不見客了，但書坊裡面有其早年文章。

劉家書店託人送上兩本主考官文集，這可是現今的緊俏貨。蘇順本想親自道謝，送書上門的下人說，少爺已經外出巡店了，書集是少爺臨出發前吩咐下來的。蘇順聽此，便只能作罷。

蘇順得到文集，自不會獨享，拿出來與何能細細研究。

最終的結論是主考官的文風浮華，辭藻豔麗，十分符合今上的風格。而蘇順的文章，結構嚴實，辭藻樸實，實在不符合這個主考官的喜好。反倒是何能，因為隨了何德的文風，反而有幾分主考官味道。

得知這個結論，蘇明月都不免心裡感嘆三聲，真是時也命也。

幸而蘇順是個君子，為自己失落過之後，便為何能感到高興。而他自己的文風，這一時半刻是改變不了的，只能盡力而為。

今年的秋闈天氣十分可人，風和日麗，秋風送爽，溫度適宜。自考場出來，蘇順和何能身體都沒有問題，不過是勞累過度，睡一覺便恢復。

眾人在客棧等候了十來天，放榜一看，蘇順名落孫山。反倒是何能，可能得到了主考官的青睞，竟然中舉了。

十九歲的舉人，絕對是年輕有為，前程可待。一時間，何母喜極而泣，何能也是男兒淚灑衣襟。

蘇順心中不能說不遺憾。未來女婿都中舉了，而他，還是一個秀才。幸而蘇順是一個心胸寬大之人，只是感懷自身，並無嫉妒之意。加之蘇明月在旁勸慰，蘇順看開之後，也為何能高興三分。故人之子，不負所託，又是未來女婿，算得上喜事一件。

只是，科舉之後，可能怕刺激到蘇順，何氏一家甚少上門。加之何能少年新中舉人，眾人都看好其前程，一時之間，座師邀宴，同門設宴，宴會不斷。

放榜之後又十天，蘇順想著何家該走的關係應該也走完了，是時候打道回府，便派小石頭去何家詢問要不要一起歸家。誰料，小石頭出門一問，何家已經搬離客棧。

蘇順心中著實奇怪，何時搬離的？為什麼搬離？搬到哪裡去了？為何不告知一聲？

蘇明月自小石頭來報之後，臉色便變得極差。蘇順是君子，凡事往好裡想，蘇明月可是受過後世資訊洗禮的人，自古以來，陳世美就沒有少過。

蘇順看見女兒臉色，仍以君子之心度人，吩咐小石頭道：「許是事出匆忙，忘記通知。小石頭你去探聽一下。」

小石頭忙飛奔而出，約莫一個時辰之後，小石頭臉帶惶恐的回來。「老爺，二小姐，坊間都在傳，主考官欣賞何能年少有為，兩家結親了。」

「你說誰？」蘇順不敢置信。

「老爺，是何能與主考官家大小姐結親了。」小石頭不敢抬頭，低頭答道。

蘇明月久久不能出聲，果然，太陽底下就沒有新鮮事，這陳世美的戲碼，演過的也不是一次兩次了。只是，現在如何處理？這不是說同居分手無所謂，結婚離婚是常事的現代，古代退親，尤其是女子被退親，可是十分嚴重的大事。

這一時心裡亂糟糟的，身在其中，蘇明月也想不出法子。

出神間，猛然聽到一聲暴喝。「這何家，如今搬到何處去了？我要親自上門問一問，是不是這樣做事、這樣做人的？」蘇順這等君子都怒了，要親自上門問個說法。

蘇明月卻不報希望，何家一聲不吭的就搬走，這態度已經很明白了，蘇順上門，可能並不會有結果，何況蘇順一直以來，都不擅長這種家長裡短的事情，因此便猶豫道：「爹？要不我跟您一起去吧？」

「月姐兒。」蘇順扶著蘇明月，眼神從憤怒轉向憐惜。「妳是女孩兒，名聲要緊，最好先不露面，在客棧裡等爹回來，爹一定會給妳討回公道的。」

蘇明月望著蘇順的眼神，忽然之間就明白，這是一個父親為自己女兒爭取一個公道，蘇順是絕對不會讓她陪著去面對這被退親的恥辱，想明白了這一點，蘇明月點頭道：「好，爹，我等您回來。」

得到蘇明月的回覆，蘇順帶著小石頭匆匆往何家去。這何家新搬的地方，據說是一個商人半賣半送的，細細想來，也是太多內情。

何家好像料著蘇順會上門，門房一聽小石頭報家門，便直接放蘇順等人進去。只是，等著蘇順的卻不是何能，而是何母。

何母一身褐色綢衣，沒有了佛像香煙繚繞，日光之下，眉目緊皺，嘴角下塌，一臉肅厲之相。見到蘇順進來，何母嘴角輕扯，露出一縷轉瞬即逝的嘲笑。

「何嫂子，何大哥臨終託孤，兩家結親，我自問沒有對不起你們，妳為什麼這麼做？」蘇順氣急發問。

誰料聽到何德，何母更加激動。「你自問沒有對不起我們？蘇順，你這個偽君子，當初要不是你們妒忌我夫才華，明明有藥卻不肯拿出來，見死不救，我夫根本就不必託孤。」

「胡說。」蘇順根本不知道當初府城藥材短缺之事，沈氏和蘇明月都沒有跟他提，怕他留下心結。

「哈哈哈，是不是胡說，你回去問問你的好夫人和好女兒就知道了。」何母笑出眼淚。

小石頭看不過去了，梗著脖子道：「當初是我們二小姐辛辛苦苦從縣城帶過去的藥，我們老爺也病了，誰知道府城什麼時候能有藥來，救命的藥，憑什麼要分給你們。蘇家又沒有欠你們。」

「哈哈哈，果然是有藥，我夫原來不用死的，都怪你們這些人。都怪你們！」何母竟有幾分癲狂。

蘇順久久無語，嘆息一聲。「那妳衝著我來好了，何必要這樣子，先結親，後退親，敗壞小女名聲。」

「你那女兒，也不是什麼好人，竟然敢給我們送焦粥！」

「胡說，那焦粥我也喝了，那是有效的。」蘇順不肯蘇明月蒙此不白之冤。

「哈哈哈，有沒有吃，還不是你們蘇家說了算。而且，不從你們最重要的東西打起，你們蘇家怎麼知道痛呢？」何母猖狂的笑，然後又止住笑，認真說：「而且，我們兩家沒有訂親。無媒無聘，沒有生辰八字，沒有訂親書，我們就沒有結親。」

「妳，妳……原來妳都是故意的。」蘇順怒了，但對這種潑婦形態的何母，蘇順又不能上前撕打。最後只能氣到極點，甩袖而去。

留下何母一個人瘋癲的低笑，笑了半盞茶功夫，又自言自語重複說：「原來是有藥的，原來不必死的。」

不知何時，何能走出來，淚流滿面的勸說。「娘，您別這樣，別這樣。」

「能兒，你聽到了嗎？他們承認了，他們有藥，你爹原來是不用死的。」

「娘、娘……」

且說蘇順從何家出來，無功而返，心中憋著一股氣，越走越快，越走越快，小石頭最後要小跑才能跟上。

回到客棧，蘇明月還在等候蘇順歸來。

見蘇順此時臉色，還有什麼不明白的，忙迎上去，說：「爹。」

「月姐兒，都怪爹對不住妳。」蘇順語帶哽咽。

「爹，您說什麼呢？何家那等毫無信義的人家，女兒嫁過去才是入狼窩呢，如今退親，還真幸運。」蘇明月真的這麼想，也這樣說了。退親還自由，真到結婚那一步才不好脫身。

這就跟投資失敗一樣，及時止損，方是正經。

只是蘇順不這樣想，還當蘇明月孝順，安慰自己。

兩父女默默無語，蘇明月正想揚起一個笑安慰蘇順，說自己是真的這樣想，旁邊窗戶恰好傳來兩個婆子的聲音。「聽說原先住我們客棧的何小舉人跟主考官學政大人家結親了。」

「可不是。何舉人妳見過不？長得是一表人才，又年紀輕輕考中舉人，誰家有閨女不喜歡。」

「不是說何小舉人跟同縣的蘇秀才家已經結親了嗎？」

「誰說的？無媒無聘，也沒有結親書，聽說是蘇秀才家閨女倒貼，非要追到府城來的。何舉人家是不肯的，當初何舉人父親病重，這蘇家呀，妒忌人家，有藥都見死不救呢。還有那蘇秀才家閨女，年紀輕輕的，心思何等歹毒，居然煮一鍋焦粥給何舉人父親吃，妳說這等女子，何舉人能跟他們家結親不？」

「那肯定是不能的了。想不到，蘇秀才家閨女長得漂漂亮亮，這等歹毒心腸。」

「可不是？這就叫知人知面不知心了。」

蘇明月大怒，這就是古代的輿論戰了。一盆髒水潑過來，這是不給一點後路的生死之仇啊。正想呵斥兩個多嘴婆子，轉頭一看，蘇順怒極全身顫抖，臉色蒼白，一縷血絲從嘴角緩緩流下。

蘇明月大驚。「爹！」

「大夫，我爹病情如何？」蘇明月焦急的問。

「病人怒氣攻心，氣急傷肝，已經對五臟六腑形成傷害。」老大夫嘆氣說：「我先給他開藥，儘量治療，但心病終須心藥醫，最主要還是病人想開，保持心情平靜。」

「好，謝謝大夫了。」蘇明月感激的說：「小石頭，送大夫出去。」

吩咐小石頭送大夫出門，並按照藥方抓藥，蘇明月轉頭回房。蘇順躺在床上，虛弱無力的對蘇明月說：「月姐兒，別擔心，我聽大夫的話，好好養傷。」

「爹，您嚇死我了。」蘇明月坐到她爹床前，對父親病情的恐懼壓過了被退婚的擔憂。「爹，萬一您有個三長兩短，我們家怎麼辦？」

蘇順慘然一笑。「月姐兒，都怪爹看錯人，害了妳。」

「爹，人心莫測，誰也料不到何家平日竟是如此偽裝，真正為人是這樣不堪。這不能怪您，只怪他們，您不要因為他人的錯誤懲罰自己。」蘇明月安慰說：「雖然被退婚對我的名聲有影響，但如果爹因此出事，女兒才真的無所依靠了。所以爹，您要快點好起來，女兒以後還要賴著您。」

「好。」蘇順強笑著點頭。

安慰完蘇順，看著他吃藥睡去，蘇明月悄悄掩上門。「小石頭，你去一趟劉家書店，問一問他們少爺在不在？」停了半晌。「如果不在，問一下什麼時候回來？就說，我有急事相求。」

「好，二小姐，我馬上去。」

半天後，鄰城，劉家書店分店。

「少爺，府城有急信來。」

「拿過來我看看。」劉章吩咐，隨手用剪刀拆開信封，見裡頭潦草寫著何能中舉人，蘇順老爺名落孫山。何家私下與主考官家結親，與蘇家退親。蘇老爺氣急吐血，蘇二小姐求助。

劉章臉色一變，立刻命令道：「來人，備馬，我要馬上回府城。」

駕駕駕，趕在城門關閉最後一刻前，一隊騎馬的商人飛奔進入惠和城。守門的士兵見對方人疲馬倦，強撐著趕路，料想是有急事發生，加之這隊商人十分識趣，飛奔而過甩下來一個錢袋，士兵掂了掂重量，便不追究騎行之人違反入城門必須慢行的規定。

騎行的人匆匆踏過大街，回到一處宅院前，僕人早已守候在門口，見主人回來，忙上前接過馬鞭。「少爺。」

「現在情況怎麼樣了？」劉章邊疾行邊問。

「大夫已經上門診治過，蘇老爺還在養病，蘇二小姐一直在照料蘇老爺。只是，外邊現在有很多的流言蜚語。」下屬稟報說。

「外邊的流言蜚語是怎麼回事？怎麼流傳的速度這麼快，範圍這麼廣，是什麼人在針對蘇家？」劉章皺著眉頭問。

「是何家和主考官大人家傳出來的，何家和主考官家結親了。」下屬稟報道，心裡暗罵一聲人渣，又默默為少爺感到高興。少爺，這是個英雄救美的好機會，上呀。

劉章眉頭皺得更緊了，吩咐說：「派人住滿客棧，儘量不要讓閒雜人等靠近蘇家，尤其不要讓蘇小姐聽到更多的流言蜚語。另外，你找一些消息靈通之人，放出風聲，盡力維護蘇小姐的名聲。」

「少爺，這第一條沒有問題，但第二條，可能作用不是很大，流言已經傳了兩天了。這向來好事不出門，壞事傳千里，世人皆愛傳閒話。」

「盡力去辦。」劉章堅持。

「好，少爺，您去哪裡？」下屬見劉章往房間裡走，忙問道。

「我先去洗漱，然後去拜訪蘇家。」劉章解釋道。

「我的少爺啊，您怎麼這麼不懂事。您現在就過去，就這麼風塵僕僕、蓬頭垢面的去，蘇家才能看到您的誠意啊。」下屬痛心疾首，怪不得少爺以前輸了，這就是默默付出，誰知道呢？

「真的？」劉章停住了腳步，半信半疑。

「少爺，您就相信我吧，當年我婆娘就是這樣被我感動的。去吧，現在就去。」

劉章轉頭出門，上馬，往客棧奔去。

「二小姐，劉家書店的劉少爺來了。」小石頭進來低聲道。

蘇明月看一眼正在沈睡養傷的蘇順，低聲說：「我下去，你留在這裡看著老爺。」

「是，二小姐。」小石頭應聲道。

蘇明月悄悄推門外出，劉章已經在外等候了。

「蘇二小姐。」劉章看一眼蘇明月，往日生機勃勃的好姑娘，如今卻滿身疲憊，一臉憔悴，一身暗綠衣裳，不見往日朝氣，如同風雨過後被摧殘的小苗。

「劉少爺。」蘇明月福身道：「很抱歉我又麻煩你了，有一件事需要劉少爺幫忙。」

「蘇二小姐，令尊之事我已經聽聞了。」劉章連忙道：「有什麼需要幫忙的妳說，劉家在府城裡也認識一、兩個大夫。」

「謝謝了，劉少爺，已經請大夫來看過了，危險期已過，大夫吩咐，將養些許日子便可康復。」蘇明月強提精神，抬起頭，布滿紅血絲的眼裡充滿急切，懇求說：「我想拜託你的是另一件事，你能不能找到比較適合病人出行的馬車，還有願意隨行的大夫，我必須儘快回到縣城裡去。」

劉章不解。「蘇二小姐，如果沒有急事，蘇老爺的傷還是建議在府城這邊養一養，我幫妳找大夫過來。」

「來不及了，我們必須馬上回去，越早越好。」蘇明月解釋說：「我娘懷孕了，胎象不穩。我必須在流言傳回縣城之前，儘快趕回去。」

劉章倒吸一口涼氣，身體健康的蘇順已經氣到病倒，胎象不穩的沈氏聽到這個消息……後果不堪設想。好連環的計謀，好歹毒的心思，劉章為此心驚，立刻道：「蘇二小姐，我馬上回去幫妳聯繫，妳收拾好行李，明天一早，我過來接妳。」劉章又頓住。「不過，馬車趕路，速度有限，我可以先派人騎馬回縣城，一路換馬不換人，妳先通知妳家人準備。」

蘇明月眼神一亮，沈思半晌後說：「我寫一封信給我祖父、祖母，說明現在的情況，請我祖父、祖母儘快穩住我娘。其餘事宜，可以等我和爹回到縣城後，再商量對策。」

說做便做，蘇明月借掌櫃筆墨，現場寫完一封家書，然後摘下一只耳環，放入信封內。「劉少爺，我已經在信裡面說明情況，耳環是祖母送給我的，她看到耳環，就會明白這是我的意思。」

劉章伸手接過信封。「蘇小姐，妳放心，我今晚回去便立刻安排人手，明早城門一開門便立刻幫妳送信回去。妳爹這邊，我明天安排大夫，過來接妳一起回縣城。」

「謝謝劉少爺。」蘇明月鄭重福身，算上上次，蘇家已經兩次欠劉少爺救命之情，只能暫且記住，日後相報。

「蘇小姐，不必如此客氣。妳要先保重自己，千萬不要過度傷身，令親者痛仇者快。」劉章安慰說：「流言蜚語之事，其實只要不在意，便無法傷妳。蘇小姐的人品才能，熟悉妳的人有目共睹，不會因此事有任何懷疑。」

「謝謝劉少爺。」

「如此，我便先回去準備了，明早過來。」說罷，劉章出門。

蘇明月目送劉章出了客棧門，回到房間，蘇父已經醒來。

「月姐兒，是誰來了？」蘇順問。

「爹，是劉家書店的劉少爺。」蘇明月走到床前。「爹，我們現在就收拾行李，明天劉少爺會送我們回縣城。」

「好。」蘇順虛弱道，如果不是這不爭氣的身體，他也不想多在這傷心地停留一刻。

「爹，我有一件事情要告訴您，但是您答應我，不能動氣，好好養身。」蘇明月慎重的說。

「好，妳說。」見蘇明月如此慎重，蘇父也端正了神色。

「我這麼急，是因為流言還沒有傳到縣城，我們必須趕到流言傳回去之前回家，安撫住娘。」

蘇順臉色驚變，想到沈氏這懷胎不穩的跡象，蘇順心下一急，馬上想要起身。

「爹，您答應過我的，冷靜。您撐不住了，我們回不去，娘那邊根本不知道情況，更危險。」蘇明月急忙按住蘇順勸道。

聽到蘇明月一番話，蘇順強令自己冷靜下來，不再動氣。「好，我明白了。我都聽妳安排。月姐兒，辛苦妳了。」

「爹，不辛苦。我已經聯繫了劉少爺，現在已經太晚了，城門已經關閉，明天一早，劉少爺就會過來接我們，趕最早的開城門時間回去。」

「好。」

第二天一早，殘月尚在天空，啟明星發出微微的光芒。劉家大門卻早早打開，一名騎士從門口飛奔而出，直奔城門，這是先行回去送信的人。緊接著，一輛大型馬車駛向蘇家所住的客棧，然後停在客棧門口，蘇順一行三人從客棧出來，轉身進了馬車中。車夫馬鞭一揮，馬車啟動，緩緩朝城門駛去。

這天傍晚，劉家送信的人回到縣城，直奔蘇家門口，又在門口跟老福頭說了幾句，老福頭轉身進去，一盞茶功夫之後，請出來蘇祖父蘇祖母。

騎士交出一封信，蘇祖父皺眉伸手接過。

蘇家最近兩天門戶緊閉，然而，家裡日常採買，小學生們日日上下課，流言慢慢傳入了有心人的耳朵。

蘇祖母沈思半天，然後吩咐道：「嬤嬤，妳去請一下大夫，就說我不放心我兒媳婦的胎象，請他過來再瞧一瞧。」

嬤嬤應是，半個時辰後，大夫挎著醫箱來到蘇家，蘇祖母連忙迎出去。

「大夫，麻煩你幫我兒媳婦好好診一診這次懷胎的情況。」蘇祖母含糊說出口。「你也知道最近縣城流傳一些流言蜚語，我怕影響我媳婦，麻煩大夫你待會兒跟我兒媳婦說她身體虛弱，要儘量在家休養，臥床養胎。我們準備先不讓她知道，等三個月胎穩之後再說。」

老大夫也是蘇家的熟人了，對蘇家的人品和為人處世都了解，沒有猶豫太久，就答應了蘇祖母的要求。

於是，在一番診斷之下，沈氏被老大夫好好叮囑，要平心靜氣，臥床養胎，儘量不要外出，待三個月胎穩之後再說。沈氏被余嬤嬤按住，只能每日在自己院子裡活動。

老大夫叮囑完沈氏出來，蘇祖母迎上去。「大夫，我媳婦身體怎樣？胎象穩不穩？」

老大夫說：「夫人身體尚可，不過仍然是不可大悲大怒，我給她開幾服安胎藥，安心靜養吧，切不可刺激她。」

「好的，謝謝大夫。陳嬤嬤，送一送大夫。」

送完大夫出門，蘇祖母親自召集了所有下人，厲聲說：「近日縣城的流言你們多少也有耳聞，其他人我管不了他們的嘴巴。但收緊你們的口，夫人現在懷胎正要緊，我不希望在蘇家聽到這件事的任何一言一語。但凡夫人聽到什麼冬瓜豆腐，有個三長兩短，我也不追究是誰，把你們全發賣出去挖石炭。所以，不要以為自己不說就行了，我就是要你們相互監督，知道了沒有？」

跪成一排的蘇家僕人頭伏得更低了，年紀小一點的棉花、桑葉更是發抖，最後大家顫抖著說：「知道了，老夫人。」

蘇祖母聽罷，抽身離去，留下還跪在地上的下人，面面相覷。半晌後，年紀最大的老福頭慢悠悠的站起來，開口道：「我這把老骨頭，已經快要入土了，我就想在蘇家老死。誰都別擋我的路。」

老福頭這種年紀大的僕人，念頭都一樣，蘇家並不是一個苛刻的主家，能在這樣的主家老死，獲得一副棺材，是僕人們渴望的幸福歸宿了。而年紀輕的棉花、桑葉，見識少，更怕被發賣離開蘇家。一時間，在蘇祖母的雷霆手段之下，蘇家固若堡壘，不聞半點流言，沈氏宛如活在獨立世界。

而在蘇祖母訓僕之後不久，蘇明月等人的車馬行駛到縣城門外，又直接向蘇家行駛去。進入蘇家所在的巷子，周邊的鄰居看到蘇明月等人，有人轉過頭去竊竊私語，有人貌似關心詢問，實則臉含嘲笑。蘇明月心下一沈，流言已經傳回縣城了，不知道家裡情況怎樣？

車馬剛到蘇家門口，老福頭遠遠看見，馬上派人通知老太爺老夫人，自己迎上來。

「老福頭，家裡怎麼樣？娘可好？」蘇明月急切的問。

「回二小姐，老夫人現在管家，夫人在家養胎，情況尚好。老奴已經派人通知老夫人你們歸家了。」蘇明月鬆一口氣，最擔心的事情沒有發生，她回頭搖醒蘇順——因舟車勞累，大夫怕蘇順勞累傷神，因此給蘇順開了安眠藥，蘇順大部分時間都在沈睡中度過。

蘇順迷糊醒來，已經到家門口了，恰好此時蘇祖母出來，知兒莫若母，蘇祖母一看，就知道蘇順傷得不輕。

蘇順見蘇祖母掛心，忙解釋道：「娘，我沒事，一點小傷。娘，家中如何？」

蘇祖母強撐著平靜說：「家中都已經知道了，只是都瞞著你媳婦。我讓大夫問診，偽裝告訴她要靜養安胎，她日日在院子裡呢。待三個月胎穩了再慢慢跟她說吧，你們記得切勿說漏嘴。」

蘇明月和蘇順大鬆一口氣，幸好，消息回來得及時，保住了最後一道防線。

蘇明月忙扶蘇順下馬車，劉章見狀，忙上前幫忙。

蘇順這情況，靜養為宜。這也好，蘇祖母把蘇順、沈氏扔一起靜養去了。沈氏養胎中，聽聞蘇順歸來了，又見蘇順臉色蒼白，蘇順騙她說成績不好，喝悶酒，夜裡著涼生病了。沈氏忙安慰蘇順，二人正好在同一個院子裡面，各自養病，相互監督，有事忙，就不會胡思亂想。

安排好兩個病患，蘇祖母才有時間和心思單獨跟蘇明月說說話。看著出發前還鮮花一樣的孫女，此刻卻遭雨打風吹般一臉憔悴，蘇祖母的淚滾滾落下來，把蘇明月抱在懷裡。「我的月姐兒，我的月姐兒，妳受苦了。」

蘇明月被蘇祖母抱著，這幾天一直偽裝堅強，強撐著安排一切的心突然覺得無比委屈，眼淚落下來。

祖孫二人抱著哭成一團，還不能大聲的哭，只能無聲的落淚。

過了一盞茶的功夫，蘇明月發洩完，覺得渾身輕鬆了很多。終於到家了，就覺得所有的困難都不怕了。抹一抹眼淚，蘇明月安慰蘇祖母說：「祖母，事情已經發生了，我沒什麼事，就當遇人不淑了。祖母您別再哭，免得傷身，為這些人，不值得。」

「嗯，好，我的好月姐兒，以後祖母定好好為妳挑一戶好人家，咱們不能為這些爛人陷進泥潭走不出來。」蘇祖母歷經歲月，自是更明白什麼最重要，難得蘇明月能想清楚這點，未來就不會比現在差。

兩人又交換了一下兩邊的情況，蘇明月將府城發生的事都告訴蘇祖母，蘇祖母惡狠狠罵道：「狼心狗肺的東西，狗都不如。人賤自有天收，總有一天老天爺都滅了他們。」罵完，蘇祖母又問：「月姐兒，這件事關乎妳，現在想怎麼做，妳是怎麼想的？」

「祖母，我想著，在縣城裡，不能任由情況這樣變壞下去了。第一，要麻煩祖父找咱們蘇家的族長談一談，一榮俱榮，一損俱損，讓族長禁一禁流言，讓人知道，我們蘇家是有根底的。第二，祖母也去找些有品格的太太說說話，畢竟這流言在女人間傳得比較快。第三，母親不能理事，我想著，祖母陪我去找一下劉伯母，麻煩她作為中人，去文書家探一探，不能讓我的事情，影響了姊姊的婚事。至於我自己，過幾年事情慢慢就淡下來了，等到時候再說。」蘇明月皺著眉頭，將她想到的方方面面都說出來。

「我的月姐兒，難為妳想得樣樣周全仔細。就這麼辦，之前妳和妳爹沒回來，不知道府城啥情況，我都不太敢動作。現如今，我蘇家在這個城裡可不是任由一個外來戶何家隨意踩踏的。」蘇祖母摸摸蘇明月的頭。「別怕，回家了。」

說做就做，蘇祖母先去找了蘇祖父，蘇祖父出門拜訪了一趟蘇族長。

「族長，那何能在我學堂裡面學習了幾年，他能考上秀才，我沒說十分功勞也有三分苦勞吧。如今他考上舉人，卻反咬我兒，沒有理由我兒嫉妒他爹，我還費心費力教導他的。這就是笑話，赤裸裸的誣衊！這種不尊師長之徒，萬不能任由他將風氣敗壞，將我們蘇家的名聲踩在腳下。」

族長一聽點點頭。「此話在理。我身為族長，自不能坐視不理的。你放心，我馬上聯合其他大族，說明情況。可不能任由他何家一個外來戶，隨意顛倒是非黑白，攪渾風氣。」

蘇氏一族在縣城是扎根多年的大族了，這件事發生之後，蘇族長感覺其他大族都在看笑話。只是畢竟是蘇家兒女之事，蘇族長不好直接上門。如今蘇祖父找上門來，一番大義壓下來，就不是兒女私情這麼簡單。

蘇族長狠下一番力氣整頓，而且還橫拉其他陳姓、馮姓聯合起來，一定不能讓這種欺師滅祖之輩小人得意，破壞整個縣城風氣，敗壞大家形象。

蘇祖母則自己去找了幾位縣城裡面德高望重的老夫人，夫人們自然是家大業大，兒女成群。蘇祖母一臉傷心悲憤。「我蘇家在這兒扎根了多年，大家知根知底。我蘇家女兒教養如何，是有目共睹，如今他不聲不響的退婚，還要潑這等污水，就是把人往死路裡逼。從來沒有這種做法，自古兒女親家，結親不是結仇，如今他何家這樣，今後女兒家們就等著被欺負嗎？」

蘇祖母又擦了擦眼淚，目露堅強。「如果是我一家的事情，我們也就自己處理算了，萬不能麻煩各位夫人。但是，我家族中還有其他孫女，我蘇家還要世世代代在此生活下去，任他們開這個例子，就是把我們女兒家的後路堵死。這世間，對女人就比對男人嚴苛，我這半邊身子都等著入土了，但我得為後邊的女娃們爭一爭！」

蘇祖母一番話下來，夫人們自是人人感同身受。這世間，總是女人最懂女人。於是，一場古代的婦女運動展開了。

然後，又有蘇祖父學館裡面的學生家長表示，蘇祖父是一個盡職盡責的好先生，這麼多年，家長們對蘇先生的教導都非常滿意，對蘇先生一家品行和為人都十分相信。

還有這些年蘇順的同窗們，都表示蘇順是一個謙謙君子，絕不可能有嫉妒同窗，見死不救的情況發生。還有何德託孤，蘇順照顧何能這麼多年，大家有目共睹，絕不如流言所說，無情無義。

這一套組合拳下來，一時間風向逆轉，人人聲討何家。何家在縣城的名聲，開始臭不可聞。

最後，蘇祖母帶著蘇明月，去拜訪了章氏。說起來，這次又是劉章劉少爺幫了大忙，只是，債多了不愁，又得麻煩劉家了。

第十四章

章氏聽完蘇祖母的來意，又見陪同過來的蘇明月，肉眼可見的憔悴了。章氏本就喜歡蘇家兩姊妹，蘇明月還曾經是她選中的兒媳婦，如今一見，更添憐惜，馬上應承說：「沒問題，我去文書家找劉姊姊。你們兩家的人品我都是知道的，我還算是你們兩家的半個媒人呢。放心，這個中間人我當定了。等我去完文書家，再託人給妳們消息。」

章氏又安慰蘇明月說：「月姐兒，妳年紀還小，這人生呀，難免會遇到一些坎坷，邁過去了，妳的福氣在後頭呢。」

蘇明月福了福身，受教說：「謝謝伯母，我明白的。」

章氏又跟蘇祖母聊了一會兒，共同呵斥了何家背信棄義的行為，大概半個時辰後，蘇祖母方攙蘇明月告辭。

就在兩人告辭後，劉家大堂內，劉章閃身出來。

章氏一口茶都沒有喝下去，看見兒子眼巴巴的樣子，以為兒子信不過自己，說：「你放心，我答應過的事一定會去做的。而且，這件事不用你說，單憑蘇家人找上門，我都會去，你就把心放下來吧。」

劉章卻問：「那您啥時候去？」

章氏反笑道：「合著你擔心這個。」轉身大聲吩咐道：「嬤嬤，拿我的拜帖出來，去問文書夫人，下午有沒有空，我過去拜訪。」嬤嬤應聲，章氏轉回頭對劉章說：「這下你滿意了吧。」

劉章點頭不說話，只是章氏臉色卻端凝起來。「兒子，娘問你，看這個意思，你對蘇家二小姐還沒死心，你自己想清楚了沒有？」

放下茶盞，章氏說：「我們家，說是書商儒商，其實還是一介商人。這何能攀上的可是主考官學政大人，日後你娶了蘇二小姐，這何能或者學政家，想找你麻煩可就太容易了。你現在正是有情飲水飽，頭腦發昏的時候，日後萬一你清醒抱怨起來，可是要把人家姑娘置之死地的。」

「娘，我知道其中有風險，大不了不在這縣城發展，不過是一個年紀甚大的地方文官，他還能將手伸到全國各地去。日後之事，莫非娘還信不過我的為人，我是那種無能遷怒的人嗎？」劉章說。

章氏聽劉章堅持，便服軟說：「既然你都想明白了，我便不勸你。如今蘇家諸多事情，等這個事件稍緩一點，我再去幫你探探口風吧。」

劉章鬆一口氣，道：「如此便拜託娘了。」

母子二人說完話，這邊嬤嬤回來，說文書夫人回覆下午有空，歡迎前往。

章氏便換過家常衣服，裝扮隆重的過去拜訪。

文書家早聽聞蘇明月被退親一事，各家族長早跟蘇家族長通過氣，不能任由風氣敗壞，加上蘇明媚本人實在無可挑剔，蘇明月被退婚一事雖然有點不美，但對姊姊的婚事來說，無傷大雅，兩家婚事如期進行。

就這樣，在多方發力之下，蘇明月被退親的流言終於平息下來。

在縣城這個一畝三分地，何家的名聲算是臭大街了。

不過何家本是單門獨戶的外來戶，何母臨上府城前，把何德的牌位都帶走了，因此何家只剩一座孤零零的宅子，無人居住，日漸凋零。

待沈氏安胎過了三個月，老大夫來訪，說沈氏這一胎漸漸坐穩了。

眼看大夫離去，沈氏道：「現在好了，發生了什麼事，可以告訴我了吧。」

蘇順、蘇明月面面相覷，最後余嬤嬤把沈氏扶上床，蘇明月方說：「娘，您答應我，首先要保重自己的身體，我才說。」

沈氏倚在床上，鄭重說：「好。」

蘇明月見沈氏答應得爽快，便一言一語，將這段時間發生的事情告知沈氏。

沈氏的手一直扶著肚子，只聽蘇明月說，蘇順間或補充兩句，一言不發。直到最後，蘇明月說完，沈氏方嘆口氣說：「我大概也猜到了，只是料不到事情竟是這樣。」她抓住月姐兒的手。「月姐兒，別怕，爹娘都在。」

事情已經過去月餘，蘇明月已經不再流淚，見沈氏沒有動氣，蘇明月笑著說：「娘，我明白的。」

母女倆又相依著說些知心話，眼見天色漸黑，沈氏體力不支，蘇明月方回房。

蘇明月一走，沈氏臉上毫無睏色，眼中一片狠戾，直盯著蘇順。「相公，你必須，一定要考中舉人、進士！越早越好，越高越好，最好要壓在何家之上，壓到他們家一輩子出不了頭。」沈氏淚如泉湧。「我們月姐兒太讓人心疼了！」

「好。」蘇順果斷應道。

蘇明月不知道她走後，父母還有這一番交流。

沈氏能順利接受這個消息，蘇明月自覺放下了這些日子吊著的一顆心。不知何故，從沈氏房中歸來後，竟然覺得無比睏倦，第二天，前所未有的睡到晌午。

沈氏胎穩了，意味著蘇家終於有了當家主母坐鎮。蘇祖母雖然也可以管家，但她畢竟上了年紀，輩分也大了，縣城很多年紀輕的往來不多，年紀跟蘇祖母一樣的，又大多已經含飴弄孫，不再理事。因此，沈氏出關，釋放出一個信號：蘇家，可以正常交際了。

第一個回來的竟然是蘇姑媽，蘇姑媽一回來就放大招。「嫂子，妳看我們家飛哥兒、翔哥兒如何，配月姐兒夠不夠？隨便妳挑哪一個，我都可以。」

沈氏被蘇姑媽這一番神操作驚呆了，半晌後又心下感動，這才是自家人。「妹妹，我知妳心意，只是月姐兒這情況，我覺得還是要問一問她的意思。」經過何能一事，沈氏覺得還是人品重要，蘇姑媽是自家人，自然不會讓月姐兒受委屈。尤其蘇姑媽誠意如此足，沈氏都心動了。

「都行，嫂子，妳問過月姐兒之後告訴我一聲，也不著急。」蘇姑媽說。

沈氏將蘇姑媽的意思告知蘇明月，蘇明月都被蘇姑媽的操作驚呆了。只是，三代之內不能結親啊，蘇明月不敢冒這個風險，只能拿出當日蘇明媚那個理由，是哥哥，沒感覺，所以回絕了。沈氏惋惜不已，但蘇明月堅持，也只能拒絕蘇姑媽。

蘇姑媽之後，又有章氏上門，話裡話外之意，也是想要給兒子劉章提親。

沈氏見過劉章，一表人才的俊小伙子，加之蘇家兩次有事，都是劉章幫忙，人品自然信得過。章氏為人也極好，一直很喜歡蘇明月，料想嫁過去之後，也沒有婆媳矛盾。沈氏又跟蘇明月說。

這次，蘇明月沒有直接拒絕，思索半天之後，蘇明月提出要見見劉章。

沈氏便約章氏上門拜訪，兩個母親默契的給兩個小兒女留下一點獨處的空間。

劉章單獨面見蘇明月，不知道為何手腳僵硬，口拙舌笨，明明以前不是這樣的。

蘇明月嘆一口氣，開口說：「劉少爺，我一直有一個大逆不道的想法。這個世道，我被退婚的恥辱，一定要用另一場婚姻來挽救嗎？我明明沒有做錯什麼，卻只能由一個男子，將我踩落泥濘，最後也只能由你，或者另一個男子，將我挽救出來。我身為一個女子，便什麼都做不了嗎？你覺得是這樣的嗎？」

劉章大驚，急忙想要解釋。蘇明月卻根本不等劉章解釋，也不需要劉章解釋。「我卻認為不是這樣的。世人一直說，男耕女織，男主外女主內，只是男女之間，分工不一樣，並不說明男子就比女子更尊貴。我們有自己的價值，我知道自己存在的意義，我並不需要被挽救，我自己就可以。」

最後，蘇明月笑看著劉章，說：「劉少爺，你看，我就是這樣的人。我不是你想像中那個溫柔善良、一心相夫教子的好人選。」

劉章目瞪口呆，久久不能言語。

從蘇家回來之後，劉章便一直是魂不守舍的狀態，全無平日做生意時的周全幹練。

「你到底怎麼一回事？」章氏為兒子關鍵時刻掉鏈子氣急，忽然又想到什麼，小心翼翼問：「月姐兒拒絕你了？」看此番情狀很有可能，可憐的兒子喲，要怎麼安慰他呢？

「沒有。」劉章聽到拒絕，馬上反駁。

「那她是答應了？」章氏喜不自禁。

「也沒有。」劉章喪氣道。

「既不是答應，也不是拒絕，到底是怎樣一個結果？你們說了啥？」現在的年輕人太難搞了，章氏氣惱。

劉章想向章氏解釋，但話剛準備出口，忽然又停住了。這應該是蘇明月的心裡話，她最真實的那個自己，他忽然不想跟人分享了，這個人，甚至包括他的母親。於是，劉章想了個藉口說：「蘇二小姐說，她還沒有想好，想等時間久一點，再談結親的事。」

聽了劉章的解釋，章氏點頭，喃喃自語。「也是，畢竟那些三姑六婆真是太惱人了。」流言這種事情，有時候強力禁止，總會有那麼一點漏網之魚。「她一個小姑娘，一時半刻想不開也是正常的。那就再緩一緩，這段時間，你多往蘇家跑跑，讓人家看到你的誠意。」

「嗯。」劉章朗聲答道，他也是這麼想的。

蘇家這邊，沈氏也找蘇明月詢問。「月姐兒，妳心裡到底是怎麼想的？」

蘇明月卻不直接回答，而是說：「娘，我想去莊子住一段時間。」

見沈氏臉色大變，蘇明月明白沈氏誤會了，忙解釋說：「娘，我不是想不開。只是最近看書，覺得那棉紡織機其實有改進的地方，可以織出更多、更好、更漂亮的布疋。娘，您明白嗎？我想做一點自己想做的事，而不是將生死榮辱都繫於一個男人身上。我想試一試。」

沈默了好久，沈氏問：「妳有多大把握？」

「一半一半吧。」蘇明月回答。

「好，我給妳一年時間。」沈氏斬釘截鐵的下決心說道，而後又摸著蘇明月的頭，驕傲的說：「我們月姐兒，是不一樣的。」

「娘，謝謝您！」

「說什麼謝，娘等著呢，等著穿妳織出來的布做的衣裳。」

既然要搬去農莊，那跟劉家結親的事便不可能了，沈氏正想對章氏說聲抱歉，章氏卻跑過來安慰說蘇明月畢竟年紀小，一時半會兒不想再訂親是正常的，沒關係，兩家可以再等等的話。沈氏料想許是蘇明月跟劉章說了些什麼，結親之事便這樣暫時擱置下來。

而蘇明月則搬到了當初沈氏那個莊子。

錢莊頭多年之後再次喜迎主家登門，這次雖然少爺沒有來，但錢莊頭相信，機會都是留給有準備的人的。而且自家的二妞，不，棉花還在小姐跟前伺候呢，比以前的起點好多了，起碼，少爺們需要選小廝的時候，自己家有人可以說說好話了。

錢莊頭做了千百種準備，豈料蘇明月來到莊子之後，整日關在屋子裡，研究織布。

首先，蘇明月找來二妞的娘，準備先學織布。織布這個活兒，既可以說是技術活，也可以說是力氣活。二妞的娘戰戰兢兢的教，蘇明月勤勤懇懇的學，累到手都冒出血疱，二妞的娘嚇得心驚膽戰，連夜把自己二閨女叫出去，偷偷問是怎麼回事。

「娘，您認真教就對了。二小姐那麼聰明，想什麼是我們這些人能明白的？而且二小姐是個決定做什麼事情就一定會做到的人，娘就別想太多，二小姐叫您做啥您就做啥。」棉花說。

「死丫頭，一句實話都不跟妳娘說。」二妞的娘拿這個女兒沒有辦法，不過女兒跟在小姐身邊，看起來竟學到小姐一分感覺。二妞的娘不敢再像從前那樣對待二妞，又套不出什麼話，只能按照蘇明月的吩咐去做。

過了半個月，蘇明月已經可以熟練的織出布來，比起二妞的娘這種經年老手，差的也就是幾分熟練度。二妞的娘心裡暗暗嘀咕這讀書人就是厲害，學啥都學得快，織布都比人家會動腦。

又過了幾天，蘇明月派人送了一封信回縣城，隔日，沈氏給蘇明月送來了幾臺織機，還雇來了一名熟練的木匠。

羅木匠從九歲開始當學徒，入行幾十載，接到了這輩子最奇怪的工作，把現有的織布機都拆下來，再裝回去，反覆的拆和重裝。這不是搞事，嘲笑他的專業嗎？有錢人家小姐開玩笑，木匠差點甩手不幹，但是，蘇明月加錢了。木匠屈服在金錢的威力之下，乖乖聽話了。

織機拆了又裝回去，又拆又裝，還有源源不斷的織布機從遠處運來，沈氏傳信回娘家，希望沈父、沈母和弟弟能幫自己收集各地織布機。

沈母又落淚了幾場，念叨了好幾次。「我可憐的元娘，我可憐的月姐兒啊。」也不理解沈氏到底要幹什麼，但是，還是令兒子配合沈氏。

木匠拆多了織布機，漸漸的，也有所察覺，不同地方的織布機，細節方面是不一樣的，織出來的布也不一樣。北方的織布機織出來的布更粗硬一點，南方的織布機織出來的布更精巧一點。

木匠漸有所感，慢慢的不再覺得蘇明月是在開玩笑。當他總結出自己的經驗之後，他甚至不用蘇明月督促了。有一種感覺，他羅木匠，也許是摸到了一點點大師的影子，或許，他可以憑這個在木匠這行更進一步，留下一點當傳家之寶的東西。

蘇明月在農莊這邊待著，劉章知道了，便找機會三不五時的過來。每次他來，蘇明月也出門相見，不施脂粉，不戴環飾，不著華衣，普普通通一身工作衣服。

有時候兩人會說一點現在的情況，比如蘇明月現在學會織布了，學會拆織布機了，弄懂了一個零件，或者說手磨破了，被扎到了，裝不回來，改裝不了。劉章會說一下現在書店的情況，進了哪些書，哪些賣得好，有個書生寫的話本很暢銷，說到這些，劉章就不緊張了。而且蘇明月發現了，劉章在數字上有著很強的敏銳度，這可能也是他能早早接管家業的緣故吧。

兩人就這樣淡淡的相處著，不說其他，但是慢慢的，有些話都對對方說了。

劉章開始給蘇明月帶來一些相關的書本，關於織布的，關於印染的，關於絲綢紡織的，關於機械製造的，他本是書商，收集這些比常人容易得多。隔三差五的，大部分時候他親自來，有時候趕不回來，就託人帶過來。

甚至有一天，劉章給蘇明月帶回一本海南婦女自己寫的織布心得，沒有文字，只有幾個少數民族符號，多數是圖案，而且好像也不是一人所著述，感覺是一代一代留傳下來的。

就是這樣一本小本子，蘇明月卻像撿到寶一樣，拿著小本子，描了又描，畫了又畫。

四月裡，蘇明月畫出了一疊草圖，細細向羅木匠解釋了半天，兩人按照蘇明月的設想，慢慢的、慢慢的成形了，做出第一臺軋棉機。

丫鬟棉花手捧一筐棉花，放進軋棉機裡，用力搖動機器，棉花和棉籽通過齒輪撕拉，慢慢分離出來。這個慢慢，是指看得見的程度，然而，比起手工操作，這已經快得不可思議。

結果出來的一瞬間，所有人都驚呆了，還是一直對小姐很有信心的的棉花先反應過來。「小姐，小姐，您做到了，您做到了。」棉花一直不知道小姐要做什麼，雖然她堅信小姐做出來的，一定是她不知道的好東西，但是，此刻看到小姐將想法變為現實，棉花覺得小姐簡直是天下第一聰明人，相信小姐總是對的。

蘇明月這才回過神來，略帶疲累的臉上露出了一抹舒心的笑容。「做出來了一點。但是還不夠，這不是我想要的。」

羅木匠不知道蘇二小姐想要做什麼，但是他次日主動找蘇明月簽訂了賣身契，唯一的要求是，等他年老之時，希望蘇家可以允許他將這個手藝傳給他兒子。

蘇明月哭笑不得，羅木匠卻堅持。明白這個時代，有些手藝的確是不傳之秘，為安羅木匠的心，蘇明月與羅木匠簽了契約，並且說明，不用等年老，等蘇明月覺得可以了，羅木匠就可以將手藝傳給自己的兒子。羅木匠聞言，更是感激涕零，恨不得日日夜夜工作。

沈氏挺著大肚子，實在來不了莊子，派余嬤嬤來了一趟，收走了羅木匠的賣身契，並且叮囑錢莊頭，蘇明月所做的事一定要保密，但凡洩漏出去，立刻把錢莊頭一家發賣去挖炭。如果做得好，到時候讓錢莊頭選幾個家裡的小子，送到蘇家去，挑一個給小少爺當小廝。

錢莊頭畢生的心願就是成為主子家的近僕，而不是一個苦哈哈的莊僕，實現的機會就在眼前，自然是盡心盡力，每天親自一日三次巡視蘇明月所在的房屋，所有僕人都不能近前，四處玩耍的小子丫頭也會被錢莊頭惡狠狠的趕走。錢莊頭還會親自去找他們的父母，利用莊頭的權力，給他們分配更苦更重的活兒。

一時間，蘇明月所在的位置，所做的事，保密程度堪比中情局。

六月，沈氏在晨光初現的時候，生下了第四個孩子，是一個男孩子，蘇順取名為蘇光，小名光哥兒。

沈氏生產，蘇明月只在聽聞後匆匆回去了一天，看了一眼這個剛剛出生，像個小猴子的弟弟一面，又急急忙忙的趕回了農莊。沒辦法，織布機已經進入了關鍵期，現在參與的所有人，都是燃燒著心力，日日夜夜在工作。包括連矇帶猜，略知一二的錢老莊頭，都在這種氛圍裡面，對保密工作的重視又加重了許多。

沈氏看著形容消瘦、眼窩深陷，眼裡卻燃燒著一團火光的蘇明月，又是心痛又是自豪，只是讓她在家早早睡一覺，就放她回去了。

待到沈氏坐完月子，光哥兒滿月的時候，蘇明月滿臉紅光的回來了，偷偷摸摸的對沈氏說：「娘，我送您一件禮物。」說罷拿出一疋棉布，花紋華麗，手感細軟，紋理緊密。

沈氏驚喜到聲音都顫抖了。「月姐兒，妳做到了？」

蘇明月綻開了一個燦爛笑容，重重點頭道：「是的，娘，我做到了。我還帶了一臺織布機回來。」

「快，在哪兒？給我看看。」沈氏激動的對蘇明月說。

蘇明月帶著沈氏到自己的房間，棉花正守著織布機，見蘇明月進來，忙讓開。蘇明月坐上板凳，腳下用力踩動踏板，手上飛快穿梭引線。織布機開始工作，棉布開始成形，華麗的花紋開始展現。

沈氏在一瞬間感到目眩神迷，這就是她女兒做出來的織布機！她簡直不敢相信。有了這個，還怕什麼退婚的名聲，怕是青史都要留下一筆。

恍恍惚惚過了好一陣，沈氏才回過神來。「月姐兒，妳相信娘不？」

「娘，我當然相信您了。」蘇明月不解的問。

「那好，接下來的事情就交給娘，娘一定要讓妳這個織布機，在最短的時間，傳出最響亮的名聲。」

「好，娘，我都交給您。」

「我的女兒，真了不起啊。」沈氏摸著蘇明月的臉龐，語帶驕傲。「娘真為妳自豪。」

蘇明月被沈氏說得有點不好意思了，畢竟是來自黃道婆的創意，跟著前人指路的方向往前走而已。沈氏見蘇明月含羞低下頭，微微一笑，畢竟還是個孩子。

把事情交給沈氏之後，蘇明月洗漱完便沈沈睡去，這半年，她真的繃得太緊，太累太累了。

沒等到第二天，沈氏便召開了全家會議。也不知道她是怎麼說服蘇家一家人的，反正第二天開始，沈氏就忙得團團轉起來。

首先，沈氏派人飛馬送信給自己的娘家，衣被大商家沈家，要求當家作主的父親，親自來一趟。為了避免父親不夠重視，沈氏隨書信捎去一截棉布。

然後，沈氏要求羅木匠立刻加班，儘快把織布機的樣機做出來，能做多少就做多少。讓熟悉操作的棉花停下手上的一切工作，開始織布，能織多少算多少。讓最熟悉情況的蘇明月開始畫織布機結構圖，越簡單清晰越好。

待到第四天，一輛馬車急停在蘇家門口，風塵僕僕的沈家家主沈父，帶著沈氏的兩個兄弟，親自來到了蘇家。

沈家人只來得及跟蘇祖父打個招呼，就很失禮的直撲沈氏專門騰出的織房。先上手揉摸織出來的棉布，溫柔似情人，為其細膩美麗而顛倒。然後，棉花給沈家人展示了一番織布的流程，沈家人的手開始顫抖。最後，棉花給沈家人展示一番軋棉機的高效，沈家人立刻想到了大批量廉價生產，差點要扶著機器才能站住了。

這不僅僅是一次改良，這甚至會帶來全新的格局。

過了好半晌，沈父才語帶自豪，顫抖著說：「好！好！不愧是我沈家血脈。」

蘇祖父在旁輕哼一聲。什麼沈家血脈，明明是我蘇家血脈。罷了，上門都是客，不跟他計較。月姐兒可是姓蘇，這板上釘釘的事，明眼人一看就知道是誰家血脈。

「爹，您看也看過了，那麼我們就來談一下生意吧。」沈氏笑著對沈父說，此刻的笑容跟沈父何其相似。

「好。」沈父看到沈氏如此情態，收起激動，端正了態度。這可是千千萬萬的生意，日後說不定沈氏可以將商業版圖鋪滿全國，任何一星半點的利益，總額算來都是驚人的財富。而他這個女兒，在做生意方面，可不是省油的燈。

「第一，我們不管銷售和生產，只提供技術，但要五年內棉布銷售一成的利潤。

「第二，織布機要命名為明月織布機，製作工藝，要由我們蘇家出面，獻給官府。

「第三，棉布的銷售時刻，要在九月二十開始。」

沈氏一一說道。

沈父沈吟半刻，回答道：「第一條，我可以答應妳，蘇家的利益要怎麼分，你們確定就好，我沒有意見。不過，這第二條，元娘，這可是獨一門的生意啊，妳知道多大的市場嗎？獻給官府，失去的是可不僅僅是一門技術，而是一個發展強大的機會。」

「爹，我當然知道。」沈氏苦笑。「就是太知道了，我才這樣說。爹，這獨門生意不好做啊，您覺得我們沈家有這樣的能力，保住這獨一門的技術和生意嗎？」

「是我著相了。財富超過了承受能力，必將引起災禍。祖宗的教訓，我竟然忘了。」沈父感嘆道，又轉向兩個兒子，教訓道：「今日之事，你們倆都要牢牢記住。財在人之後，時時刻刻，警惕貪慾過剩。」

「是！爹！」沈父的兩個兒子，沈氏的兩個弟弟，挺大兩個人了，被父親當場這樣說，毫不介懷，恭聲應是。

蘇祖父在旁點點頭，心下暗讚，謹守本心，只取能力之內所得，怪不得可以做得這樣大。這就是家族傳承了。

「那這第三條，又是如何呢？」沈父問。

「第三條，爹，您也聽說了我們家月姐兒的事情了吧。」沈氏說，她現在不覺得痛苦，因為她即將要將這一記耳光，重重的打回去。「九月二十，是我們家老爺子六十一大壽。我要大擺壽宴，將這棉布隆重推出場。鋪子就在九月二十開始銷售棉布。還有，爹，那三天在縣城和府城銷售的所有棉布，蘇家一成利潤都不要，全部打折降價。您讓所有的店面，都宣傳說這是我們月姐兒為祖父祝壽獻出，揚我月姐兒孝順美名。」

「好。」沈父答應道，這女兒，真的是青出於藍而勝於藍了，方方面面都考慮到了。

「只是，這讓利一成，妳損失的也不少啊。」

「爹，我不僅是一個商人，還是一個母親。」沈氏說道。

「好，不愧是我女兒，那三天，我沈家也讓利一成，成全這樁美事。」沈父頗為豪氣。

「謝謝外祖父。」蘇明月聽到這裡，福身嫣然笑道：「既然外祖父如此大方，那我也不能小氣。趕在九月二十日銷售，銷售後織布機會立刻獻給官府，那麼在官府推廣之前，沈家就要趁這個時間差，越多銷售賺得越多。能打造織布機的木匠師傅不多，我這兒有份圖紙，將織布機的零件和尺寸全標出來了，一些笨重沒有技術上的活兒，可以交給木匠學徒處理，而核心方面，才交給沈家木匠來處理，這樣可以在短時間內大大提升織布機的數量。」

沈父半信半疑接過圖紙，越看臉色越開懷，半晌後哈哈大笑。「有這方法圖紙，我們起碼可以多造出一倍織布機來，賺回來的何止那一成利。元娘啊，妳這個女兒不得了，生意經跟妳一樣通透啊。」

蘇明月內心說一聲慚愧，都是工業化標準流程，自己這樣，實在是站在巨人的肩膀上。

正事商量完，沈、蘇兩家又一起商量，把細節確定下來。

做生意這種事，蘇祖父、蘇祖母是不懂的，但是並不妨礙他們從這計劃裡，聽到銀錢即將嘩啦嘩啦來的聲音。誰會嫌錢多呢？蘇祖父、蘇祖母笑得臉上皺紋成一朵花。自家孩子就是這樣出息，實在越看越喜愛。哎，這暫時也不能說出去，要不然，蘇祖父蘇祖母能出去誇個三天三夜，當初有多憋屈，現在就有多喜悅。

商量完細節，沈氏父子立刻展現了對賺錢的熱情和非凡行動力，要不是實在天色已晚，沈氏父子能連夜趕回去。就這樣，一大早的，天矇矇亮，他們就出發了。

沈氏父子這次還帶走了羅木匠一家和棉花母女幾人，沒辦法，這不管是造織布機還是織棉布，都要有師傅啊。

羅木匠倒無所謂，沈氏許他大師傅職位，喜得他還主動要求帶上幾個兒子。

棉花就不行了，再三向蘇明月要求，等她教會了織娘們織棉布，一定要把她要回來，她還是願意跟著二小姐，給二小姐當丫鬟。縱然蘇明月也曾勸過她，當沈氏布坊的大師傅，要比蘇家丫鬟更體面、更寬裕，但棉花就是死腦筋，一門心思要回來。在棉花眼裡，二小姐是最厲害的，跟著二小姐，特別有安全感。

沈氏見此，大讚棉花。「不愧當初選中了這丫頭，就是忠心，回來給她升月銀。」蘇明月見此，只能同意接棉花回來。

時光轉眼即逝，來到九月二十，蘇祖父壽宴即將開場。

第十五章

九月初，平山縣蘇家的左鄰右舍，親朋戚友，議論紛紛。

「哎，你們收到蘇家的請帖沒有？就是蘇老爺子六十一大壽的請帖。」

「當然收到了，我們這些鄰居，哪一家沒有收到。我聽說，差不多半個縣城的人都收到了。」

「這蘇家，可真是大手筆啊，當初蘇順中秀才，也沒有這麼誇張呢。」

「可不是，咱這縣城，就沒有一個老頭過大壽像蘇老頭這麼浮誇的了。」

「要我說，可能是想沖沖喜，這幾年，他們家事情也忒難了點。」

「可不是，哎，要我說，月姐兒……不說了，不說了，應該沖沖喜的。」

九月二十，一大早，蘇家張燈結彩的，蘇姑爺從酒樓調派過來的人手已經熱火朝天的準備中了。吉時已到，蘇家大門打開，迎客！

「蘇老先生，恭喜恭喜啊。」

「蘇老先生，祝您福如東海壽比南山！」

來客先例行說起祝壽詞，正想再相互客套兩句，就被在大門口迎客的蘇家一家人閃花了眼。

只見蘇家眾人穿著一種類似棉布質地的衣服，但看起來又比棉布更華麗更精緻，看那花紋，蘇祖母的貴氣，蘇順的穩重，沈氏的俏麗，蘇家兩姊妹的鮮嫩，連亮哥兒的都活潑。但是，都比不上蘇祖父那一身壽字紋長衫，全身壽字若隱若現，陽光下竟然還泛點光芒，實在是莊重中又帶著點華麗，喜慶中又帶著點格調。在場所有老頭子的心都酸了，別說老頭子沒有嫉妒心，男人尤其是年老的男人，嫉妒心更強了。

「蘇老先生，您這身衣服……」有那嘴快的直接說出來了，但又說不出具體的形容詞，最終只能憋出一句。「實在新奇啊。」

「可不是，我孫女月姐兒織出來為我賀壽的，這可是首創，全縣城，啊不全府城，啊應該是全國，第一次有人這樣穿呢。」蘇祖父樂呵呵的說：「要我說，就是這孩子孝順。看，為了織這新式棉布，都熬瘦了好幾斤。咱這些老人家，是寧願不穿不吃，都不願意孩子們受這種苦的，但是呢，孩子們孝順，非得做，我就只能穿出來了。」

蘇明月內心目瞪口呆，想不到，真的想不到，一直老古板形象的蘇祖父這麼能說，這麼誇張又炫耀的話都能說出來。

有那捧場的就跟著說了。「那蘇老先生實在是享兒孫福了。來，這看起來真好看，讓我摸摸舒不舒服，這穿身上的衣服，還是得舒服才行。」

「哎呀，這真不好意思了，就這新衣服，我還是想好好珍惜孩子的一片心意。來來來，給大家準備了一些新式棉布做的手帕，一人一條，欸，就一點小心意。」

立在兩旁的棉花、桑葉、小石頭立刻上前，每人手裡一個大托盤，直接給進門的賓客發手帕。

眾人拿到手，還真跟蘇家人身上的花色差不多，而且他們還看年紀看性別分派。最受歡迎的當然是蘇祖父身上的壽字紋棉布手帕，不過那只發給年紀大的德高望重的長輩，不夠資格的就沒有辦法了。眾人都領到一塊手帕，摸了又摸，這手感實在細膩，比絲綢也就差上那麼一、兩分了。

有人忍耐不住，問道：「蘇老先生，您這棉布有沒有出售呀？多少錢一疋？」

蘇祖父樂呵呵的回答。「有，有，今天開售，就在我兒媳婦娘家的沈氏布莊，不貴，五百文一疋。兒媳婦還說，為了慶賀我壽辰，頭三天給折扣，就是四百文一疋。要我說，實在是不必這麼鋪張，過個壽，心意到了就行了，不必這樣。」

眾人已經沒有心情聽蘇祖父的炫耀，五百文，這平常棉布粗糙又硬也得一百文了，絲綢一疋一兩紋銀，這棉布簡直像撿到一樣。況且，蘇老爺子還說了，頭三天折價，便宜到不敢相信，這買到就像賺到一樣。有心急的就直接問：「順兒他媳婦，妳公爹說的可是真的？存貨夠不夠，可別只是擺出一、兩疋來糊弄我們這些街坊。」

沈氏笑道：「當然是真的了，這等事情豈會騙大家。原價五百文，頭三天慶賀我公爹壽辰折價出售。咱存了一倉庫的貨，估摸五千疋，街坊們不用擔心。」其實這存貨，也是沈氏爭取來的，別處可沒有這麼多。

有那精明的立刻就在家裡計算開了，折扣一算，等於白賺了一百文，恨不得馬上就去沈氏布莊搶購。雖然沈氏一直安慰大家說，存貨夠，不要著急，實在不行，後面調貨過來。

但是，一個上午的，頭一批客人吃完飯全跑光了，個個都跑去沈氏布莊搶購去了。

沈氏布莊店門外，先是蘇家客人衝來搶購一波，路人紛紛好奇詢問，店員解釋說新式棉布出售，今日賀壽折價。一聽折價，大姑娘、小媳婦、老婆子開始湧入店內，看看嘛，又不花錢。這一看，就停不下來了。

最後，布莊外大排長龍，店鋪裡面根本塞不下那麼多人，無奈何，店鋪掌櫃只能將花樣搬出門口，排隊銷售。那有錢的，買一疋；沒錢的，讓掌櫃的裁幾尺。本來這棉布一般人家就是按尺買的。

等到下午，整個縣城都在為蘇家新出的棉布沸騰了，全縣的話題就只有這一個，沒有其他。從蘇明月孝心感動天地，所以創出這便宜好用又美麗的新式棉布，到討論這棉布哪個花樣最好看，最後得出結論是蘇祖父那一身壽字紋，實在是富貴又大方，連掌櫃都說，這花紋織起來最費時費力了，三天後就漲價。

而此時，蘇家人已經在縣衙裡，由蘇順出面，將軋棉機和織布機獻給縣令。

縣令一看，大驚，待蘇家眾人展示一番，並且表示無償將技術獻給官府之後，覺得自己都不敢相信，天下居然有如此蠢蛋，啊，是如此忠心的臣民。已經看到上等政績在跟自己招手的縣令，喜得實在是見牙不見眼，對於蘇家希望這個織布機叫明月織布機一事，縣令眼睛都不眨的答應了。
送走蘇家人，縣令樂得圍著軋棉機和織布機團團轉，而後，令人八百里加急護送織布機和樣品往上級送。
蘇家，進入朝廷的視線，計劃第二步開始了。
與此同時，府城的銷售也開始了，雖然沒有像縣城一樣，有蘇祖父這樣的主角人物由壽宴帶動氛圍，但是，好東西是不會被掩沒的。
掌櫃把新式棉布一放上展示架，立刻就有人詢問。一詢價，這玩意兒還走物美價廉的路線，更別提頭三天還因賀壽折價，這簡直就是不買都對不起自己。
一傳十，十傳百，新式棉布的美名迅速傳開了。府城的購買力可比縣城高多了，很多人都是成疋成疋的往家裡扛。到最後，形成一個全城狂歡，誰家沒有買到那新式棉布，簡直跟大家都沒有共同話題。這麼便宜好看的棉布都不買，根本不會持家，是個蠢蛋，跟咱們這些精打細算過日子的人聊不到一塊兒去。
至於蘇老爺子，本來府城沒有人知道他是誰，現在可都知道了，是下面縣城的一個老秀才，這棉布是他孫女織出來給他賀壽的，眾人開始聽故事了。最後紛紛感嘆這老爺子可真有福氣，哎呀，這孫女多大了，可真是孝順，可曾許配了人家……
新式棉布在府城形成了潮流，何家當然也不會不知道。這幾天不管有沒有聽說當初何、蘇兩家退親事件的人家，出門遇到何能之妻孫氏都要問問，買棉布了沒？快去買，錯過了折價，沒關係，也實在該買一點，這可是潮流。

孫氏被問一次心裡就吐血一次，回來摔了三次茶盞，到最後，還是得強顏歡笑的讓丫鬟去買幾疋，不然，何家不買，別人就好奇為啥，再細問，前塵往事全出來了。

「夫人，棉布買回來了。」何家丫鬟戰戰兢兢的說。

孫氏氣急，又摔了一套茶盞，怒道：「送庫房裡去，不要拿出來礙眼！」

丫鬟忙轉身準備拿到庫房。

「等等。」孫氏忽然叫住丫鬟。「送到老太太房中去。」這老太婆，天天吃齋念佛，一副慈悲心腸樣，可辦出來的事卻件件噁心到不行，真真是佛口蛇心。哈哈，想到可以刺一刺何母，孫氏心裡充滿快意。

何母還是在佛堂裡念佛，兒媳婦派人送來棉布，她沒有絲毫喜歡，反而皺眉問道：「她又要幹什麼？」命嬤嬤一查，蘇明月織出來的，何母數佛珠，硬生生數斷了手上那串常年累月戴著的佛珠。

待何能回家，婆媳兩人又展開了一場大戰，並拉著何能做裁判，何能煩不勝煩。

在孫氏看來，就是這婆母無理，何能還偏幫，氣急之下，口不擇言。「整個府城妳找人問一問，沒有說兒媳婦買布孝敬婆婆是對妳不敬的，妳不過就是心裡有鬼，見不得別人好。以為別人不知道妳的那點心思，整天念佛念佛，念的是惡佛還是善佛誰知道。」

「住口！」何能轉頭怒道。

「你幫你娘罵我?!」孫氏不敢置信，再次出擊。「哈哈哈，誰不知道當初那流言是誰放出去的。明白的人都知道，說人家有藥不救就是妒忌，當初府城缺藥誰不知道，非得人家拿救命的藥給妳，多大的臉。蘇家還幫妳把兒子培養成秀才、舉人，嫉妒妳還幫妳培養個舉人?想想就是個笑話……」

孫氏忽然想到什麼，脫口而出的話戛然而止，然而已經來不及了，話已經出口。孫氏急急轉過頭，臉色蒼白的解釋。「相公，我不是這個意思。」

「我的舉人，是我自己考的！」何能臉色鐵青，一字一頓的咬牙切齒說道。

場面一片死寂。

何能甩袖回書房，何母冷笑一聲繼續回屋念佛，剩下孫氏獨自一人，手足無措的立在原地，可憐可恨可悲可嘆。

不管何家日子如何雞飛狗跳，新式棉布因價廉物美，勢不可當的成為流行，而有棉布的地方，就有蘇明月孝順的名聲。有時候啊，過得越來越好，就是對敵人重拳出擊。

三天折扣銷售完後，不管是縣城沈氏布莊，還是府城沈氏布莊，眾掌櫃和夥計才喘一口氣來。這有時候，生意太忙，也是一件累人的事。不過主家也說了，這一次過後，統統有獎賞，眾人想到這裡，又心下火熱。

而在全國，新式棉布的風潮，才剛剛鋪墊開來，更大的驚喜還在後頭。

縣令的織布機和樣品，八百里加急給府城。府城也有新式棉布銷售，府城主官一了解，下面的政績就是他的政績，又加上幾十疋，八百里加急的往京城送。

幾天後，層層向上匯報，龍椅上的皇帝，睜開耷拉下來的眼皮。「這就是那孝順孫女織出來的新式棉布？」

縱然是垂垂老矣的獅王，也有不可直視的威嚴。

「是的，皇上，正是那蘇氏孫女為孝順祖父所織。」下屬低頭答道。

「既如此，便叫孝順織布機吧。」

多年帝王，自然能看出新式棉布優質便宜，對民生有重大意義，但帝王已經老了，已經不想再開拓疆土，大行改革，反而害怕衰老和死亡，而年輕力壯的兒子們，已經壓不住野心勃勃。「派人給每個皇子家送幾疋棉布過去。」

看誰最孝順，誰就獲得候選人的重要籌碼。

「通知工部、戶部，就這織布機去推廣吧。」君王已老，再無更多心力用於朝政，吩咐下去便回後宮休養。

君王可以隨意，但是接到賞賜的皇子們卻不敢大意，尤其這棉布和織布機還叫孝順，包含的意思太讓人深思了。

誰敢不孝順？

於是，為了表示自己的孝順，皇子們紛紛表示自己十分喜愛這棉布，日日夜夜、裡裡外外都要上身。於是，一時之間，上自皇室下至平民，新式棉布成為流行風潮。

蘇明月可不知道這京城裡頭的彎彎繞繞，皇帝下令推廣新式織布機，平山縣及府城占盡天時地利人和的便宜。又有沈氏布莊配合官府，既賣又教，織布機便迅速推廣開來。

在眾人的認知裡，蘇家這次可真是大方，打多少折都比不上。畢竟，這樣一個下金蛋的技術都拿出來了，不比那一次打幾個折扣來得大方？一時間，蘇明月名聲之響亮，簡直是無人不知無人不曉。就是總有那自認聰明的人，嘀咕兩句傻大方，不過，傻大方好呀，誰不喜歡跟大方的人交朋友。

而何家主母因此又摔了多少茶盞，婆媳又多少鬥法，何能又不勝其煩睡了多少次書房，都是泥潭裡的淤泥，讓人避之唯恐不及了。

蘇明月現在的煩惱是，太多人上門求親了！

首先是沈氏她親爹，為孫子求娶外孫女，沈氏十分心動，卻被蘇明月拒絕了。

然後又是蘇姑媽，再次上門表示，飛哥兒、翔哥兒隨便選，都行，只要蘇明月嫁過去，蘇姑媽當她親女兒一樣。蘇祖母是表示同意的，奈何蘇明月仍然拒絕了。

還有其他縣城大戶，不說這技術吧，就憑這棉布面世的種種手段，借孝順祖父之名，獻官府謀之深遠，簡直是驚豔。不管是不是蘇明月本人，還是沈、蘇合力布局，但凡蘇明月有其中三分手段，這結親都是賺翻了。須知一個好媳婦旺三代，娶了蘇明月這樣的，三代之內穩如泰山。

甚至南門翠花，都為自己的兒子請媒人上門試著求娶，被沈氏呸出去了。

唯有劉家，毫無動作。

「章兒啊，你再不上門，就什麼都晚了。」章氏急得嘴角都起了燎泡，這麼好的一個兒媳婦，自己家還占了那麼好的先機，怎麼這個時候兒子就犯傻，不肯去請媒婆求親了呢？「章兒呀，你是不是落不下這個面子，上次蘇家拒絕你了？但你不是還送過東西去蘇家莊子的嗎？你就是要有這種精神呀，這個時候怎麼能退縮呢，再多上幾次門，讓蘇家看看你的誠意。」章氏又勸道。

「章兒，聽你娘的，啊，這個時候可別犯傻。」劉父也沈不住氣了，這樣好的一個兒媳婦，就眼睜睜的白白放過了，祖宗有靈都不會饒過他的。

奈何劉父劉母苦苦相勸，劉章就是一語不發，也不動作。

「劉章，你到底在犯什麼倔脾氣？」章氏火氣都要壓不住了。

就在此時，丫鬟上前。「夫人，蘇夫人送來拜帖，請您上門，賞一賞秋菊。」可憐的，九九重陽早過了，秋菊都開殘了，難為沈氏想出這個藉口。

章氏簡直是欣喜若狂，立馬拿過拜帖，快速掃過一遍之後，喜不自禁的說：「趕緊去回蘇家送帖過來的下人，我明早就過去。」

丫鬟聽命退下，章氏不再搭理劉章，樂呵呵的開始準備明天要穿著的服裝首飾。哎，這個時候還是沈妹妹好，兒子都是生來氣人的。

第二天，章氏打扮得鄭重又不過於生分，準備出門。而一早躲在房間裡不知道幹啥的劉章，穿著一身靛青新式棉布的長袍，打扮得整整齊齊，算好時間，準備陪著章氏拜訪蘇家。

章氏嘴角抽了抽，對這個兒子無語至極，奈何是親生的，只能翻著白眼帶上了。

到了蘇家，沈氏領著章氏賞花，讓蘇明月招呼劉章。

劉章見到蘇明月，見蘇明月整個人神彩奕奕，更加奪目，不由看癡了眼。

「你最近很忙？」蘇明月問。

「還行。」

「看到我家很多人上門了沒？」

「看到了。」

「看到了你還不來我家提親，不然你先前做了這麼多，是為什麼？」蘇明月直截了當的問。

煩死了，整天媒婆上門就沒有個消停的時候。就這劉章，以前還挺積極，關鍵時刻人影都不見一個。啥意思！後悔了？

「我覺得，妳值得更好的。」劉章吶吶的說了實話。

「我覺得重要，還是你覺得重要？我覺得你再不請媒人上門，就以後都不要上門了。」

「我明天，不，我回去就請人上門，不，我現在就去請媒人。」

蘇明月懶得理這傻子，轉身直接回房。這個人，真的是讓人很無語了。淨會為別人想來想去，也不為自己想一想。

劉章匆匆而去，直接打斷沈氏與章氏的賞花喝茶，還鄭重對沈氏一鞠躬說：「蘇嬸子，我待會兒再來拜訪。」說完，急急帶著章氏要離去。

章氏掙脫不了，只好對沈氏說聲抱歉，待出到蘇家大門口，章氏大聲呵斥兒子。「你幹什麼？我跟你蘇嬸子正聊得好好的呢！」

「娘，我現在就送您去媒人家，您現在就請媒人上門。」

章氏簡直不敢置信。「你搞定了？月姐兒答應了？」

劉章重重點頭，章氏立刻上馬車。「怎麼不早點說，現在也不知道媒人在不在家？有沒有空？我該準備的禮數也沒有準備好。」章氏心急的叨叨絮絮，劉章一駕馬車，飛奔回家。

劉、蘇兩家這次訂親，速度是前所未有的快。

劉家是怕過了這個村沒有這個店，就想趕緊定下來；蘇家是實在怕了絡繹不絕上門的媒人，想還家裡一個清靜，兩家一拍即合。

一個月後，劉、蘇兩家走完訂親禮，有意與蘇家訂親的人家嘆息一片。這劉家，也只是一個出眾的書商，怎麼就拔得頭籌了呢。再仔細了解，劉家主母與蘇家主母素來交好，眾人才息了這個心思，還蘇家一個安寧。

訂完親，從小到幾個月的光哥兒，到剛過完六十一大壽的蘇祖父，都鬆了一口氣。

光哥兒終於能整日見到自己的娘了，蘇祖父終於可以安安靜靜教書，這才是蘇家覺得的正經日子。

奈何蘇家才享受了幾天清靜日子，老天爺不長眼，一個驚天的消息傳過來，匈奴打過來了，邊防線各處接連失陷，就剩幾個邊城死死守著最後的關口。

全國人民都為這個消息失了神，當官的、賣貨的、讀書的、種田的，大家都在討論這場戰爭，天天詛咒該死的匈奴，日日燒香祈禱邊城能夠守住。

平山縣眾人身處南方，離邊防線甚遠，但戰爭的消息仍然令縣城人人躁動不安，大家都在討論這個匈奴到底有多凶殘，邊城地理位置如何重要，朝廷何時救援。人人都求神拜佛請求邊城劉將軍趕緊打敗匈奴，把匈奴趕回老家去。

然而，沒有任何來自邊城的好消息，甚至到後來，邊城的消息都傳不回來了。而在這當口，禍不單行，皇帝殯天了。

天塌了。

就連蘇順和蘇祖父都偷偷摸摸的議論好久，是否不祥之兆，外敵當前，朝中群龍無首，國之將亡啊。身為讀書人特有的使命和憂愁，父子倆真的是天天憂心不已。而蘇祖母開始在佛堂天天燒上三炷香。

對普通百姓來說，皇上那可是天上的神靈化身，這個當口，皇上殯天，是不是預示著上天已經放棄大魏了？一時間，民間氣息低迷，而匈奴則聲勢大震，又有幾座城接連失守，就剩邊城在搖搖欲墜的堅持。

幸而皇帝臨終前留下遺詔，立二皇子繼位。這個時候，也顧不得禮法倉促了，大臣們匆匆扯著二皇子穿上黃袍，立刻登基，先把民間風氣拉起來，還必須有人主持大局，支援邊城守住邊防線。再守不住，匈奴就要打到京城來了。

民間聽說二皇子登基，又有新皇帝了，上天沒拋棄他們。反正，不管是誰，有個皇帝就有了主心骨，民眾又有了希望。也許這個新帝真的是天命所歸，新帝登基後不久，快要成為孤島的邊城終於傳來了好消息，邊城劉將軍領著眾將士，第一次打敗了匈奴。而後，劉將軍領兵，加上援軍一路救援，將匈奴大軍趕回老家去。

真的是普天同慶，聞者落淚，終於不用擔心成為亡國奴了。一時間，劉將軍聲威之盛直逼帝王，甚至有那迷信的老婦人，紛紛給劉將軍立起了長生牌位，還聽聞劉將軍身邊有一名蘇姓副將，運籌帷幄，料事如神，也一併立了牌。

蘇祖母在給皇帝燒完三炷香之外，還特地祈求神佛保祐戰神劉將軍。

然而，在這太平之下，蘇祖父、蘇順之類的讀書人，眉頭卻沒有鬆開來，這功高震主不是好兆頭。正所謂太平本是將軍定，不許將軍見太平，古來功高震主的大將，秦之白起，漢之韓信，有幾人有好下場？

一時之間，拉個讀書人出來，都能說出兩句，人人都指點江山，激揚朝政，彷彿三公九卿都在吃乾飯。

就在此時，朝廷發布政令，加開恩科。據說，就是因為朝廷部分官員整日鑽研一些風花雪月，尸位素餐，甚至戶部尚書有意耽誤軍糧運輸，導致邊城差點陷入絕境。當然，這些惡人們是瞞不過聖上眼睛，已經全部被千刀萬剮了。聖上決定肅清朝廷風氣，新開科舉，選拔有識之士。

此令一出，一時之間，民間痛斥罪臣，盛讚皇帝盛名，對恩科充滿期待。民間來了新風潮，至於劉將軍，哦，劉將軍啊，仗不是已經打完了嗎？沒有將軍什麼事了。現在的新話題是皇上和恩科。

蘇祖父和蘇順聽聞新帝聖明，吊著的心方才落下來。

只有極少數老謀深算的政客，可以看見這次輿論戰中的風險和高明，背後籌算的那位能人，運籌帷幄，舉重若輕，對人心的把握是何等的驚才絕豔。

這又是另外的故事了。

回到蘇家，就像所有準備考科舉的人家一樣，所有的注意力立即轉移到恩科，對恩科充滿期待。

沈氏連光哥兒的母乳都斷了，執意要陪蘇順上府城考科舉。蘇明月說自己可以跟蘇順一起去，但沈氏堅決拒絕了，堅持要親自陪同。

馬車前，沈氏親一親光哥兒胖乎乎的臉，她忍住眼淚，把光哥兒交給蘇祖母。

蘇明月站在蘇順面前，鄭重的說：「爹，我想好了。我的願望，就是您平安歸來。」

蘇順看著眼前女兒，眼裡似乎帶點淚光和笑意，點頭說：「好，爹答應妳。」

大家告別完畢，蘇順扶著沈氏上了馬車。馬車一動，車廂內，沈氏的眼淚就忍不住滾滾而落，幾個兒女都是她一手帶大的，但光哥兒還這麼小，什麼都不知道，沈氏卻要離開他。離開了日日陪在身邊的母親，也不知道光哥兒會哭成怎樣。

「要不，妳還是回去吧，我一個人帶著小石頭去就行。」蘇順吶吶勸說。

「不行，我要跟著去，咱們必須一起盡最大努力。我們說過的，要為月姐兒，把何家踩到腳下。」沈氏哭著說：「讓我哭一會兒，我哭完就行。」

蘇順攬著痛哭的沈氏，心中一片沈重。

然而，蘇順心情如此沈重，這次的科舉卻輕鬆順利得不可置信。這次科舉的題目是「衣食足，方知榮辱」，這內容正是蘇順拿手的民生實事，蘇順心隨意動，答得暢快淋漓。然而，就是這樣順利，讓蘇順又不敢相信。

就在蘇順這樣輕飄飄不可置信的狀態裡，放榜了。

「老爺，您中了。是第一名！」小石頭匆匆的衝回客棧，連鞋子都跑掉了一隻。

「真的？」正坐在桌前寫文章的蘇順猛地抬頭，在邊上給光哥兒縫衣裳的沈氏眼裡也露出了不可置信的光。

「真的，老爺，我看了好幾遍了，就是寫著您的名字。」小石頭氣喘吁吁的辯白。

「可是，可是，我覺得我考得不可能這麼好呀？」蘇順卻沒有自信了。「萬一是同名同姓呢？萬一弄錯了呢？等報喜的官差來，如果是，官差肯定會來的。」

長。

所有的聲音都被遮擋在外，周遭好像一片真空，等待官差的每一時每一刻，都變得無限長。

「喜報，西平府惠和城平山縣南大街蘇順大爺，鄉試第一名，解元。」

沈氏的眼淚倏地流了下來。

第十六章

平山縣城蘇府，蘇順鄉試第一名，高中解元的消息已經過了幾天，親戚朋友左鄰右舍已經在猜測蘇家何時擺喜宴。蘇家人卻開始擔心奔赴京城的蘇順和沈氏，並且抱有某些隱蔽的期待，或許，還可以再進一步呢，畢竟是解元。

皇帝就是這樣缺人才，剛剛考完鄉試，就馬上下令召集舉人們上京城考會試，蘇順和沈氏來不及回家，匆匆託人送回信，就上京去了。

「二小姐，劉少爺來了，說給妳帶來了本次科舉的書。」棉花進來通報說。

自從訂親之後，這劉家少爺就三不五時的過來，這次送兩本書，下次送幾盆花，再下次送點不值錢的陶瓷玩偶。棉花對劉少爺如此耽誤二小姐的時間已經很不滿了，二小姐這麼聰明有計劃的人，每次都要被打斷，偏偏二小姐明面上不說被打斷，私底下似乎也沒有半點不樂意的樣子。

「月姐兒。」劉章站起來靦覥的說，自從訂親之後，他就毫不見外的跟著蘇家人喊月姐兒。

「我給妳帶來了這次科舉的文章集。」

「劉大哥，你坐。」蘇明月招呼劉章坐下，說：「也有我爹的嗎？」

「當然有了，我特意把幾個省城頭三名文章都收集了。」未來岳父的文章，怎麼可以漏掉。劉章自己留了一份，準備在蘇順回來前，日日拜讀，爭取做到倒背如流，以便可以高明又不著痕跡的拍一拍岳父的馬屁。

「來，我看看。」蘇明月笑著接過，原本打算先隨意翻一翻，卻越翻臉色越沈重。等到蘇明月把冊子翻到最後，轉頭吩咐。「棉花，妳去學堂，請祖父立刻過來一趟，說有急事。」顯然蘇明月認為事情已經嚴重到要打斷蘇祖父日常授課的程度了。

棉花剛想應是，誰料蘇明月已經等不及了，改變主意說：「算了，我自己去。劉大哥，你跟著我來。」說完蘇明月起身往前走，劉章和棉花立刻跟上。

「出了什麼事？」蘇祖父問，要知道授課的時候，蘇祖父是嚴禁家人無事打擾的，不過蘇明月在蘇祖父心中的地位略有不同，因此蘇祖父給小學生留了隨堂考試，馬上出來了。

「祖父，您看，這是劉大哥送過來的今科鄉試頭幾名的文章。」蘇明月將文集遞給蘇祖父。

在科舉文章的造詣上，蘇祖父是遠遠勝過志不在此的蘇明月的，他隨手翻一翻，已經發現了今科的文章，與往年有很大不同，比如更務實，更注重細節和數字。

「想必祖父已經看出，今年的文風變化之大。其實科舉，選拔的就是皇帝想要的人才。皇帝喜好什麼，下頭便流行什麼，所以之前科舉高中的文章，無不是辭藻華麗、結構繁複，極盡享受之說。」因為先皇就是一個好面子的人，最愛享樂和吹捧，這是蘇明月未曾說出的話。「爹以前一直抑鬱不得志，未嘗沒有文風不合的原因。本來，爹的文風樸實，是很適合今科風格的。

「但是，祖父，爹今年的文風，不知道為什麼變了呀？」

是為了妳呀，傻姑娘，妳爹放下了自己文人的堅持和傲骨，去學著寫那些他一直不認可的華麗辭藻。

「您看，他這篇文章，其實已經有那種彆扭的感覺了，就是非要在自己的風格塞一些不合適的東西。」蘇明月指尖比劃著蘇順今科的文章，苦笑的說：「爹能中解元，可能有幾分運氣的原因。」

蘇祖父大驚，他只反應過來風向已變，但還想不到這麼深遠。這如何是好？

事關最在意的科舉，今年蘇順名次還出乎所有人意料的好，蘇祖父已經在睡夢中笑醒好幾次，覺得蘇家復興在望了。如今，孫女卻告訴自己，自己兒子的路走歪了，而且眼見的歪下去，猶如當頭一棒，蘇祖父急得冷汗直冒，心中一點主意也無。

對了，還有孫女。「月姐兒，妳說，現在怎麼辦？」蘇祖父盯著蘇明月，急切的問。

「必須有人趕在科舉前，告訴我爹，他的文章走錯了風格，不能再錯下去了。」蘇明月沈著的說：「還有，最好儘量收集皇上從前流傳出來的詩詞文章，好了解今上的喜好，對症下藥。」

「皇子之前的文章，很少有流傳出來的。而皇上登基不久，更少了。」劉章苦笑的說。

蘇明月皺緊眉頭，思考後說：「那就收集皇上從前皇子府師傅的文章，尤其是十歲以後的師傅，因為那時候已經告別啟蒙，教導時事朝政了。有時候，一個師傅影響一生。」

「這個倒可以，劉家什麼不多，就是關於書的管道多。皇子師傅不會是無名之輩，一般都是科舉正統出身，我有信心，九成都可以找出來。」劉章主動攬下工作。

「那好，就拜託章兒你了。」蘇祖父現在已經把這個未來孫女婿當自己人，這才是危急中見真情啊。「至於順兒這邊，只有我這把老骨頭再出動了。」蘇祖父挺直胸膛，一片豪情，他絕不能允許大好機會，硬生生從手中溜走。

蘇明月懷疑而審視的目光掃過蘇祖父，從幾乎全白的頭髮、長滿皺紋的臉龐，到努力挺直卻依然瘦削的身板，蘇祖父甚至拄著枴杖。

蘇祖父被這個孫女的目光看得都心虛了。

「祖父，還是我去吧，我身體好。」她年輕身體好，祖父年紀大就還是服一服老，就祖父這樣的身子，怕是沒有出縣城就要被抬回來了。

「那我陪著妳去，我去過京城好多次了。收集皇子師傅文集的事情，就交給我爹吧。他可以的。」劉章立刻搶答道。

「也行吧。」蘇祖父喪氣的答。「你們明天就出發。」

蘇家的崛起不容拖延。

「好，我現在就回去安排。」帶著剛訂親的心儀姑娘出遠門，必須要事事安排得妥妥貼貼，不出一分差錯。劉章即刻告辭回家，找劉父說明情況。

劉父聽完沈默半晌，拍拍劉章的肩膀說：「章兒，你這個媳婦，實在是聰明啊。只是，你能不能降得住啊？」

「爹，您胡說什麼？月姐兒一直溫柔有主見又尊重人，我們之間，怎麼會有降不降的問題？誰有理就聽誰的。」

想不到我兒子，居然還是天生的粑耳朵（注）。劉父像發現新大陸一樣掃了劉章一眼。「好，你喜歡就成。那你就陪蘇姑娘跑這一趟吧，收集文章的事，我來給你處理，到時候全匯集到京城書店，你去書店取。」

「謝謝爹。」

夜晚，劉父躺在床上對著章氏說：「妳曉得不，章兒居然是個粑耳朵，我提醒他說降不住他老婆，他居然說了我一頓。」

「什麼粑耳朵，這是夫妻間的相互尊重。好呀，劉雲，你整日想著怎麼降服我對不對！想不到啊，你居然有此心思，你居然敢想！」

「沒有啊，夫人。我只是、只是覺得咱們這樣才是最好的模式，妳看，咱們誰有理就聽誰的，我什麼時候不聽妳的話？」

其實吧，有些事情，就是遺傳。奈何不識廬山真面目，只緣身在此山中啊。

注：粑耳朵，四川方言，意指怕老婆的男人。

第二天一早，劉章駕著馬車到蘇家，接走了蘇明月。

兩人商量，去京城必然會路過府城，在府城劉宅休整半天。首先人馬都要休息，還有一些必需的物資也要更新，後頭才好繼續趕路；其次，看看府城書店有沒有合適的相關書籍，如果有，兩人在路上可以繼續研究。

兩人計劃得很好，誰知就是在府城休整這半天，竟然就那麼倒楣的遇到何家一家。

這件事的起因是蘇明月。雖然新式棉布風潮已平緩，但是新式織布機推廣開來後，各家婦女幾乎無人不知這織布機是蘇明月造出來。從某一種意義上來說，蘇明月是府城名人，雖然她自己不覺。

於是，府城沈氏布莊的夥計喊出「明月小姐」之後，事情就有點不可控制了，布莊裡面賣布的買布的，都知道那個改良織布機、發明新式棉布的明月小姐來了。

圍觀名人就是群眾千百年來的好奇心理，一傳十十傳百，漸漸成了人潮之勢。

「看啊，那就是改良了織布機發明了新式棉布的蘇明月。」

「長得真好看啊，年紀還這麼小。」

「訂親了不？」

「我三姑媽的鄰居的外甥是沈氏布莊的夥計，他說蘇二小姐訂親了，是劉家書店的少東家。」

「那真是門當戶對，天作之合呀。」

「什麼呀，蘇二小姐是沈氏布莊當家人的外孫女，蘇小姐家可是書香世家，據說，蘇小姐前未婚夫是讀書人，那才叫門當戶對。」

「這個我也知道，當時鬧退親還傳過好一陣的流言呢。」

「啊，是那個，我想起來了，當時還有印象來著。可惜了，蘇小姐這等人才美貌。」

「可不是，要我說，這麼一個好兒媳，心肝都要後悔掉。」

「劉家書店少東家可真有福氣啊。」

「就是，兩人看起來也般配，男俊女俏的。」

蘇明月和劉章就站在議論紛紛的人潮中心，尷尬得想往家裡趕。

誰料，何能夫妻恰好就路過站在人堆中，何能呆呆的看著蘇明月，眼中晦暗不明。孫氏忍不住了，氣急的大喊：「何能。」

一時間，人群中的蘇明月和劉章都齊齊回首。隔著人潮，四人兩兩相望，只是這仇深似海。

何能先是掩面欲逃，劉章怒視何能，蘇明月反而沒有太大情緒，孫氏拉住何能，囂張對視。

「走了。」蘇明月淡淡出聲，拉走了劉章，往家裡走去。

何能眼見蘇明月和劉章離去，居然放下袖子癡癡遙望。

「別看了，人家都不理你。」孫氏氣急，直接將手中的包裹砸何能身上嘲笑。「人家都不當你一回事，恨都不恨你，只當你從來都沒有出現過。哈哈哈。」

何能被戳中心中痛處，憤而甩袖疾步離開。只留下孫氏一人站在大街上，滿臉狼狽的大笑。隨行丫鬟撿起滿地包裹，卻不敢向前。笑了半晌，孫氏神色變幻。「走，我要回娘家。」丫鬟連忙跟上。

不知孫氏回娘家說了什麼，晚上又回到了何家。

何母走出來冷冷的說：「出去也出去了，逛也逛了，鬧也鬧了。明天立刻出發去京城。能哥兒的會試不能再耽誤。明天再不出發，妳就別去了。」何母滿臉刻薄的說，說完也不搭理孫氏的反應，轉身走回佛堂。

孫氏目露憤恨，低低的說：「蛇蠍心腸的毒婦，日日念佛，也不怕佛祖收了妳。」

原來，自成親之後，何母一直事事管教著何能，無論大小、合適與否。孫氏當時下嫁，其實就是看中何能一表人才，心悅他而已。誰知嫁過來後，原以為吃齋念佛好相處的何母，日日管教著，不讓兩人有獨處時間，時常訓斥孫氏莫耽誤何能讀書，婆媳矛盾逐漸加深。

這次上京趕考，孫氏本想兩人帶著僕人出行，借此獨處，多培養培養感情。誰知何母一定要跟著去。孫氏認為何母年紀大，身體不好，不需要去；何母認為孫氏年紀小，不懂事，必須要有一個老人壓場。因為這件事，何家吵成一團，烏煙瘴氣。何母自認讓步，讓何能帶他妻子外出採購，誰料遇到了蘇明月，又爆發一頓爭吵。

孫氏明白何家絕不會撇下自己。這何家，但凡自己的爹還是學政，何家就需要自己。但是這又有什麼意思呢？孫氏苦笑，轉身回房。

次日，兩家馬車居然又遇上了。蘇明月和劉章輕車簡從，後發先上，趕超何家，只留給何家一路灰塵。

馬車內，劉章坐立不定，猶猶豫豫，欲言又止。

蘇明月看他，他就躲開去，似乎在幹正事；不看他，他又這副情態。

「你有什麼事，就說吧。你不說出來，誰知道你想什麼呢？」最後還是蘇明月看不過眼了，先開口。

「那個……我就想問……」遇到前情敵，劉章自認人品能力比對方強千倍，但突然就覺得心中有點不自信了。「妳真的不在意了嗎？」

蘇明月放下書，認真的說：「我不會因為這種爛人爛事影響自己，停下自己的腳步，擾亂自己的生活。當然，如果日後有機會，我會毫不猶豫的給他們回擊。」

劉章聽完，莞爾一笑。挺英俊一張臉，居然笑出了傻氣的感覺。

「你還有什麼要問的？」

「沒有了。」

其實，劉章本還想問問當初那麼多人求親，她為什麼選擇了他。不過，現在想想，問這個問題，好像是對她的侮辱了。

何家之事，就這樣過去了。有人深陷泥潭，有人已經找到了新的天地。

蘇明月和劉章二人一路緊趕慢趕，終於在臨近京城處，追上了蘇順和沈氏。

蘇順聽完蘇明月的分析，冷汗陣陣。他的確是在試圖改變自己的文風，如今看來，差點釀成大錯。

「章兒，月姐兒，幸而你們趕過來了，不然我今科可能止步於此了。」蘇順說道。

沈氏聽完蘇順此言，心中也是後怕不已。

「順叔不必擔心，如今離會試還有時間。現在已經快到京城，待到了京城之後，先住到我家在京城的宅子裡，順叔可以專心將文風調整回來。」劉章說道，只恨此時只是結親，還不能叫岳父。「先前我爹已經派人快馬命京城及各處書店收集資料，料想應有所得。順叔到時候可以早早準備，知己知彼，百戰不殆。」

「如此便麻煩章兒了。」蘇順正想著去到京城再找客棧呢，但這京城人生地不熟的，現在又是加開恩科，估計已經客滿了。劉家在京城有宅子，這是最好不過。親戚間，有時候客套過了就是生疏。

入京城之後，劉章將所有事務都安排得妥妥貼貼的，蘇順日日就在宅子裡分析資料，修改文章。蘇明月便幫著她爹一起分析，雖然作不出科舉範文，但是看文章和分析，蘇明月還是有一手的。

沈氏看著這父女倆忙碌，便在家裡照顧飲食，做好後勤。

如今對於劉章這個女婿，沈氏是滿意到不行。劉章本人條件優越，對蘇明月又是情根深種；劉家夫妻和睦人口簡單，蘇明月嫁過去之後安安心心過日子即可；劉嫂子又是和氣人，以後料想不會有婆媳問題。樣樣皆美，沈氏是丈母娘看女婿，越看越喜歡。

就在這忙碌而緊張的日子中，會試來了。

蘇順是第一次參加會試。劉章還特地收集了很多會試的注意事項，按照注意事項準備得妥妥當當的，親自把蘇順送入了考場大門。

蘇順進考場之後，沈氏、蘇明月和劉章在外邊是心急如焚。

好不容易蘇順出來了，回到家裡，良久之後說了一句。「我覺得還行，都答出來了。」

沈氏不懂科舉，但是這答案，感覺有點不太靠譜呀。這可是會試，不應該這樣簡單呀。無奈的是，現在也沒有一個有這方面經驗的人，大家只能等了。

過了十日，放榜了。

劉章帶著僕人去看榜，沈氏、蘇順、蘇明月留在家中等消息。過了感覺很漫長而又短暫的一個早上，劉章帶著僕人騎馬回來，驚喜大喊：「順叔，您中了。第四名！」

明明沒有喝酒，蘇順卻有一種暈乎乎的酒醉感，聽到的好像是真的，又好像是夢話。一切彷彿在夢裡，多年夢想，就這樣實現了？

而旁人則是狂喜湧上心頭，大家都是心有期待，但從來沒有想過居然是第四名這樣的好成績。

沈氏眼眶通紅。「相公，你做到了。我知道的，你能做到。」——我的相公是一個頂天立地的男子，他曾答應過要為我們掙回這個公道，我相信他做得到。

蘇順被沈氏的話語拉回現實，他知道沈氏說的是什麼，也是眼眶微潤。歷經艱難，多次波折，女兒被折辱，連自己也曾否定過自己，想要屈服於這世俗，如今終於一雪前恥。

夫妻兩兩對看，皆是眼眶微紅，既為父母，也是夫妻，一時之間，外人竟然不忍插話。

劉章悄悄挪到蘇明月身邊，低聲說：「我看過了，那何能沒有考中。」

蘇明月悄悄眨了眨眼，露出一個幸災樂禍的笑容。「真好。不是嗎？」

劉章跟著咧開嘴傻笑。「是的，真好！」

一切盡在不言中。

接著有報喜的聲音從遠處傳來，眾人醒過神，笑著迎上去。今天可是個大好的日子，萬萬不能再流淚，從此只有笑著過好每一天。

而平山縣，喜報要來得稍晚好幾天，喜悅卻未曾少了幾分，因為人多，熱鬧更增三分。

蘇祖父自不必說，對於科舉和復興家族已經成為執念，如今兒子代替自己完成了這個願望，鞭炮已經燒了三遍，整日紅光滿面，比自己考中還要高興。

只不過，蘇祖父心底還有一個隱密的奢望，這會試第四名，如果沒有意外，殿試是不會出什麼問題的。但是，萬一殿試發揮得好，前三名有望呢？這也不是不可能，畢竟只差那麼一點點了。

想到這裡，蘇祖父覺得自己心跳都在加快，血都要燃燒起來了，但這個隱密的念頭，是不能宣之於眾的。老學究蘇祖父，違背自己君子不語怪力亂神的原則，趁著無人的時候，悄悄去蘇祖母的佛堂燒了三炷香，祈求諸天神佛和祖宗保祐，一定要保祐兒子這臨門一腳，跨進去。

相比於蘇祖父還有顧忌，蘇祖母就毫無包袱了。

「老頭子還說我。」蘇祖母自然看到多出來的三炷香，只不過她沒有當面拆穿蘇祖父。「嬤嬤，記得提醒我，每日對祖先的香火不能斷。」蘇祖母對著祖先牌位雙手合十，心中叨念。「蘇家列祖列宗在上，保祐我兒蘇順，殿試順利高中，最好能奪得前三名。來日必定備上三畜重重酬謝。祖宗保祐！祖宗保祐！」

而上次流言中站隊蘇家的一眾人等，個個覺得自己當時英明神武、料事如神，站在正義的一方。如今蘇秀才，啊，不，蘇進士高中，個個出門都炫耀自己當時如何慧眼如炬，嫉惡如仇，跟蘇進士站成一團。其中以蘇族長為最，這都是他帶領族中眾人有功呀，尤其為了說服各大族聯合，費了老鼻子力氣，如今平山縣各大族長，誰不讚自己一聲先見之明。

而蘇家親近的人家，蘇姑媽憑藉哥哥的功勞，已經快要在婆家橫著走了。

自從蘇順中舉，蘇姑媽掛在嘴邊的話就是：「飛哥兒，翔哥兒，好好努力，跟著你舅舅學，你們可都帶著蘇家的讀書種子呢。」蘇姑媽的公公婆婆含笑點頭，可不是嘛，這個媳婦真的娶得太值了，人人都說外甥似舅，這飛哥兒翔哥兒長得多像舅舅啊，讀書也好，眼看著有希望改換門第了。

說起娶媳婦，文書家劉氏和章氏，最近是碧水縣最受嫉妒的婦女了。怎麼那麼會結親家呢？無數當家太太懊惱，當時自己就是慢了一步請媒人上門，不然蘇家兩位姑娘，哪一位娶回來都值了。

萬事萬物都是雙面的，有人歡喜，自然就有人憂愁。

自從蘇順會試高中，何能名落孫山，何家已經陷入一片死寂好多天了。

何母整天把自己關在房間裡燒香，煙霧繚繞，快要看不到人，孫氏已經不往那個方向過去，過去就被嗆著。而何能也把自己困在書房中，不斷的寫寫畫畫，形容癡狂。孫氏倒是曾試著安慰何能幾句，比如還年輕呀，一次失利不算什麼呀，然而毫無回應。這何家，越來越讓人感到窒息，似乎要把人逼瘋。

但是，眾人的悲喜都跟蘇順無關，如今，蘇順正為這九十九步之後的最後一步：殿試，做準備。

畢竟是會試第四名呢，說不定努力一把，就是一甲三名。世人都知道頭三名叫狀元、榜眼、探花，有幾人知道第四名叫傳臚？

這種焦慮之下，蘇順是夜夜失眠，眼冒血絲，但是精神極度亢奮，感覺就是可以再寫三百篇。

深知蘇順前科的沈氏和蘇明月見此焦慮不已，深怕蘇順繃不住。誰還記得，蘇順當年是一個考秀才都緊張到有考前焦慮的人。這萬一殿試上緊張了，萬里長征毀於一旦啊。這可沒有後悔藥可以吃的。

「爹，做您自己，我們分析過了，做您自己是對的，新皇就好您這口。不要緊張，千萬不要緊張。」蘇明月鼓勵道。「實在不行，您就深呼吸，再深呼吸，就當上面是祖父在考您功課。記得，不是皇上，是祖父。」蘇明月壓低聲音悄悄說。

蘇順已經忘記追究蘇明月此等言語大不敬之罪了，眼帶希冀的看著自己的女兒，彷彿在說：這真的可以？

蘇明月重重點頭，用眼神堅定的表示：可以的，就這樣！

帶著女兒的洗腦叮囑，蘇順出門殿試去了。留下蘇家母女眼巴巴張望。此等關鍵時刻，劉章肯定是要護送蘇順出門的，路上絕不能出一點意外。

「皇上，這是殿試前十名的文章。」

「拿上來，我看看吧。」

「幾位主考官都看過了，排出名次了？」皇帝一邊翻閱考卷，一邊漫不經心的問道。

「是的，幾位大人都比對過了。」

皇帝不再說話，隨手拿過考卷，慢慢翻閱。待十張卷子全看過一遍，皇帝停下來，思考了一陣，手執朱筆，落筆在第一張卷子寫下了標記。

正欲順著往下寫，忽而又停頓了一下，慢慢的把第四張卷子提到了第二，朱筆落下。

最後，按著順序，在原來第二，後來第三的卷子上做下標記。半盞茶的功夫後，吩咐道：「可以了，封起來，拿出去吧。」命運的那一頁重要篇章，就這樣被寫下了定論。

金鑾殿唱名。

「一甲第一名，羅平耀。」一名年近四十的進士，隨著指引出列，跪在御道左邊。

「一甲第二名，蘇順。」蘇順深呼吸，衣袖掩蓋下，雙手緊緊握拳指甲扣肉，臉上卻一片嚴肅，跟隨指引，跪在御道右邊。

「一甲第三名……」

正所謂十年寒窗苦讀無人問，一朝成名天下知。日夜讀書不倦的辛勞，半生抑鬱不得志的苦悶，女兒被折辱的痛苦屈辱，父親沈重的期許，娘子希冀的眼淚，好像都在這金鑾殿唱名一刻，如同被潮水洗去的舊日塵埃，一切煥如新生。

蘇順在這種如夢似幻的喜悅中，在這種不似人間的飄浮感中，度過了他曾經連想都不敢想的一天。

「爹，您太棒了。真的太棒了。」回到家中，蘇明月的喜悅笑語把蘇順拉回人間。做到了，值得了。蘇順露出了一抹真實的輕鬆笑容。

許是放鬆了心神，蘇明月露出了久違的小女兒神態，圍著蘇順不停的說：「爹，您跟我說說殿試之後是什麼樣的吧？」

蘇順抬起正欲撫摸小女兒腦袋的手，尷尬的停在半空，然後轉回來，虛掩嘴唇，輕輕咳了咳。怎麼辦？太緊張了，忘記當時是怎麼樣了。只記得跟著狀元，聽從指引做了好多事，但是做了什麼事，真的忘記了。

十幾年的夫妻了，沈氏對蘇順不可謂不理解，見他這小動作，含笑解圍道：「月姐兒，不許再纏著妳爹。妳爹今天累了一天了，改天再說。」

到了第二天，蘇順終於找回了記憶，向女兒描繪了殿試當日盛況。無非是春風得意馬蹄疾，一日看盡長安花。

考完殿試之後，也不是立馬完事的，還要再競爭上崗，目標翰林院。不過三甲就是走流程了，基本內定。準備考試這段時間，蘇順也不放鬆，蘇明月就從這種忙碌的狀態釋放出來了。

空閒下來之後，蘇明月就想搞事。這天，蘇明月拿出一疊書稿，找到劉章說：「想賺錢不？」

劉章的眼神亮了。

殿試後第五天，金榜題名的進士還在準備競爭上崗，落榜的舉人已經準備收拾行李回家，下次再戰。就在這個時刻，京城劉家書店，重磅推出科考文章分析集。

「揭開今年恩科的秘密，為你解說頭三名如何獲得皇帝青眼！」

「新皇新風氣，帝師潛邸文集，你值得擁有！」

「在正確的道路上前進，才能到達金鑾殿！」

「十年寒窗，三年科考，不要讓你的汗水白流！」

要多浮誇就有多浮誇，要多吸引人就多吸引人。

讀書人紛紛斥責，沒有文化，粗俗，敗壞風氣，有辱斯文，但是擋不住心動啊。

誰都知道，先皇好華麗文筆，因此一大批文人都把文章寫得花團錦簇。誰料，今年恩科這些文章一個也沒中。貼出來的模範文章，個個都是結構嚴謹、言語樸實、內容豐富。聰明人都看出風向已經變了，但是到底是什麼風向，資料太少啊。今年貼出來的文章，進士們早早的摘抄下來了，但是心裡沒底。如今劉家書店這書一出，簡直就是直直擊中讀書人的核心需求。

許多放下面子的讀書人先衝進去了。

帝師文集？這個必須要！學了就是跟皇帝同一個老師。

今科文章合集？這個自己摘抄了，咦，還有批注，字字句句言之有物，肯定是朝廷哪位大臣匿名寫的，必須要！

文風對比？這是什麼？一打開，全是先皇時期和今年恩科文章風格對比，此等秘笈，馬上塞進懷裡，誰也搶不走！

先進去的文人瘋狂採購，端著架子的見此也不再端著了。大家都是在同一個起跑線上，考場上可不會因為你不買而多幾分。別人有自己必須也有，絕不能因此而落後。

不到一天，劉家書店存貨售罄。還有更多的讀書人紛紛趕來。舉人只是讀書人金字塔的中端，下面最大量的還有秀才們呀，京城的秀才還特別多。還有很多書商，也反應過來跟著搶購，這轉手賣到各地去，就是來自京城的絕密資料，簡直不要太暢銷。

劉家書店搞起了預購制度，每天提前銷售一千本，每天都有讀書人搶不到，瘋狂懟書店掌櫃。「你們怎麼開門做生意的，有錢還買不到貨了！趕緊上架。」

反正買不到書，他們是絕對不會離開京城的。

掌櫃被罵得是又痛苦又快樂。「這每天都上一千本了，實在太暢銷了。都怪小店預估數量不足，已經讓工人們趕工了。馬上，馬上，馬上！」

讀書人們一聽，已經有一千人搶到了，自己卻還沒有，不行！落後了！接下來一天來三趟。

第十七章

這一時洛陽紙貴，自然進入了某些有心人的眼睛。

瘋狂採購的都是還有希望的舉人，考上了就是天子門生，可是歷屆中舉的人才怎麼辦？先皇的天子門生？

早朝。

「啟奏皇上，京城近日有劉家書店公然打出新舊文風對比，揭秘今科秘笈等資料，意欲挑撥今上與先皇關係，敗壞皇上名聲，望皇上明察。速速將那劉家書店主事之人拿下，以正風氣。」都察院御史上前，正氣凜然啟奏道。

「哦，有這等事？」高高端坐在上的皇帝漫不經心的問。「拿上來我看看。」立刻有太監端著托盤將書本送上，這時候，都察御史能搶到劉家書店的書，也是做足了準備功夫的。

皇帝拿過書本，隨意的翻了翻。「我看也沒有什麼挑撥之言嘛，這歷屆科舉文集，不是一向都是你們這些讀書人喜歡的嗎？

「再說，莫非愛卿認為朕與先皇的關係，如此輕易受到挑撥和誤解？」皇帝直起身子，問道。

「皇上，臣不是這等意思。」都察御史忙跪地請罪。

「是這個意思也沒有關係。」皇帝淡淡道：「朕自問與先皇之間，父慈子孝，禁得起世間考驗。」

誰會懷疑皇上跟已經入土為安的先皇之間是不是父慈子孝，是嫌自己活得不耐煩了嗎？人走茶涼，這句話對皇帝來說也是一樣的。

都察御史已經冷汗淋漓，連連磕頭請罪。

「來人，扶都察御史起來吧。朕不會輕易因為幾本書，堵民間之口，這豈不是顯得朕心虛？隨他們去。當然，都察御史也有聞風議事的權力，朕也不是那等昏君。」

都察御史鬆了一口氣。

「朕記得，都察御史是先皇三十六年的狀元吧，果然對先皇一片忠心耿耿，想必對先皇十分了解。這樣吧，把都察御史調到史館裡修先皇文集，什麼時候修完了，什麼時候出來，成全都察御史與先皇的一片君臣情深。」

夭壽啊，去修書，還有什麼前途，就是被打入冷宮啊。先皇在位近四十年，修完出來黃花菜都涼了。

「臣謝皇上恩典。」原都察御史，今史館著書郎，含淚叩謝皇恩。

「皇上英明。」眾位大臣見此，立刻明白皇帝心意，紛紛高呼。

「退朝。」

退朝之後。

丞相家。

「管事，立刻派人去劉家書店，把他們現在正熱銷的幾本科舉文集，買一套回來。」

「是的，大人。」

副相家。

「來福，立刻派人去劉家書店，把他們正熱銷的科舉文集，全買一本回來。」

「是的，大人。」

同樣的對話，發生在吏部尚書家、禮部尚書家……能上朝的，能體會聖意的，都發出如此指令。

除了兵部尚書家。

「老爺，我看各位大人都派人去買書了，我們要不要？」

「不用。那都是那些文人們的事，跟咱們無關。把我的大刀拿過來，我再練上兩場，這一日不練呀，自己就知道；三日不練，對手知道。」

「好的，老爺。」

而此時，劉家書店。

「什麼，你說你們書店沒有現貨了？你知不知道我們大人是誰？說出來嚇你們一跳，趕緊把存貨拿出來，我們就要一套。」

「這位老爺，我們書店是真的沒有存貨了。今天的一千本已經賣完了。」劉家書店掌櫃陪著笑臉為難的說，手下暗暗塞過去一個錢袋。這京城，隨便掉下個磚頭，砸到的都可能是一個官。掌櫃算是見多識廣，但是，最小的一個官他們這些商家都得罪不起。錢難賺啊。

「我告訴你，我家大人可是當朝宰相，還不快把你們老闆叫出來。」來人卻沒有收，左顧右盼，見無人注意，壓低聲音小聲說。原來此人正是宰相府管事，管事想不到自己出門連買一本書都買不到，還得搬出宰相大人的名頭。

劉家書店想不到這次不但砸到官，還是個官頭頭，這掌櫃的確是要頂不住了，忙請來人稍等，匆匆忙忙派人去請劉章。

掌櫃派人來到時，劉章正跟蘇明月在商量供貨和款項的事情呢，這幾日生意好，要聯繫加緊印刷，還要計劃接下來全國各地鋪貨的事情。

聽完來人將情況說明，蘇明月沈吟了一會兒說：「這個特權先例不能開，京城的官多，給了這個特權不給那個特權就是得罪人，而且給了人家可能也不領這個情。要是所有的官員全來了，我們又不能馬上供得起貨。」

「那可是宰相。」沈氏在旁邊聽著，憂心忡忡的插話道。這可是朝廷最大的官，商戶出身的沈氏對官府有一種天然敬畏避讓的心理。

這種心理劉章也有，沒有什麼特殊的，士農工商，商人雖然有錢，但是社會地位並不算高。
「以前遇到這種暫時供不上貨，我們一般都會說一些好話，然後送上禮物，都可以處理好。」劉章皺著眉頭說：「但是這次掌櫃專門來請，很可能就是以往的手段都不行了。」
「有這種潛規則的嗎？」蘇明月對這一行不是很了解，不過，既然有潛規則，那可以試試，換湯不換藥。「我們可以問問，要不要幫著宣傳？就是宰相過來我們這邊買書，必然有什麼目的，不可能只是關心今年科舉。可惜我們沒有人，探不到朝廷上的消息。不過探不到也可以直接問，有什麼需要的，我們配合他們。世間所求，無非名與利，既然不收利，那就給名。」
「這也行。」劉章貫徹了自己所說的，誰有理就聽誰的，一路琢磨著回書店了。再不回去，估計宰相府管事都要等到發飆了。
果然，見到劉章，管事陰陽怪氣的來了一句。「劉東家，可真是貴人事忙，要我們好等啊。」
說要發火為難人吧，其實做到宰相府管事這種角色，已經不會輕易為這些小事影響自家大人的名聲了，不值得，自己家金尊玉貴的名聲，豈能為這些商人雞毛蒜皮的小事而玷污？說不生氣吧，宰相門前七品官，管事真的好久都沒有嘗過這種等候的滋味了。
「管事老爺，真是讓您久候了。」劉章含笑賠禮說：「實在失禮，剛好在聯繫供貨的事情。真的是沒有料到大人需要這些書，不然我們肯定是提前備上的。別說一套，十套八套都行，但是現在，真的是沒有貨了。」

管事料想不到自己等了這麼久，居然到頭來還是這樣一個結果，心裡頭的怒火已經壓抑不住了。「劉東家……」

「不過管事老爺，先別著急。我想著，宰相大人需要購買這本書，肯定不是單純想看看書裡寫了啥。宰相大人若有其他需求，也許我們劉家書店可以盡一份心力，比如，幫忙宣傳一下大人的觀點？您覺得怎樣？不如，您回去匯報一下？」劉章打斷管家的怒火，問道。

管事見劉章這麼篤定，反而不篤定了。多少年來，大人從來沒有特地要買哪一套書的。須知從前多少書店向大人約稿，多少舉子向大人投過文章，以求大人的一句批注，可大人從來都沒有做過。如今，居然要買一套科舉文集？這劉家書店東家說的或許有道理。

事有古怪，必然有蹊蹺。

管家暫時先嚥下這口氣，決定回去先跟大人稟報再說。如果大人動怒，再來收拾這劉家書店也不晚。

「劉東家，咱們先回去稟報大人。」

「好的，這套書，我們明天一定給您留一套。」劉章送走管事。

「東家？」掌櫃憂心忡忡的問。

「先看看情況再說。」

管事回到宰相府，迅速跟宰相大人稟報了這件事。

「他們說，可以為我宣傳宣傳？只要我按照他們的預購制度，等到明天？」宰相疑惑的問。

「是的，大人。」管事低頭恭敬的回答。

「唔。」宰相摸著鬍鬚，微微抬頭沈思，半盞茶的功夫後，發話道：「既然沒有貨了，我們宰相府也是奉公守法的人，明天再讓他們留著吧。」

「是，老爺。」管事鬆了一口氣，幸虧自己沒有一氣之下拒絕劉東家。

宰相都被拒絕了，其他副相、各部尚書大人當然不在話下了。一律同樣說詞，最後還來一句，宰相府現在在排隊喔，其他府邸管家、下人無話可說，自家大人官位比宰相高嗎？沒有！那就乖乖排隊等候吧。

次日，劉家書店優先將各個官老爺家的全套書優先供上，還不忘大力宣傳，看到沒有，宰相大人府也十分認同我們這套科舉書籍的權威性，大家買到，就是跟宰相大人讀的同一套書。

面對眾人詢問的目光，管事微笑著點頭承認，還不忘宣傳自己家遵紀守法，昨天已經報名預購，絕對沒有利用特權插隊購買。一時之間，宰相大人在來購書的學子中名聲大震，當然是美名。

得到當朝宰相和眾位大人的認可，市場對這套書的需求更加旺盛了。眾多的書商已經沒有辦法大批量購買轉售，沒辦法，每天只有一千本，多買幾本，都會被那些書生罵死的。

不過沒有關係，書商們決定自給自足，自產自銷，於是，盜版出來了。

「東家，怎麼辦？最近京城已經有其他書店盜印我們的書籍，供貨比我們快，價格還比我們便宜一點啊。這如何是好？」掌櫃來稟報的時候十分著急，這就是明晃晃的搶錢啊。

「盜版啊。」蘇明月擰著眉，不悅的說：「剛好之前答應各家官府老爺，要幫他們宣傳宣傳的事情也可以進行起來了。」

三天後，劉家書店掛出了布條。

「當朝宰相大力認可，五部尚書親身認證，科考必備正版。」

「書本是有價的，知識是無價的，我們從不降低知識的格調。」

「失之毫釐，差之千里，不要因為圖快圖便宜，走上了錯誤的道路。」

橫幅拉出來，大家都知道了，朝廷大人都認同這套書中的觀點，那還有什麼好猶豫的，趕緊申請訂購。

至於仿冒的書籍，怎麼，是想承認自己沒錢圖便宜，還是想承認自己不在意有沒有錯？都不想承認好嗎？正版買起來。

只有部分人對此有疑問。

「為什麼只有五部？還差一部是哪一部啊？」

「不好意思，是兵部的大人呢。」掌櫃陪笑著回答。

「什麼意思，這幫文人合起來坑我！」兵部尚書剛剛要完一套兵法，滿頭大汗，聽完管家的稟報，滿臉紅光怒道。

「老爺，現在怎麼辦啊？」兵部尚書的管家心急的問。

「你現在就去劉家書店，馬上預訂十套，留一套在自己家，剩下的都給下面的弟兄們送過去。論忠心，我們武將最忠於皇帝了。」至於哪個皇帝？哪個皇帝在位就忠心哪個皇帝。

又過了兩天，劉家書店的橫幅變成了「當朝宰相大力認可，六部尚書親身認證，科考必備正版」。

「查到的結果是六部都去買了，還大肆宣傳上了？」皇座上，皇帝一邊看著奏摺，一邊聽著暗探匯報。

「是的，皇上。」來人又有點猶豫。「除了兵部去得晚了幾天。」

「不用管，就讓他們折騰去。這幫人揣摩聖意慣了，這次就是要讓他們揣摩。」皇帝吩咐道：「那劉家，背後是什麼人？這些書和想法，是誰提出來的？你去查一查。」

「是，皇上。」

將近十天後，京城讀書人的市場終於接近飽和，大家都可以買到劉家書店的書了。

何家落腳的地方，孫氏喜氣洋洋的回來說道：「相公，我給你搶到了今科文集和文風對比。」

何能一把將書搶過去，何母也在旁急切的看著。

只是，何能翻書的速度越來越快，神情越來越焦慮，不停地喃喃自語。「怎麼會這樣，怎麼會變了？怎麼會變了？」

最後，猛地將文集一撕，拋向空中，雙手抱著頭，蹲在地上，嘴裡神經兮兮的念叨著。

「我寫不出來！我寫不出來！」

碎紙散落一地，一張紙落在眼前，榜眼蘇順赫然在列。

孫氏看著這一幕，忽然絕望而恐怖的意識到這個男人，沒有救了。

旁邊，何母看著狀若瘋癲的何能，身子一抖，再也支撐不住，跌坐在地，一口黑血從嘴角緩緩流下。

「老夫人！」嬤嬤驚叫。

旁人的紛紛擾擾可不會影響到蘇明月的生活，不過即使蘇明月知道了，也不過是一聲活該。

蘇明月現在比較好奇的是，這一波宣傳和銷售過後，劉章到底賺了多少錢。

劉章也在想這個問題。

蘇明月見劉章嘴裡念念叨叨的飛速運算，間或打兩下算盤，也是快到幾乎出現殘影的程度。

這樣的運算速度，劉章還絲毫不見煩惱和氣急，而是唇角帶笑，眼裡發光，可見是真正喜歡這件事情。

「劉大哥，把雞和兔子關在一個籠子裡，有三十五個頭，有九十四隻腳，一共有多少隻雞，多少隻兔子？」

「二十三隻雞，十二隻兔子。」劉章頭也不抬，嘴唇還在張張合合的算著帳。

「劉大哥，有一堵五尺厚的牆，牆兩邊分別有一大一小兩隻老鼠對著打洞，第一天，大老鼠能挖一尺，小老鼠也一樣。接下來每一天，大老鼠都能挖到前一天的一倍，小老鼠只能挖到前一天的一半。什麼時候這兩隻老鼠能打通牆相遇？大老鼠和小老鼠分別挖了多少？」

「第三天相遇，大老鼠一共打了三又十七分之八尺長的洞，小老鼠打了一又十七分之九尺長的洞。」劉章驚喜的轉過頭來，眼裡發著光。「月姐兒，妳也喜歡《孫子算經》和《九章算術》？」

蘇明月被這種學霸光芒閃瞎了，連連擺手，急急否認。「不，不，我沒有，我沒有。」

沒有知己，劉章整個人看起來都暗淡了，不死心的追問。「真的不喜歡嗎？我看妳問得很熟練啊？」

「不喜歡。」蘇明月尷尬的說，能說自己被九年義務教育荼毒過嗎？不能呀！能跟學霸說喜歡數學嗎？放過自己吧！

被劉章這樣希冀又眼巴巴的看著，蘇明月只能狠著心腸轉移話題。「我看你很喜歡的樣子，就問一問。」

「妳看出來了？我是很喜歡呀。」雖然沒有同道知己，但喜歡的姑娘看出來了，劉章還是很歡喜。「我跟妳說，這個雞兔同籠我有三種解法，第一種，假設三十五個頭全是雞……」

不，我並不是很想聽。蘇明月心裡在流淚。

「就這樣——」劉章喝一口水，最後總結說：「妳看，是不是很奇妙？」

「劉大哥，有沒有人跟你說過你算數很厲害？」蘇明月好奇的問。

「有，我爹說過。」劉章有點不好意思，但是又想在喜歡的姑娘面前炫耀一下自己。「很小的時候，我爹就把家裡的帳交給我盤了，他說我天生注定就是吃這一行飯的。」

「嗯，伯父說得沒有錯。劉大哥，你超厲害的。」蘇明月真誠的回答。

「嗯。」劉章心裡又滿足又有點不好意思，眼神閃躲，又想跟喜歡的姑娘多說兩句，最後想到話題說：「月姐兒，妳猜我們這次賺了多少錢？」

「多少？」

「一共三千七百二十八兩。」劉章大方的說：「我把其中五成，一千八百六十四兩交給妳。」說完爽快的抽出一疊銀票。

「你給我這麼多，你爹知道嗎？」

「這是我自己做的生意，留下約定的固定分成，其他我自己分配就可以了。」如果是其他供稿人，肯定沒有這麼好的待遇。但是未婚妻，那肯定是不一樣的，劉章把自己那一份貢獻出來了。

「好。」未婚夫願意給自己花錢，蘇明月是不會拒絕的。男人，就應該有這樣的覺悟，千萬不要打擊他們為妳花錢的心。「我找我娘買房子去。」

「買房？妳想在京城買房嗎？這個我比較熟悉呀，我帶妳們去吧。」

「我先跟我娘說，我怕這些錢不太夠。」

「好。到時候我陪妳們去。」

「娘，這是這次買書的利潤，給妳。」蘇明月大方的說：「加上次外祖父賣布的利潤，娘，咱們在京城買房吧？」想想能在京城有自己的房子，蘇明月就心情激動。

「怎麼這麼多？」沈氏問，這一千多兩呢，可不是小數目。

「劉章說，把五成的利潤給我了。」

「怎麼給妳這麼多？他自己沒有留著？」沈氏急了，這還沒有成婚呢，怎麼可以這樣子花男方的錢。

「沒關係，劉章說了，他留下了約定的五成利，我猜他應該是把自己那份給我了。」蘇明月笑著說：「娘，沒關係的。下次我再出主意幫他們賺回來。娘，買房吧，買房吧。」

沈氏握著這一疊銀票，又是歡喜又是為難。這幾天她也了解到，丈夫應該是留在翰林院當值的了，有自己的房子便會方便很多。但是這在京城買房子，蘇家是拿不出來這麼多活錢的，大頭都在田地、店鋪裡呢。自己手上的活錢，大部分都是小女兒掙來的。

思考來思考去，沈氏最終下了一個決定說：「行，咱買。只是這個房契，寫妳的名字，以後給妳做嫁妝。」隨回劉家去，不算占劉家的便宜，不給他們家看低。

蘇明月震驚的看一眼她娘，半晌後，感動的說：「娘，不用這樣。就寫咱爹的名字就行了。」

沈氏摸摸蘇明月的頭，柔聲說：「月姐兒，妳還小，不知道嫁妝的重要性。這嫁妝呀，就是女人的底氣。爹有、娘有、丈夫有，都比不上自己手裡握著的來得有底氣。」

不，娘，我了解。但是，蘇明月疑惑的說：「不是說父母在，無私財嗎？」

也許是蘇明月難得的迷惑取悅了沈氏，沈氏噗哧一笑。「傻丫頭，這規矩是死的，人是活的。十根手指都有長短呢，何況人心。我們當父母的，自然是希望每個子女都活得好，但是總不能就一直讓有出息的兒女貼補。做兒女的孝順，做父母的也要有分寸。當然，我們做父母的，還是希望在有需要的時候，你們兄弟姊妹能相互搭一把手，走出難關。」

「嗯，娘，我會的。」蘇明月點頭說。

「娘相信妳。」沈氏笑著說：「等妳房子買好了，先借給爹娘住一陣子，等爹娘存夠錢了，買了新房子，再搬出去。」說完，沈氏偷偷一笑。「妳爹現在也當官了，以後也要給他一點養家餬口的壓力。」

蘇明月跟著嘿嘿笑。「娘，爹的錢不都在您這裡？別以為我不知道。」

沈氏笑著敲了蘇明月一記。

晚上，沈氏跟蘇順說了這件事，蘇順對此毫無意見。「都聽妳的。該是月姐兒的，就該給她。」

他一直沒有掌管過家裡的經濟大權，不過，想了想，蘇順又說：「別擔心，我總會掙錢給你們娘兒幾個買房子的。」畢竟現在當官，有俸祿了，再怎麼樣，也不會像以前讀書那樣吧。蘇順對自己有信心，他雖然不貪污受賄，但是對於一些職場潛規則也不排斥。

「嗯，我就等著相公。」沈氏含笑說。燈光下，柔情一片。

次日，劉章帶著蘇明月母女去看房，劉家在京城有熟悉的牙人，劉章也常來京城，對京城尚算熟悉。

沈氏料著京城的房價會比較貴，但是想不到會這樣貴。三千多兩銀子，在京城稍好的地帶居然買不到合適的房子。按照沈氏的需求，到時候丈夫來京任職，上有老下有小的，三進宅子她已經不敢想了，沒料到，二進的都買不起，最多只能買個小二進。這就略嫌狹窄了，沈氏有點猶豫。

蘇明月反而有一種果然如此的感覺，不管是哪個年代，這京城的房子吧，就不是平常人能買得起的。

看了一整天，沒看到合適的。沈氏回家，打著算盤，又盤算了好久。蘇順見此，也幫不上忙，只能更加勤奮的看書。

第三天，牙人又帶沈氏看了幾處房子，見沈氏猶猶豫豫，也不輕視外地人，實在是這沈氏已經是外地來的官太太裡算闊綽的了，只不過可能是在老家住慣了大房子，便勸說道：「夫人，要小人說，其實這京城的房子，都這樣。還有很多官太太，帶著一家人賃房子住呢。買得起房子的，也是先買小房子湊合著。」

「真的？」沈氏懷疑牙人想做成這單生意。

「夫人，我如何敢騙您？這種事，問一問就知道了。」牙人說：「這京城呀，人多，地方便小了。住起來就是比老家顯得狹窄，好多新來的官太太們都不習慣。」

「不過，夫人您能一開始就買房，比那賃房子住的又好上一點。」牙人小小的拍一記馬屁。「我看夫人如此年輕，料想相公年紀也不大，正是年輕有為的時候，未來肯定能買上大宅子。目前先買個小的過渡，先住著，等以後兒女大了，開枝散葉，再買大房子，豈不是兩相便宜。到時候，這舊的宅子，小小巧巧，賃出去或者售出去，也是特別容易呢。」

沈氏聽著，挺有道理，又確認一句。「這小宅子，真的適合賃出去或者售出去？」

「當然了，這種房子最搶手了。」牙人打包票說。

沈氏心動了，以後月姐兒成親，肯定是住在劉家的房子裡。到時候自家搬出去了，剛好可以賃出去給月姐兒收房租，細水長流，又不費心。

「行吧，我們再回頭看看第一家。」看過一輪之後，沈氏還是覺得第一家最合適。

牙人卻半點不惱，笑呵呵的說：「是吧，夫人，我也覺得第一家是最合適的，還有一口老井呢。到時候自家用水多方便，這買水也可以省一筆，細數怕長算，也是一筆錢呢。」是的，這京城，吃水也要買的。

嗯，沈氏點點頭，當然不會說自己就是看中那一口井。

一番折騰之後，沈氏終於決定就買這一間。牙人眼見有錢入帳，幫忙跑來跑去也不覺得累，臉上笑容越發燦爛。

最後，見房契上寫著蘇明月的名字，牙人一直以來保持不變的笑容才出現一絲裂痕。半晌，對著蘇明月說：「小娘子好福氣。」

蘇明月笑得露出一口潔白小牙齒。

買完房子之後，沈氏又託牙人找了熟練的匠人，將整個房子修整、清理了一遍，幸而這個房子保存得還算好，沈氏終於在蘇順官職定下來之後，將房子收拾妥當。

整理好之後，就是鎖上房門，託給劉章，讓劉家書店掌櫃看顧一下，待他日上京時便可入住了。

自來到京城後，先是緊張備考，後面又是掙錢，最後又買房裝修，蘇明月等人都沒有好好的逛一逛京城。

如今蘇順的事情已經結束，朝廷規定，新科進士都有三個月的探親假，蘇家等人便準備回老家前好好逛一逛。

總不能去一趟京城，老家人問京城是怎樣的？好不好玩？有什麼特色？就回答一句啥都不知道吧。還有，出來一趟，親戚鄰里，總得帶點來自大城的禮物吧，這空手而歸，不符合人情。蘇明月和沈氏，已經準備大採購一番。

走到街上，這京城就是大、氣派，路上行走的路人，都帶有幾分帝都的傲氣。

蘇明月等人走進街上鋪子，掌櫃一看他們就知道是外地人，本來還不冷不熱的。結果一聽蘇明月說，三個月之後回來的事，見多識廣的掌櫃馬上知道這是新科進士了，還是進翰林院那頂尖的幾個，宰相後備役，貴人啊。

掌櫃忙滿臉堆笑的上來招呼，蘇明月見掌櫃這變臉的面孔，暗笑不已。

聽完掌櫃一通介紹，蘇明月和沈氏商量著要買什麼回縣城。

這京城就是大，什麼都有，沈氏身為一個精打細算的家庭婦女，自然是要採購一番了。比如說，同樣的簪子，京城的要比縣城的精巧好幾分。沈氏想到蘇明媚出閣在即，下血本買了一批首飾，這做嫁妝多好看。

既然有了蘇明媚的，當然少不了蘇明月，還有蘇祖母、蘇姑媽了，沈氏妥妥貼貼的，人人準備妥當，甚至連章氏，沈氏都準備了一份禮物。雖然章氏不缺這京城特產，但是劉章一路上奔波著幫了這麼大忙，沈氏始終都要表達一下心意。

買了女人的東西，又有那好用實惠的筆墨紙硯，蘇祖父喜歡這個，飛哥兒、翔哥兒也適合。再有那靈巧可愛的小兒玩具，亮哥兒、光哥兒必定喜歡。

蘇明月和沈氏買花了眼，覺得這也合適，那也不錯。蘇順和劉章兩人，只能默默跟在身後，也沒有發言的機會，不過是兩個沈默的勞力罷了。

最後出來的時候，所有人手裡都是沈甸甸的，掌櫃笑得眼睛都瞇成一條縫了。

次日，蘇家馬車載著幾人，帶著一馬車的土產，慢悠悠的駛出了京城。

——未完，待續，請看文創風1096《全能女夫子》下

將軍百戰死，壯士十年歸／途圖

2022年8月出版

夫人好氣魄

前世的她早已習慣自己承擔一切，也不太習慣與人親密相處，
自小照顧她的奶奶去世後，她的心更是沒有對別人打開過，
直到入了將軍府，她才慢慢試著接受身邊的人，
老夫人總讓她想起奶奶，而和藹的婆婆則彌補了她缺失的母愛，
這些沒有血緣的親人，讓她更加堅定了想護住這個家的決心……

文創風 1091 **1**

意外發生前，沈映月是獨力掌控百億業務、手下菁英無數的高階主管，
豈料一睜眼，她就穿成了大旻朝赫赫有名的鎮國大將軍莫寒的夫人，
原來大婚當日，將軍接到了邊關急報，於是撇下新娘，率軍開赴邊疆，
然而世事無常，幾日前將軍戰死的消息傳回了京城，原身便傷心得一命嗚呼。
將軍夫人是嗎？這頭銜倒是新鮮，也算是史無前例的跳槽了，那便試試吧！
說起這莫家，確實是忠臣良將，門前還豎立著一座開國皇帝親賜的巨大英雄碑，
碑上刻著的一個個名字都是為國犧牲的莫家兒郎們，包含將軍及其父兄、姑姑，
但，如今的將軍府竟只剩好賭的二叔、酗酒的四叔及流連青樓的堂弟等廢柴？

文創風 1092 **2**

當真是虎落平陽，瞧著將軍不在了，如今連個熊孩子都敢欺到頭上來！
小姪子是莫家大哥留下的獨苗，這些年來大嫂一直將他保護得無微不至，
然而卻因為很少磨練他，以至於他在外也不懂得如何保護自己，
在學堂受了同窗的欺凌，回家後大嫂也只叫他忍耐下來，不要聲張，
倘若沈映月不知情也就罷了，既然知曉，便沒有裝聾作啞的道理，
她雖然冷靜自持，但向來秉持著人不犯我、我不犯人的信念，
即便對方是個熊孩子，該打回去的時候她也不會手軟，
不過小姪子太嬌弱，得找個武師父教導才行，只有自己強大了，別人才不敢欺！

文創風 1093 **3**

莫寒生前一直率領莫家軍與西夷作戰，如今這支軍隊尚有十五萬人之多，
從前手握兵權對將軍府是如虎添翼，而今若還抓住不放恐要招來殺身之禍了，
然而龍椅上那位也不知是怎麼想的，遲遲不肯解決這燙手山芋，
所幸的是，莫家此輩中僅剩的男丁、將軍的堂弟莫三公子一向是紈袴的代言人，
雖說沒有人把他當成兵權繼任者，但難保平時眼紅將軍府的人不落井下石，
還好她這人向來不知何為難事，執掌中饋後就一肩挑起將軍府內外的大小事，
三公子有心疾不能習武無妨，改走文臣仕途一樣能帶領莫家走出康莊大道，
即便他莫老三再是坨爛泥，她也會把他穩穩地扶上牆，成為莫家的頂梁柱！

文創風 1094 **4** 完

莫寒懷疑朝中出了內鬼，以至於南疆一役中了埋伏，己方死傷慘重，
為了查出真相，他詐死回京，還易容化名為孟羽，成了小姪子的武師父，
一開始沈映月只是懷疑他的來歷，畢竟他說解甲歸田前曾待過莫家軍，
但除了將軍左臂右膀的兩大副將外，其餘同袍似乎都不認得他？
再者，他一個普通小兵，為何兩大副將都如此聽從他的指揮？
後來漸漸與他接觸後，又發現他文韜武略無一不精，實在非常人能及，
果然，他根本不是什麼副將的表哥、平凡的路人甲乙丙，
他根本就是將軍本人，是她素未謀面的夫君啊！

2022年8月出版

旺仔小後娘

文創風 1089～1090

後娘又如何？有緣就是一家人。
從此有飯一起吃，有福一起享！

家有三寶，福滿榮門／藍輕雪

成親當天就得替戰死的丈夫守活寡，公婆還把三個孫子扔給她，說是歸她養？!
嫁入宋家四房當繼室的于靈兮徹底怒了，剛進門便分家，豈有這般欺負人的？
分明是看四房沒了頂梁柱，以分家之名行丟包之實，免得浪費家裡的銀錢和米糧。
既然三個孩子合自己眼緣，這擔子她挑下了，以後有她一口飯，絕少不了他們的，
幸虧她魂穿到古代前是知名寫手，乾脆在家寫話本賺銀兩吧，還能兼顧育兒呢！
可窮人的孩子早當家，為了一家四口的肚皮，三兄弟成天擔憂家計看得她心疼，
好在她寫的話本大受歡迎又有掌櫃力推，堪稱金雞母，分紅連城裡宅子也買得起，
養活三個貼心孩子根本不成問題，甚至讓他們天天吃最喜歡的糖葫蘆都行啊～～
孰料其他幾房見四房越過越紅火，竟厚著臉皮擠上門蹭好處，簡直比蒼蠅更煩人，
真當他們娘兒四個是軟柿子？不合力給那群人苦頭吃，她這護短後娘就白當了！

為流浪貓狗加油 和貓寶貝 狗寶貝 廝守終生(一定要終生喔!)的幸福機會

對人來說,貓寶貝狗寶貝只是生活的一部分,但妳(你)對牠們來說,卻是生活的全部,領養前請一定要考慮清楚——

▲ 腳上風火輪「勁」如疾風 Jen寶

性　　別:女生(取名自美國殘障表演者Jennifer Bricker)
品　　種:米克斯
年　　紀:約2歲
個　　性:開朗慢熟、親人親狗親貓
健康狀況:曾感染犬小病毒已痊癒,因車禍開刀,左後腳截肢、右後腳僵直,但能完美使用狗輪椅。其他各方面都非常健康!
目前住所:屏東縣(中途家庭)

本期資料來源:柯先生

『Jen寶』的故事：

去年初，因車禍截肢的Jen寶，即使身體有點不完美，但活潑、愛玩、愛撒嬌，不喪志且樂觀看待狗生的牠，如同美國的雜技演員Jennifer Bricker，是勇敢的生命鬥士，上天賜予的「Jen寶」。

牠元氣滿滿、親人愛玩，個性不服輸，不認為自己肢體殘缺，坐上狗輪椅後總是電力飽滿健步如飛，偶爾導致後腳被輪子卡住，或是敏銳察覺到周遭有異樣而煞車警戒的反應，令人捧腹大笑。

至於生活習慣方面，Jen寶會善用特技——利用前腳撐起後半身，在尿墊上定點大小便，成功機率頗高；行走快跑沒問題，會上下樓梯，行動自如；玩累了就熟睡如幼犬型睡眠，夜晚可獨立空間睡覺；餵飼料、鮮食皆可，也愛零食，沒吃過的食物會慢慢淺嚐適應。

Jen寶渴望得到全心的愛與關照，適合偏愛一個毛孩子剛剛好的家庭。送養人Jerry先生提供手機號碼0932551669及Line ID：kojerry，很樂意與您分享更多關於Jen寶的大小事，期盼勇敢的孩子有一個永遠的家。

認養資格：

1. 認養人請先確認生活空間可讓Jen寶的輪椅自由活動，
   初步聯繫後填寫認養意願表單，再進一步與Jen寶互動。
2. 須同意簽認養寵物切結書。
3. 須同意送養人日後定期之追蹤家訪，對待Jen寶不離不棄。

來信請說明：

a. 個人基本資料：姓名、性別、年齡、家庭狀況、職業與經濟來源等。
b. 想認養Jen寶的理由。
c. 過去養寵物的經驗，及簡介一下您的飼養環境。
d. 若未來有結婚、懷孕、出國或搬家等計劃，將如何安置Jen寶？

文創風
1095

全能女夫子 上

國家圖書館出版品預行編目資料

全能女夫子 / 滄海月明著. --
初版. -- 臺北市 : 狗屋出版社有限公司, 2022.09
冊 ; 公分. --（文創風 ; 1095-1096）
ISBN 978-986-509-354-9（上冊 : 平裝）. --

857.7　　　　111012470

著作者	滄海月明
編輯	黃暄尹
校對	黃薇霓
發行所	狗屋出版社有限公司
地址	台北市104中山區龍江路71巷15號1樓
電話	02-2776-5889～0
發行字號	局版台業字845號
法律顧問	蕭雄淋律師
總經銷	知遠文化事業有限公司
電話	02-2664-8800
初版	2022年9月
國際書碼	ISBN-13　978-986-509-354-9

本著作物由北京晉江原創網絡科技有限公司授權出版

定價260元
狗屋劃撥帳號：19001626
網址：love.doghouse.com.tw　E-mail：love@doghouse.com.tw